焚身少女

THE
BURNING GIRLS

C. J. TUDOR

C. J. 杜朵｜著

獻給高大的尼爾、可愛的貝媞，還有毛茸茸的朵芮絲。

焚身少女：

擷自維基百科

位於薩塞克斯的小村莊「查博克弗特村」特有的樹枝人偶。這些人偶是紀念薩塞克斯殉教者——在瑪麗女王掃蕩新教徒（1553-1558 年）期間，被燒死在火刑柱上的八名村民，其中兩名殉教者是年輕的少女。焚身少女的人偶，會在每年掃蕩週年紀念日的儀式上被點燃。

序章

我是什麼樣的人？

他最近常常自問這個問題。

我是侍奉上帝的人。我是祂的僕人。我遵行祂的旨意。

可是這樣就夠了嗎？

他盯著這間粉刷成白色的小房子。紅瓦屋頂，亮紫色的鐵線蓮爬上牆壁，浸沐在夏末的漸暗天光下。鳥兒在樹上嘰嘰喳喳，蜜蜂在灌木叢中慵懶嗡鳴。

魔鬼藏在這裡，就在這裡，在這看似最無害的環境中。

他慢慢走在這條很短的小路上，恐懼占據了他的腹部，感覺就像身體疼痛，五臟六腑裡的痙攣。他把手伸向門，但還沒來得及敲門，門就打開了。

「噢，感謝上帝，感謝主，你來了。」

一名母親駝背站在門口，平直的棕髮黏在頭皮上。她的眼睛充血，灰色皮膚布滿皺紋。

撒旦如果進入家門，就是這副模樣。

他走進去。屋裡瀰漫臭味，一種酸臭，聞起來很不乾淨。這裡怎麼會落得這種地步？

他抬頭望向樓梯，樓上的黑暗似乎充滿惡意。他把手放在樓梯欄杆上，他的兩條腿拒絕移動。他緊閉雙眼，深吸一口氣。

「牧師？」

我是侍奉上帝的人。

「帶我去看。」

他開始上樓。來到樓上，這裡只有三扇門。一個面無表情、穿著髒T恤和短褲的男孩在其中一個房間裡窺視門外。黑衣人靠近時，男孩把門關上。

他推開旁邊的門，裡頭的熱氣和臭味像實體一樣迎面襲來。他用手摀嘴，強忍嘔意。床上沾滿血和體液。每根床柱上都綁著束具，但此刻鬆散地垂掛著。床墊中間放著一個打開的大皮箱，裡頭的物品用堅韌的帶子固定：沉重的十字架、聖經、聖水、平紋布。有兩個東西不在箱子裡，而是在地板上：一把手術刀和一把長鋸齒刀，都沾滿血跡。更多血液聚集在屍體周圍，宛如一件深色的紅寶石斗篷。

他吞嚥口水，嘴巴乾得就像夏天的田野。「看在上帝的份上——這裡發生了什麼事？」

「我跟你說了，我跟你說了魔鬼——」

「夠了！」

他注意到床頭櫃上有個東西。他走向那裡，發現那是個黑色小盒。他凝視它片刻，然後轉向徘徊在門口的婦女。她扭擰雙手，懇求地看著他。

「我們該怎麼辦？」

我們。因為他也有責任。

他回頭看著地板上血淋淋的殘破屍體。

我是什麼樣的人？

「拿布和漂白水來。快點。」

威爾登先驅報，星期四，一九九〇年五月二十四日

少女失蹤

警方呼籲民眾協尋兩名失蹤的薩塞克斯少女：梅樂・萊恩，以及喬伊・哈里斯。被認為一起逃家的這兩人都是十五歲。喬伊最後一次出現，是在五月十二日晚上，在漢菲爾德的一個公車站。一週後的五月十九日，梅樂從她位於查博克弗特村的家中失蹤，留下一張字條。

警方並未將她們的失蹤視為可疑事件，但確實擔心這兩名女孩的安全，並呼籲她們與家人取得聯繫。

「**妳們不用擔心會被責罵。大家只是擔心，只想知道妳們平安，而且隨時歡迎妳們回家。**」

喬伊被描述為身形苗條，大約五呎五吋高，擁有淺金色的長髮和精緻的五官。她最後一次被目擊時，身穿粉色T恤、石洗牛仔褲和綠白相間的登祿普運動鞋。

梅樂被描述為身形瘦削，身高五呎七吋，黑色短髮，最後一次被目擊時身穿寬鬆的灰色套頭衫、牛仔褲和黑色帆布鞋。

如果您有看到她們，請務必致電 01323-456723 通知威爾登警方，或致電「阻止

犯罪熱線」0800-555-111。

第一章

「這是個不幸的情況。」

約翰・杜爾金主教面露仁慈微笑。

我相當確定約翰・杜爾金主教做任何事都抱著慈悲為懷的態度，甚至在拉屎的時候。

他是北諾丁漢郡最年輕的主教，是個老練的演說家，寫了幾篇備受讚譽的神學論文，我覺得他該試試像耶穌那樣在水上行走。

不過呢，他也是個混球。

我知道這點，他的同事們知道，他的員工們知道，我覺得可能就連他自己也知道。

不幸的是，沒有人對他指明這點，尤其不是我，尤其不是今天，尤其因為我的工作、我的家，還有我的未來，都掌握在他那雙指甲修剪整齊、光滑乾淨的雙手之中。

「這種事會動搖社區的信心。」他說下去。

「他們不是被動搖，而是憤怒又難過，但我不會讓這毀掉我們達成的一切。現在是人們最需要我的時候，我不會在這時候離開他們。」

「可是他們現在需要妳嗎？來教堂的人減少，很多課程取消。我聽說兒童團體可能會改去另一間教堂。」

「犯罪現場封鎖帶和警察就是會造成這種影響。這個社區一點也不喜歡警察。」

「這我明白——」

他明白才怪。杜爾金離市中心最近的時候，是他的司機在載他去他的私人健身房的路上拐錯彎。

「我相信這只是暫時的，我能重建他們的信賴。」我沒說出口的是我必須重建他們的信賴。我犯了一個錯，需要予以彌補。

「所以妳現在能創造奇蹟了？」我還來不及回答或爭論，杜爾金平順地說下去：「聽著，潔克，我知道妳做了妳認為最好的舉動，可是妳離他們太近了。」

我僵硬地靠向椅背，就像個悶悶不樂的青少年，逼自己不要交叉雙臂。「我以為這就是我們的工作，和社區建立密切聯繫。」

「我們的工作是維護教會的聲譽。現在是充滿考驗的日子，各地的教會都失去民心，越來越少人參與教會活動。就算沒發生這種負面宣傳，我們原本也面臨一場硬仗。」

杜爾金真正擔心的是這個：報紙、公關。就算在日子最順利的時候，教會也沒獲得良好宣傳，我真的把事情搞砸了。我試著拯救一個小女孩，下場卻是害她受到譴責。

「那麼，你想怎樣？你要我辭職？」

「完全不是。妳這麼有能力的人離開，會很可惜。」他把雙手搭成塔狀，他居然真的做出這種手勢。「而且這會有傷面子，等於承認有罪。我們必須仔細考慮下一步該怎麼做。」

我相信他確實這麼想，尤其因為我是因為他而出現在這兒。我是他的選美犬，而且我一直表現得不錯，把一度廢棄的市中心教堂重新變回社區的中心。

直到露碧事件。

「那麼，你有何提議？」

「調職，暫時去個比較低調的地方。薩塞克斯有個小教堂突然缺牧師。查博克弗特村。他們在提名替補人選的期間，需要一個臨時牧師。」

我瞪著他，感覺腳下地面彷彿挪動。

「抱歉，但我不可能答應。我女兒明年就要修會考課程，我沒辦法就這麼帶她搬去那麼遠的地方。」

「我已經跟威爾登教區的戈登主教達成了調職的協議。」

「什麼？怎麼會？這項消息已經發布了？我相信一定有更合適的地方人選——」

他心不在焉地揮揮手。「我們那時候在閒聊，提到妳的名字，他提到空缺，我們就這麼決定了。」

杜爾金比《木偶奇遇記》裡的老木雕師更會操控線繩。

「妳該往好的方面想，」他說：「那是個很美麗的地方，空氣清新，大片原野，安全的小社區。可能對妳和芙洛都有好處。」

「我認為我知道什麼對我和我女兒有好處。我的答覆是『不』。」

「那麼，我就把話說清楚，潔克。」他看著我的眼睛。「這他媽的不是請求。」

杜爾金之所以能成為教區最年輕的主教，有其原因，而且跟他的仁慈無關。

我握緊放在膝上的拳頭。「明白了。」

「好極了。妳下星期就上任。記得帶雨靴喔。」

第二章

「我的老天爺啊！」

「妳又在褻瀆上帝。」

「我知道啦，可是——」芙洛搖頭。「這裡跟糞坑沒兩樣。」

她說得沒錯。我把車停下來，盯著我們的新家。好吧，嚴格來說是我們的精神家園。我們真正的家在隔壁，是一間小型村屋，原本應該算是挺漂亮的，可惜房子嚴重歪斜，看起來像是試著靜悄緩慢地傾斜崩塌、回歸塵土。

禮拜堂本身很小，形狀是正方形，顏色是髒兮兮的米白色。它看起來不太像是敬拜場所，沒有高聳的屋頂、十字架或彩色玻璃。四扇樸素窗戶面向前方，上下層各兩扇。上層的兩扇窗之間有一個時鐘，圍繞在旁的華麗文字宣稱：

「要愛惜光陰，因為現今的世代邪惡。」

有意思。但不幸的是，「光陰」（Time）字尾的「e」因老舊而模糊不清，所以這句話成了「要愛惜提姆」，天知道提姆是誰。

我爬下車，悶熱空氣立即使得我的衣物緊貼肌膚。在我們周圍，除了田野以外什麼都沒有。這個村子本身大約由二十幾間房屋、一家酒吧、一間雜貨店和一間村公所組成，唯一的聲音是鳥鳴和偶爾嗡嗡叫的蜜蜂，這令我渾身緊繃。

「好吧，」我試著讓自己聽來積極，而不是反映心裡的恐懼。「我們進去看看。」

「我們不是要看看我們要住的地方？」芙洛問。

「先看上帝之家，然後再看祂子女的家。」

她翻白眼，意思是我蠢到不行而且令人厭煩。青少年能通過翻白眼來傳達很多訊息。這也沒關係，因為青少年一旦滿十五歲，言語交流的能力似乎就會碰壁。

「況且，」我說：「我們的家當還卡在M25高速公路的車潮裡。至少禮拜堂有長椅可以坐。」

她甩上車門，沒精打采地駝背走在我身後。我看她一眼：黑色的頭髮剪成凌亂的的鮑伯頭，鼻子上戴著鼻環（她為了這個鼻環而抗爭了許久，上學的時候會拿掉），脖子上似乎永遠掛著一臺巨大的尼康相機。我常常覺得我女兒實在很像電影《陰間大法師2》裡的薇諾娜·瑞德。

一條長長的小路從馬路通向禮拜堂，一個破舊的金屬郵箱就豎立在柵門外。有人事先跟我說過，如果我們到達時，這裡沒人在，我會在郵箱裡找到鑰匙。我掀起郵箱蓋，把手伸進去，然後……還真的有。我拿出兩把老舊的銀色鑰匙，想必是小屋的，還有一把沉重的鐵製鑰匙，看起來應該能打開來自托爾金幻想世界的東西。我猜這把是禮拜堂的鑰匙。

「好吧，至少我們進得去了。」我說。

「耶。」芙洛面無表情。

我沒理她，而是推開柵門。這條小徑崎嶇陡峭，兩邊的傾斜墓碑豎立在雜草叢生的草叢中。左邊矗立著一座更高的紀念碑，是一塊黯淡的灰色方尖碑，其底部是一團看似死花的東西。我上前查看，發現它們不是死花，而是小小的樹枝人偶。

「那是什麼？」芙洛開口，瞪著這些東西，拿起脖子上的相機。

我下意識地答覆：「焚身少女。」

她蹲下身，用尼康拍了幾張照片。

「它們是一種鄉村傳統，」我說：「我有在網路上看過。人們製作這種東西來紀念薩塞克斯殉教者。」

「誰？」

「在瑪麗女王掃蕩新教徒期間被燒死的村民。兩名少女死在這間禮拜堂外面。」

她站起身，扮個鬼臉。「人們製作陰森的樹枝娃娃來紀念她們？」

「而且在掃蕩的紀念日燒掉它們。」

「這也太《厄夜叢林》了吧。」

「鄉下就是這樣，」我從旁走過時，輕蔑地瞥了樹枝娃娃最後一眼。「充滿『古樸』的傳統。」

芙洛拿出手機又拍了幾張，大概要跟她在諾丁漢的朋友們分享——*看看這裡的瘋狂鄉巴佬都在做些什麼*——然後跟著我。

我們來到禮拜堂的門前，我把鐵鑰匙插進鎖孔，感覺有點僵硬，我必須用力向下推，才能讓鑰匙轉動。門扉吱嘎開啟，而且吱嘎聲恰到好處，就像恐怖電影裡的音效。我把門推得更開。

外頭雖然是八月陽光，但禮拜堂裡很暗，我的眼睛花了一點時間才適應。陽光透過髒兮兮的窗戶射進，照亮了飄於半空中的厚重塵埃。

裡頭的格局很不尋常：一間小小的中殿，勉強容納六排面向中央祭壇的長椅。兩邊各有一條狹窄的木樓梯，通向一座看臺，那裡有更多長椅俯視中殿，就像一座小劇院，也像角鬥士的決鬥坑。我搞不懂這種地方怎麼可能符合消防規定。

整個地方聞起來陳舊又荒廢，這很奇怪，因為這裡應該直到幾週前都一直經常使用。也和所有禮拜堂和教堂一樣，這裡讓人覺得既悶熱又寒冷。

在中殿的底部，我注意到一小塊區域被幾個黃色屏障封鎖起來，其中一個掛著臨時告示牌：「危險。地板崎嶇。石板鬆散。」

「我收回剛剛說的話，」芙洛說：「這裡是徹頭徹尾的糞坑。」

「還不算太糟啦。」

「有什麼比這樣還糟？」

「白蟻和甲蟲之類的蟲患？」

「我去外面等。」她轉過身，氣沖沖地走出室外。

我沒跟上。最好讓她獨自靜一靜，我現在說什麼都很難安撫她。我把她從她熱愛的城市、她覺得安定下來的學校裡連根拔起，帶到一個除了田野和牛糞芬芳之外什麼都沒有的地方。我得付出一些努力才能挽回她的心。

我抬頭瞪著木製祭壇。

「主啊，我在這裡做什麼？」

「我能如何幫妳？」

我急忙轉身。

一名男子站在我身後。他身形矮小，粉筆般的膚色被往後梳的油膩黑髮襯托得更顯蒼白。儘管天氣暖和，但他還是穿著深色西裝，底下是一件無領的灰色襯衫。他看起來就像正在前往爵士樂俱樂部的吸血鬼。

「抱歉，我只是以前從沒得到上帝的直接答覆。」我面露微笑，伸出一手。「我叫潔克。」

他繼續狐疑地瞪著我。「我是這裡的教會委員。妳怎麼進來的？」

我意識到怎麼回事。我沒戴牧師白領，而他可能只是被告知「布魯克斯牧師」今天會來。當然，他是可以上網查到我的名字，但我覺得他看起來是還在用墨水和羽毛筆的那種人。

「抱歉。我是潔克・布魯克斯。布魯克斯牧師？」

他稍微瞪大眼睛，臉頰微微浮現一抹色彩。我承認，我的名字經常引發混淆。我也承認，我對此樂在其中。

「噢，天啊。我真的很抱歉，只是——」

「我跟你想的不一樣。」

「沒錯。」

「你把我想得更高、更苗條、更好看？」

然後一聲呼喊傳來：**「媽！」**

我轉身。芙洛站在門口，臉色蒼白，瞪大眼睛。我的母性警鈴大作。

「怎麼了？」

「外頭有個女孩。她……我認為她受傷了。妳得過來。快點。」

第三章

這個女孩看起來不超過十歲，穿著一件原本可能是白色的連衣裙，雙腳赤裸……而且渾身是血。

血汙把她的金髮染成了骯髒的赤褐色，把她的臉染成深紅色，把裙子染成了深褐紅色。她搖搖晃晃地沿小徑朝我們走來，雙腳留下小小的血色腳印。

我盯著她，瘋狂地想弄清楚她發生了什麼。她被車撞到了？我在馬路上看不到其他車輛。而且她身上有這麼多血。她居然還站得起來？

我小心翼翼地走向她，蹲下身。

「嗨，親愛的，妳受傷了？」

她抬眼看著我。她的雙眸是搶眼的藍色，因為震驚而閃閃發亮。她搖頭。她沒受傷。那她身上這些血是從哪來的？

「那好。妳能不能告訴我，發生了什麼事？」

「他殺了她。」

雖然這時候酷熱難耐，我的脊椎卻感到一陣寒意。

「誰？」

「皮帕。」

「芙洛，」我小心翼翼地說：「報警。」

她拿出手機，震驚地瞪著螢幕。「沒訊號。」

媽的。一種似曾相識的感覺狠狠襲來，我覺得頭暈目眩。血。小女孩。又來了。

我轉向爵士樂吸血鬼，他在門口逗留。「我不知道你叫什麼名字？」

「亞倫。」

「裡頭有室內電話嗎，亞倫？」

「有。在辦公室。」

「你能不能用那支電話報警？」

他面有難色。「那個女孩——我知道她是誰，她來自哈珀農場。」

「她叫什麼名字？」

「波比。」

「好。」我以微笑安撫女孩。「波比，我們要找人來幫忙。」

亞倫還是沒動，也許因為震驚，也許只是因為優柔寡斷，總之這沒幫上忙。

「去打電話！」我朝他咆哮。

他急忙回到教堂裡。我能聽到汽車引擎加速的聲音。我抬起頭，看到一輛荒原路華休旅車高速拐過轉角處，在禮拜堂的柵門外驟然停下，輪胎在礫石上發出刺耳摩擦聲。車門用力甩開。

「波比！」

一名身形沉重、沙色頭髮的男人跳下車，朝我們踱步而來。

「噢天啊，波比！我到處在找妳。妳在想什麼，為什麼突然跑掉？」

我站直身子。「這是你的孩子？」

「是的，她是我的女兒。我是賽門・哈珀——」口氣彷彿我應該認得這個名字。「妳又是哪位？」
我用力咬住舌頭。「我是布魯克斯牧師，新來的教區牧師。能不能告訴我發生了什麼事？令嬡渾身是血。」
他對我怒目相視。他看起來好像大我幾歲，體型魁梧而非肥胖，五官活似猛牛。我猜他不習慣被挑戰，尤其被女人挑戰。
「事情不是妳想像的那樣。」
「是嗎——因為看起來很像《德州電鋸殺人狂》。」芙洛開口。
賽門．哈珀惱火地瞪她一眼，然後回頭看著我。「牧師，我能向妳保證，這一切只是場誤會。波比，請來我這裡——」他伸出一手。波比躲在我身後。
「你女兒說有人被殺？」
「什麼？」
「皮帕。」
「噢，看在基督的份上。」他翻白眼。「這太荒唐了。」
「這個嘛，我們可以讓警察來決定荒不荒唐——」
「是皮霸，不是皮帕……而且皮霸是豬。」
「你說什麼？」
「她身上的血是豬血。」
我瞪著他，感覺汗流浹背。一輛拖拉機在路上緩緩駛過。賽門．哈珀長嘆一聲。
「我們能不能進去——幫她清理一下？我不能像這樣把她帶回車裡。」
我瞥向搖搖欲墜的小屋。

「往這兒走。」

※ ※ ※

這是我第一次進入我們的新家，跟我預期的喬遷儀式不太一樣。芙洛從院子裡拿來幾張塑膠椅，我們讓波比坐下。我在水槽下面找到一塊看起來乾淨的布，連同半瓶液體肥皂。我還發現一個手電筒和一隻跟我拳頭一樣大的蜘蛛。

「我去車上看看，」芙洛說：「車上應該有些濕紙巾，還有一件我的運動衫，波比應該能穿。」

「好主意。」

她小跑回到外面。我認為她是個好孩子，雖然態度有點差。

我把布放到水龍頭下沖水，然後在波比身旁蹲下，擦拭她臉上的血。

豬血。一個小女孩怎麼會搞得自己滿身都是豬血？

「我知道這看起來很糟糕。」賽門・哈珀的語氣似乎想和解。

「我沒打算批評。這是我這種工作的第一條規矩。」

這也是謊話。我清理波比額頭和耳朵周圍的血跡。她開始看起來更像一個小女孩，而不是史蒂芬・金小說中的難民。

「你說你打算解釋？」

「我有個農場，哈珀農場，是經營多年的家族生意。我們在現場有自己的屠宰場。我知道有些人很難接受這點……」

我沒站起來。「其實，我認為人們應該要瞭解食物來自哪裡。我在上一個教區的時候，大多數的孩子都以為肉是在麥當勞的麵包裡長出來的。」

「這樣啊……總之，的確。我們試著讓我們的兩個孩子都瞭解農場程序，不要對動物多愁善感。蘿西——我們的大女兒——對此向來適應得很好，可是波比比較……敏感。」

我覺得「敏感」是某種委婉說法。我撫平波比的頭髮，她用那雙亮藍眼睛茫然地瞪著我。

「我跟我太太艾瑪說了……說她當初真不該讓女兒給牠們取名字。」

「給誰取名字？」

「豬群。取名字這件事讓波比很開心……但她果然對牠們產生了感情，尤其是其中一隻。」

「皮霸？」

「是的。我們今天早上把豬隻送去屠宰了。」

「啊。」

「波比那時候不應該在家才對。蘿西原本會帶她去遊樂場……不過顯然發生了什麼事。她們提前回來，我看到波比站在那裡……」

他欲言又止，一臉茫然。我想像一個孩子不小心看到那麼可怕的場景。

「我還是不明白，她怎麼會渾身是血？」

「我猜……她一定是滑倒了，摔倒在地上。總之，她跑走了，之後發生什麼妳都知道了……」他看著我。「妳不知道我有多難過，但農場就是農場，那是我們的工作。」

我感到一絲同情。我把布沖洗乾淨，用它擦掉波比臉上最後一點血，然後從我的牛仔褲的口袋裡摸出一條髮圈，把波比黏糊糊的頭髮紮成馬尾。

我對她微笑。「我就知道我們有辦法把妳變回小女孩。」

她還是沒反應。這有點令人不安。但話說回來，心靈創傷就是會產生這種影響，我以前見過。在貧民區當牧師，工作並不全是烘焙蛋糕和銷售雜貨。你會遇到很多生活困苦的人，有老有少。但是「虐待」這種事，並不僅限於城市街道，這點我也知道。

我轉向賽門。「波比有其他寵物嗎？」

「我們有一些工作犬，但牠們被關在狗窩裡。」

「或許讓波比養一隻屬於她自己的寵物，會是個好主意。小動物，像是她能照顧的倉鼠？」

有那麼一瞬間，我以為他可能會接受我的提議，但是他的表情又顯得封閉。

「謝謝妳，牧師，但我應該知道怎樣處理我自己的女兒。」

我正想指出，目前證據顯示他並不懂得怎樣處理他的女兒，這時芙洛回到廚房，手裡拿著嬰兒濕巾，連同一件印有《聖誕夜驚魂》傑克・史克林頓圖片的運動衫。

「這些能湊合嗎？」

我點頭，突然感到疲憊。「能。」

※　※　※

我們站在門口，看著那對父女——芙洛的運動衫在波比的膝蓋上拍打——爬進四驅休旅車，揚長而去。

我用一隻胳臂摟住芙洛的肩膀。「看來鄉下一點也不平靜。」

「是啊，也許這裡還是會樂趣十足。」

我輕笑一聲，接著發現一個黑衣鬼影拿著一個長方形大箱走向小屋。亞倫。我徹底忘了他的存在。這段時間他究竟在做什麼？

「我猜警察正在路上？」我問。

「噢，沒有。剛剛看到賽門・哈珀出現的時候，我就知道沒必要報警。」是嗎？看來賽門・哈珀在這裡顯然很有影響力。在很多小社區裡，常常會有一個家庭是眾人順從的，出於傳統，或是恐懼，或是兩者皆是。

「然後我想起來了，」亞倫說下去：「我應該在妳抵達的時候把這個給妳。」

他拿出箱子，正面用粗體字整齊地印著我的名字。

「這是什麼？」

「我不知道。有人昨天把這東西放在教堂留給妳。」

「是誰放的？」

「我沒看見。我猜這可能是個歡迎禮物。」

「也許是上一個牧師留下的？」芙洛提議。

「我覺得應該不是，」我說：「因為他死了。」我瞥向亞倫，意識到我這番話可能有點太直白。「我為弗萊徹牧師的消息深感遺憾，那一定很令人震驚。」

「的確。」

「他生前患病？」

「患病？」他納悶地看著我。「他們沒告訴妳嗎？」

「我聽說他死得很突然。」

「沒錯，他是自殺。」

第四章

「你早該告訴我。」

手機另一頭的杜爾金聽來模糊不清。「事情……敏感……最好不要……細節。」

「我不在乎——你應該提前跟我說清楚。」

「我沒有……私人……抱歉。」

「究竟有誰知道？」

「幾個人……教會委員……發現他……教區議會。」

這大概意味著村裡幾乎每個人都知道這件事。杜爾金接著說下去。我盡量把上半身探出二樓臥室的窗外——只有這裡能讓我的手機獲得可用訊號——而且訊號強度的圖示奇蹟般地出現第三條槓。

「弗萊徹牧師……精神健康問題。幸好他在事發前已經同意辭職，所以正式來說他已經不再是常駐牧師……」

意思就是，這不是教會的問題。杜爾金缺乏同理心幾乎到了病態的程度。我常常認為他的技能比較適合政治而不是教會，不過呢，也許這兩者之間沒有太大的區別，我們都是向皈依者傳道。

「我早該知道這件事。這會影響我在這裡如何做事的方式，會影響人們對這間教會和牧師的觀感。」

「當然。我很抱歉，是我疏忽了。」

聽他在放屁。他只是不想再給我一個拒絕赴任的理由。

「還有別的事嗎，潔克？」

「其實，還有一件事——」

這件事其實不重要。如果死亡只是讓人擺脫肉體、前往一個更高的層次，那麼死法應該並不重要。但是死法就是很重要。

「他是怎麼死的？」

我認識杜爾金很久了，聽到他停頓這麼久，我知道他在考慮要不要撒謊。然後他嘆口氣。

「上吊，在禮拜堂裡。」

※ ※ ※

芙洛跪在客廳地板上，從箱子裡拿出東西。幸好我們東西不多。搬家公司的廂型車終於抵達，兩個紋身青年花了二十分鐘才卸下我們的世俗財產。以工作了半輩子的成果來說，這點東西實在貧瘠。

我癱倒在勉強塞進小客廳裡的破舊沙發上。小屋裡的一切都很微小、低矮而且不穩定。沒有一扇窗能正常打開，屋裡因此熱得令人難受，而且我在穿過廚房和客廳之間的門扉時必須記得彎腰（偏偏我的身手並不像亞馬遜人那樣靈巧）。

浴室是橄欖綠色，長滿霉斑，而且沒有淋浴設備。供暖工具是燃油鍋爐和一個看似古老的燃木壁爐，可能需要進行安全檢查，否則我們在冬天可能會一氧化碳中毒。

本著數算恩典的精神，至少房租不用錢。我們可以盡最大努力，把這間小屋改造成屬於我們的小窩，但不是現在。現在我只想吃點東西，看些電視，然後睡覺。

芙洛抬頭。「希望今天的事件沒讓妳忘了這個地方有多破爛。」

「倒沒有，可是我今晚又累又餓，不會為此感到難過。我猜附近沒有外賣店吧？」

「其實，鄰鎮有一家達美樂披薩，我來這裡的路上有 Google 過。」

「哈利路亞，文明。咱們來看看 Netflix 上有什麼吧？」

「我以為英國電信還沒給這裡接上寬頻網路？」

唉。

「看來這裡只有普通電視可看。」

「想得美。」

「什麼？為什麼？」

她站起身，在我旁邊的沙發上坐下，一手摟住我的肩膀。

「眼前這幅畫面哪裡不對勁，麥可？」

聽她用電影《粗野少年族》裡的哏，我忍不住微笑。看來我的文化影響力還是有稍微感染到她。

「沒有電視天線。妳知不知道這意味著什麼？」

「天啊。」我仰頭。「不會吧？」

「沒錯……」

「我們究竟來到什麼樣的地方？」

「希望不是全世界的凶案首都。」

「我能應付吸血鬼，畢竟我有十字架。」

「還有一個神祕箱子。」

那個箱子。我因為氣杜爾金沒讓我知道弗萊徹牧師的死因，結果差點忘了這整件事最初是如何開始。我環視周圍。

「我不確定我把它放在哪。」

「在廚房。」

芙洛跳起身，拿著箱子回來，一把放在我身邊。我狐疑地打量這東西。

潔克・布魯克斯牧師。

「所以？」芙洛揮舞著一把剪刀。

我接過剪刀，劃開箱子封口的紙膠帶。裡頭是某個用薄紙包裹的東西，一張小卡片放在上面。我拿起卡片查看。

掩蓋的事沒有不露出來的；隱藏的事，沒有不被人知道的。因此，你們在暗中所說的，將要在明處被人聽見；在內室附耳所說的，將要在房上被人宣揚。路加福音第十二章，第二至三節

我瞥向芙洛，她挑眉道：「有點愛搞神祕。」

我放下卡片，剝開薄紙，揭露一個破舊的棕色皮箱。

我瞪著它，胳臂爬滿雞皮疙瘩。

「所以妳要不要打開它？」芙洛說。

不幸的是，我找不到理由不打開它。我把箱子拿出來，放在沙發上。裡頭有東西喀啷作響。我解開繫帶。

「掩蓋的事沒有不露出來的。」

箱內鋪設紅絲內襯，裡頭的東西用繫帶固定：一本皮革裝訂的聖經、一個耶穌被釘在上頭的沉重十字架、聖水、平紋布，一把手術刀，以及一把大鋸齒刀。

「這是什麼？」芙洛問。

我嚥口水，覺得有點想吐。「驅魔道具。」

「哇。」然後她皺眉。「我不知道驅魔會用到刀子？」

「一般來說不用。」

我伸出手，握住刀子的磨損骨製握柄，感覺冰涼又光滑。我把它從箱子裡拿出來。刀子很沉重，鋸齒狀的邊緣十分鋒利，上面覆蓋著生鏽的棕色汙漬。

芙洛俯身向前。「媽，那該不會是——」

「沒錯。」

這簡直成了今天的主題。

血跡。

第五章

月光。月光應該不會改變才對，但確實變了。

他伸出手指，讓月光在他的手上玩耍，滴落到草地上。草。草。草對他來說也是新鮮事，因為牢裡沒有草，沒有任何柔軟的東西，就連讓人發癢的硬床墊也不柔軟。月光總是透過狹窄的窗戶進來，被周圍若隱若現的建築物遮住部分。月光落下時，勁道沉重，重重落在水泥和鋼鐵上。

但在這裡，月光自由伸展，不受約束。它給他周圍的公園籠罩上——沒錯，*籠罩*——銀光。它在草地上輕輕依偎在他身邊。雖然這片草地稀疏斑駁，到處都是垃圾、蘋果酒瓶和菸蒂，但這又怎樣?對他來說，這裡就是人間天堂，他媽的伊甸園。他今晚的床是一張長椅，豪華床具是從某個醉漢那裡偷來的紙板和睡袋。在小偷或乞丐當中沒有道義這回事。但對他來說，這就是一張四柱床，上面有著絲綢床罩和鴨絨枕頭。

他自由了。十四年後，他終於自由了。而且這一次，他不會回去。他終於把自己弄乾淨了，完成了他們的復健計畫。他不再碰毒品，而且表現得像個乖孩子。

還不遲。輔導員們這樣告訴他。*你還能為自己建立新的人生。你可以擺脫昔日的人生*。

那些當然都是謊話。沒人能擺脫過去。你的過去就是你的一部分。它就像忠實的老狗一樣跟在你身後，不肯離開你的身邊。而且有時候，它會狠咬你的屁股。

他不禁咯咯笑。她一定會很喜歡他這句話。她以前常常告訴他，他就是懂得怎樣運用話語。也許吧，但他也很懂得運用拳打腳踢。他就是壓不住怒火，它遮蔽一切，奪走他的話語，讓他只看見厚厚一層血紅霧氣，這團霧在他的耳裡嗡鳴，充斥他的咽喉。

你必須控制你的怒火，她告訴他，否則那個婊子就贏了。

晚上，在他的牢房裡，他想像她在他身邊，她撫摸他的頭髮，輕聲細語安撫他，幫助他度過禁閉和戒斷症狀。他在黑暗中四處張望，尋找她。不。他獨自一人。但他不會孤獨太久。

他把睡袋拉到下巴，把頭躺在長椅上。這是個氣溫適中的夜晚。他很樂意睡在戶外。他可以凝望月亮和星星，期待明天。

那首關於明天的歌是怎麼唱的？好像明天離我只有一天什麼的。

他們倆以前有時候會唱這首歌。

她會說，我真希望我們真的是孤兒，就像劇中的安妮，然後我們就能離開這個地方。

然後她會依偎在他身邊，骨瘦如柴的四肢，還有聞起來像餅乾的蓬亂頭髮。

他綻放笑容。明天，明天，我會去找你。

第六章

週日早上的禮拜，是牧師在一星期當中最重要的表現。想吸引到一群人——我所謂的一群人是兩位數——就是在星期天。

我在諾丁漢的那間老教堂裡，會眾大部分是黑人，星期天意味著他們會穿上正式的衣服：帽子、西裝；小女孩把頭髮緊緊捲起，繫上大蝴蝶結。例如露碧。

這會讓做禮拜的日子感覺特別，會讓我覺得特別。據我所知，你如果仔細觀察，會發現他們那些衣服常常有點破舊，或是腰部緊繃。我的會眾來自城裡最貧困的地區，但他們還是做出努力。在星期天早上穿著得體，是一件值得驕傲的事。

在我待過的其他一些教堂，週日早上有時候真的會看到流浪漢坐在教堂長椅上。儘管如此，做牧師這一行當然不能挑客人。

當然，這有時候可能令人沮喪，但我總是試著提醒自己，如果有人從我的話語當中得到一點安慰，這就是一場勝利。教會服務的不只是那些相信上帝的人，也服務那些沒有任何信仰的人。孤單、失落和無家可歸的人。教會是避難所，至少我是這麼覺得。我無處可去、無路可走的時候，有人向我伸手。我永遠忘不了那份慈悲。如今，我試著償還。

我不確定該對這裡的會眾有什麼期望。小村莊通常更為傳統，教會在社區中發揮更大的作用。但是會眾的年齡也通常較大。有趣的是，很多人是在第一次戴假牙的時候才開始尋求信仰。

不過，今天並不是由我主持禮拜，我要再等兩星期才會正式開始。今天早上，主持禮拜的是來自沃伯勒格林的羅希頓牧師。我們已經透過電子郵件談過幾次，他似乎很善良、敬業而且工作過度，就跟大多數的農村牧師一樣。他目前同時跑三間教堂，所以他是在我的請求下才來到查博克弗特村，就像他所說的：

「上帝也許無所不在，但我還沒學會怎樣同時出現在四個地方。」

這也稍微解釋了我的任命的緊迫性，只是稍微。

那個奇怪的包裹讓我感到不安。我昨晚沒睡，寂靜的環境不斷令我驚醒。沒有遠處的警笛聲，或是醉漢在窗外的叫喊聲，而這些聲響反而令我安心。那天發生的事件不斷在我腦海中浮現：波比，臉上沾滿血跡。鋸齒刀。露碧的臉。跟波比的臉彼此重疊。她們倆都滿身是血。

我為什麼答應來這裡？我希望達成什麼目標？

我終於在剛過七點的時候從床上爬起來。一隻公雞在外頭大聲啼叫，棒透了。我給自己煮了一杯咖啡後，屈服於誘惑，從藏匿處——廚房抽屜裡，用抹布蓋住——拿出我的菸草罐和捲菸紙。

芙洛一直勸我戒菸，我也一直在試，可是肉身就是不夠堅強。我在桌邊捲了一支菸，接著把一件舊的連帽衫套在我的背心和慢跑褲上，然後我在後門外抽菸，試著把憂鬱情緒放在一邊。雖然天空多雲，但溫度已經放暖。這是個新的一天，新的挑戰，我向來為此感謝。沒人能保證明天會怎樣，每一天都是一份禮物，所以務必明智運用。

當然，就跟大多數的牧師一樣，我也常常光說不練。

我抽完菸，上樓洗了個半溫不冷的澡，然後擦乾頭髮，試著讓自己看起來人模人樣。我的頭髮依然大多是黑色的。我沒有太多皺紋，但臉上多了一些肉。我覺得我看起來就跟一般四十幾歲的媽媽一樣。結論：我只能這樣打扮湊合。

我費勁地回到樓下。想不到芙洛已經起床了，她蜷縮在客廳的沙發上，旁邊放著一杯茶，手裡捧著一本書，看起來是史蒂芬・金的新作。

「我看起來如何？」

她抬頭。「憔悴。」

「謝了。除了憔悴之外呢？」

我選了牛仔褲、黑色襯衫和牧師領，這讓人們知道我是誰，也知道我今天不值勤。

「我不確定黑色襯衫是不是好主意。」

「我要把霓虹色上衣和網襪留到別的場合。」

「什麼場合？」

「聖誕夜？」

「慢慢穿上，別把它們撐破了。」

「我就是這麼打算。」

她面露微笑。「妳看起來很棒，媽。」

「謝了。」我猶豫。「那妳呢？」

「我怎麼了？」

「妳還好嗎？」

「我很好。」

「真的嗎？」

「我們能不能不要再討論這件事，媽？不，我不恨妳。沒錯，我超不爽搬離諾丁漢。可是這只是暫時的，不是嗎？就像妳說的，事情就是這樣。」

「有時候妳太成熟了，反而會害到妳。」

「總不能咱倆都不成熟吧。」

我想上前緊緊摟著她，但她已經繼續埋頭看書。

「妳今早會去嗎？」

「我非去不可嗎？」

「由妳決定。」

「其實，我有點想去看看那裡的墓園，拍些照。」

「好。玩得愉快。」

我試著吞下心中小小的失望。她當然不想在一間又小又舊的禮拜堂裡聽著枯燥的證道。她十五歲了。我也不認為我們應該把自己的想法強加在子女身上。

我媽有這麼試過。我記得我小時候被拖去做禮拜，穿著我那套常洗的最好的衣服，坐立不安又覺得發癢。長椅很硬，教堂很冷，穿著黑色長袍的牧師把我嚇哭。後來，宗教成了媽媽的寄託之一，連同琴酒和她腦子裡的說話聲。宗教對我產生了相反的影響。我一有機會就逃走了。

信仰應該是一個有意識的選擇，而不是你年輕得並不理解或質疑它時被洗腦而相信的東西。信仰並不是像傳家寶一樣傳承下去的東西。它不是有形或絕對的，就算對牧師來說也不是。它是你必須繼續為之努力的事，就像婚姻或孩子。

你會有信仰動搖的時候。這很正常。壞事會發生。這類事情會讓你質疑是不是真的有上帝，而如果有，祂為什麼是個混蛋。但事實是，壞事不是因為上帝而發生的。祂並不是坐在天上的控制室裡，想著一大堆方式來「考驗」我們的信仰，就像《楚門的世界》裡的艾德‧哈里斯。

壞事會發生，是因為生活是一連串隨機的、不可預測的事件。我們在一路上會犯錯。但是上帝會原諒我們，至少我希望祂會。

我從廚房椅背上抓起連帽衫，探頭進客廳裡。「了解。我該出門了。」

「媽？」

「嗯？」

「妳打算怎麼處理那個箱子？」

我真的不知道。那個箱子比我願意承認的更令我震驚，超出我願意對芙洛承認的程度。

它從哪來的？是誰留下的？而且為什麼？

「我不確定。也許我會跟亞倫談談。」

她扮個鬼臉。「他讓我毛骨悚然。」

我想叫她不要那麼苛刻，但實際上，他也讓我毛骨悚然。我不太確定為什麼。在我的工作中，會遇到不少古怪、孤僻的人，可是亞倫不太一樣，似乎喚起了一些我寧可遺忘的感覺。

「我們晚點再討論這件事，好嗎？」

我把兩條胳臂伸進連帽衫。

「好——還有，媽？」

「什麼事？」

「妳最好換一件連帽衫。妳手上那件菸味很重。」

第七章

我走進禮拜堂，看到亞倫站在堂內後側，和一位肥胖的鬈髮牧師交談。現在已經九點半了，但是第一批信徒還沒到。

出於某種原因——也許因為他們倆急忙轉身——我立刻覺得他們在談論我。也許是我多疑，也許不是。而且他們為什麼不能討論我？我是新來的。可是這讓我覺得不自在。我擠出笑容。

「哈囉。我沒打擾你們說話吧？」

鬈髮牧師眉開眼笑。「布魯克斯牧師。我是羅希頓牧師——叫我布萊恩。咱們終於見面了！」

他伸出一隻豐潤的手。他體型矮胖，鹹牛肉色的皮膚布滿斑點，表示他對有趣事物的喜愛。他的眼睛明亮靈活，閃爍著淘氣的眼神。要不是因為他戴著神職項圈，我會以為他是酒館老闆，甚至是《羅賓漢》裡的塔克修士。

「我們——尤其我——真的很高興妳終於來了。」

我握了他的手。「謝謝。」

「那麼，妳適應得還好嗎？還是目前言之過早？」

「我很好，雖然適應總是需要一點時間，你懂的。」

「其實，我不懂。我還是助理牧師的時候，就一直在沃伯勒格林，快三十年了。我知道，我真的很懶散，可是我深愛這個教區，而且，當然——」他像告密一樣俯身靠來。「——這裡隔壁有間很不錯的酒館。」

他咯咯笑，笑聲低沉、混濁而且充滿感染力。

「這的確不能怪你。」

「妳從諾丁漢過來，一定覺得變化很大。」

「的確。」

「請盡量忍受我們這些可憐的鄉巴佬。妳認識我們之後，會發現我們其實還不壞。而且我們最近沒把任何新來的人綁在柳條架上燒死。好吧，至少從夏至之後就沒有了。」

他又咯咯笑，臉龐變得更紅潤。他從口袋裡掏出一塊手帕，輕輕擦拭額頭。

亞倫清清喉嚨。「今天的證道主題是新朋友和新開始，」他的語氣就像在主持葬禮，毫無友善態度。「羅希頓牧師覺得這個主題很適合。」

「妳現在不需要做些或說些什麼，」羅希頓補充道：「妳晚點才需要正式登場。但我們很高興妳在這裡。」他眨個眼。「妳來到這裡的消息已經傳開了，每個人都很想見見新來的女牧師。」

我繃緊身子。「好極了。」

「那麼，我們自己最好也做好準備。」羅希頓把手帕塞回口袋裡，雙手相扣。「我們的會眾很快就會到來！」

亞倫示意祭壇。我在靠近前側的長椅坐下。

「噢。」羅希頓半轉身過來，態度有點太過隨意。「亞倫告訴我，妳昨天見到賽門・哈珀和他女兒。」

原來他們剛剛在討論這件事。

「是的，那真是令人難忘的引薦方式。」

他停頓片刻，仔細考慮接下來的用字。

「哈珀家族有好幾代都住在這裡，他們的族譜能追溯到薩塞克斯殉教者……我不知道妳是否聽說過那些殉教者？」

「在瑪麗一世執政期間遭到殺害的新教徒。」

他眉開眼笑。「很好。」

「我有上網查過。」

「啊，這個嘛，妳在這個地區會經常聽聞他們。在火刑柱上被燒死的殉教者當中，就包括賽門・哈珀的祖先，墓地裡有一座他們的紀念碑。」

「我們有看到。有人在它周圍留下了焚身少女。」

他揚起濃眉。「焚身少女？妳真的有做足功課。有些人覺得它們有點可怕，但我們為我們在薩塞克斯被燒死的殉教者深感自豪！」他又咯咯笑，然後表情變得嚴肅。「總之，正如我所說，哈珀家族就是所謂的『社區的中堅力量』。他們在這裡非常受尊重。這些年來，他們為村莊和教會做出了很多貢獻。」

「哪方面？」

「捐款、募款。他們的生意雇用很多本地人。」

金錢，我心想。錢永遠是重點。

「我在考慮打電話給他們，找個機會去探望他們，」我說：「確認波比一切安好。」

「這個嘛，跟哈珀家混熟一點，對妳確實沒壞處。」他以精明目光看著我。「妳如果還想問我任何問題、任何事情，我都很樂意幫忙。」

我想起廚房桌上的皮箱、那張怪異的卡片。羅希頓知道些什麼嗎?也許吧。但我覺得現在不適合提到這件事。

「謝謝你。」我微笑。「我如果想到任何事,一定會跟你聯絡。」

※ ※ ※

禮拜很快結束了。教堂幾乎坐滿一半,這是我不習慣的景象,因為在我以前的教堂,能看到長椅被坐滿四分之一就很幸運了,而那種人數按照城市標準來說就是「人很多」。而且這裡的會眾並不全是老人。我看到一個四十多歲的黑髮男子獨自坐在一排座位的盡頭,連同幾組家人,但沒看到哈珀一家,所以哈珀家對教會的支持顯然僅限於經濟方面。

在整個禮拜過程中,我感覺到許多眼睛盯著我。我告訴自己,這是可以理解的,畢竟我是新來的,我是女人。他們看到的是我脖子上被稱作「狗項圈」的牧師領環,而不是我。

羅希頓是個熱情洋溢的演講者。幽默成分恰到好處,不會太偏重聖經文本。這聽起來可能很奇怪,但人們來教堂其實不是為了聽聖經裡的話語。首先,聖經是幾千年前的著作,內容有點枯燥。一流牧師解譯聖經的方式,會反映會眾的生活和關注點。羅希頓在這方面拿捏得完美。要不是一堆人盯著我,我早就開始記筆記。

雖然我已經當了超過十五年的牧師,但還是覺得仍在學習。也許,身為女人,我知道想被人們放在眼裡是多麼困難。又或許,所有成年人有時候都會有這種感覺,彷彿我們只是在扮家家酒,但內心還是孩子,穿著超大號的衣服四處走動,希望有人告訴我們怪物並不存在。

羅希頓把禮拜維持得簡短又愉快。不久後,會眾開始魚貫而出。羅希頓站在教堂入口,跟人們握手、閒聊。我保持距離，不想打擾他們。有幾個人問我在這裡適應得如何。還有人表示，很高興能在教堂裡看到一張新面孔。有些人則刻意把我當成空氣。這也沒關係。終於，最後一批白頭老人蹣跚離去後，我安心地鬆了一口氣。第一次公開展示結束了。羅希頓找出車鑰匙。

「那麼，我得在十一點半趕到沃伯勒格林，所以咱們明天見。」

「明天？」

「教區會議，早上九點，就在這間禮拜堂。只是為了把所有的無聊行政工作跑一遍。」

「噢，了解。」

我想必是忘了這件事，不然就是沒人提起。我被調來這裡的速度非常快，快得幾乎令人起疑，彷彿杜爾金迫不及待想擺脫我。

「也許我們可以另外找個時候，用較為輕鬆的方式敘舊，配杯咖啡，最好能配一大杯啤酒？」羅希頓接著道。

「聽起來不錯。」

「好極了。我有妳的電話號碼，我會用 WhatsApp 跟妳聯絡。」

他再次抓起我的手，用力上下搖晃。「我相信妳會很適應這裡。」

我微笑。「我已經有賓至如歸的感覺了。」

他走向他那輛鮮黃色的飛雅特汽車。我向他揮手道別，接著走回禮拜堂裡。亞倫已經收拾了祈禱書，然後消失在辦公室裡。我不太確定亞倫的技能是什麼，但是「默默地消失又重現」想必是其中之一。

我在這裡站了一會兒，瀏覽整間禮拜堂。會眾離開後，這裡總會出現一種感覺，就像在理所當然的休息前緩慢吐氣。那些靈魂的存在都留下了回音。

只不過，禮拜堂裡並非空無一人，不算是。前側的長椅上坐著一個人影。我以為每個人都走了，因此納悶亞倫為什麼沒把他們全趕出去。我不是說上帝會在時間到了的時候把人踢出去，而是沒幾間教會負擔得起整天敞開大門。如果在市中心這麼做，就等於邀請酒鬼、毒蟲和妓女。在這裡，我猜更可能引來狐狸、蝙蝠和兔子。

我慢慢走過長椅之間的走道，走向那個身影。那人在昏暗光線下就像一道影子。

「不好意思？」

這個人沒動，體積很小，只是個孩子，可是應該不會有人忘了把孩子帶回家吧？

「你還好嗎？」

這個人還是沒動。我突然意識到我聞到一些東西，氣味微弱但明確。是煙味，有東西在焚燒。

「牧師？」

我嚇一跳，轉個圈，被門外射入的明亮陽光刺得瞇眼。亞倫站在我身後，又一次。

「老天——你能不能不要再這樣？」

「再哪樣？」

「抱歉，當我沒說。這個孩子是誰？」

「什麼孩子？」

「這個——」我轉身指向前排座位的人影。

我眨眨眼。椅子上沒人，只有一件黑色大衣掛在椅背上，是某個教徒留下的。大衣的兜帽豎起，你如果在昏暗光線下瞇起眼睛，就可能把它誤認成一個人。

亞倫的嘴脣做出古怪舉動，我過了幾秒才意識到他在微笑。

「我相信這是哈特曼太太的大衣，她常常忘了帶走。我晚點會交給她。」

他走上前，拿起大衣，掛在胳臂上。我感覺臉頰泛紅。

「了解。謝了。抱歉，它看起來實在很像……」我欲言又止。我講話像笨蛋一樣，得重建一些權威感才行。「何不由我把大衣交給哈特曼太太？」

他皺眉。「這個嘛，她住在皮博迪巷的盡頭，靠近哈珀農場。」

我豎起耳朵，伸出一手。「沒問題。」

第八章

瓊恩・哈特曼住在一間古色古香的白漆小屋裡，位於一條狹窄的鄉間小道上，寬度只能容納一輛車。幸運的是，我遇到的唯一交通阻塞是一群迎頭走來的雉雞，牠們用明亮的橘眼瞪著我的車，然後蹣跚走進灌木叢。

「翅膀，上帝有給你們翅膀！」我咕噥。

我在小屋外頭停車，下了車，手裡抓著瓊恩的大衣。小屋的正門在房屋的側邊。我推開柵門，走過長滿羽扇豆和蜀葵的小徑。一般來說，至少需要敲門三下，才能把年長的教區居民召喚到門口。但令我驚訝的是，我才剛舉起手的時候，門就打開了。

瓊恩・哈特曼用混濁的白內障眼睛瞇眼看著我；她身高五呎，頭髮白如麵粉，身穿紫色連衣裙，拄著拐杖。

「妳好，」我覺得大概需要提醒她我是誰。「我是——」

「我知道，」她說：「我原本就希望妳會來。」

她轉過身，碎步回到小屋裡。

這個舉動似乎是邀請我進去。我跟上她，把門在身後帶上。

屋裡很黑，而且涼爽得很舒服。牆上裝有小小的鉛窗，牆壁是厚石頭。前門直接通往廚房，這裡的橫梁非常低矮，我的頭頂因此擦過扭曲的木頭。地板上鋪設方磚，旁邊是一座古老的爐灶，一隻貓在破爛的籃子裡睡覺。

瓊恩踱步走過廚房，走下一道矮階，進入客廳。這裡的橫梁也很低矮，但長度很長，延伸到房屋後側，在那裡是一扇通向花園的落地窗。一個巨大的書櫃占據了整面牆，書架上堆滿書脊破損的書本。除了書櫃之外，唯一的家具是一張被坐扁的沙發和一張高背椅，圍繞著一張大型茶几，上頭放著一瓶雪利酒和兩個杯子。兩個。

我原本就希望妳會來。

瓊恩在高背椅上輕輕坐下。我尷尬地站在原地，手裡依然抓著大衣。

「很抱歉打擾妳，可是妳把這東西忘在教堂裡了。」

「謝謝妳，親愛的，隨便找個地方放吧。妳能不能幫我倒杯雪利酒？也幫妳自個兒倒一杯吧。」

「很感謝妳的邀請，可是我得開車。」

我幫瓊恩倒了一大杯雪利酒，遞給她。

「坐吧。」她示意扁塌的沙發。

我看著沙發的柔軟絲絨，相當確定一旦坐下就恐怕再也站不起來。但我還是坐下，雙膝幾乎碰到下巴。

瓊恩啜飲雪利酒。「那麼，妳覺得這個地方怎麼樣？」

「噢，很不錯，每個人都很歡迎我。」

「妳來自諾丁漢？」

「是的。」

「跟這兒一定很不一樣吧？」

她的白內障擋不住眼裡的好奇。我改變心意，決定也喝點雪利酒。我俯身向前——這麼做有點難度——給自己倒了一小杯。

「我相信我會習慣。」

「他們有沒有跟妳說弗萊徹牧師的事？」

「有，實在令人難過。」

「他是我朋友。」

「那麼，我為妳的損失深感遺憾。」

她點頭。「妳覺得咱們的禮拜堂怎麼樣？」

我猶豫片刻。「跟我前一間教堂很不一樣。」

「咱們這間歷史悠久。」

「很多老教堂都是這樣。」

「妳有沒有聽說過薩塞克斯殉教者？」

「我有在文章上讀到。」

她沒打算停住，而是說下去：「六名新教殉道者，有男有女，遭到圍捕、在火刑柱上燒死。有兩名少女——艾比蓋兒和麥琪——逃進那間禮拜堂，可是被人背叛。她們遭到逮捕、折磨，然後殺害，就在禮拜堂外頭。」

「很令人難忘的歷史。」

「妳有沒有看到紀念碑旁邊的樹枝娃娃？」

「有。人們製作這種東西，來紀念殉教者。」

她的眼睛閃閃發亮。「不算是。據說，艾比蓋兒和麥琪的鬼魂出沒於禮拜堂，出現在那些遇上麻煩的人們面前。如果看到焚身少女，就意味著會遭逢厄運。這就是村民最初製作娃娃的原因。他們相信這種娃娃能抵禦一心復仇的少女幽魂。」

我在軟軟的座位上不自在地挪動身子，後背開始冒汗。

「這個嘛，每間教堂都需要一個精彩的鬼故事。」

「妳不相信有鬼？」

我想起我以為在禮拜堂裡看到的人影。焚燒味。

只是一件大衣。只是我的想像力作祟。

我用力搖頭。「不相信，而且我常常待在墓地。」

她又低聲輕笑。「弗萊徹牧師對這個故事很著迷，於是開始研究這個村子的歷史，也因此對其他少女感興趣。」

「其他少女？」

「失蹤的那幾個。」

「妳的意思是？」我盯著她，被一連串的問題和突然改變方向的話題弄得有點不自在。

「梅樂和喬伊，」她說下去：「十五歲，姊妹淘，在三十年前人間蒸發。警方認定她們是逃家。其他人雖然不這麼肯定，但因為那兩人一直沒被找到，所以什麼事都沒辦法被證明。」

我汗流浹背。「我好像不記得這個案子。」

她像小鳥一樣歪起頭。「這個嘛，妳在案發的時候很年輕，而且那時候不像現在有二十四小時新聞，也沒有社群媒體。」她苦笑。「人們會遺忘。」

「可是妳沒忘？」

「的確。其實，我可能是最後幾個記得的人之一。喬伊的母親朵琳患有失智症。梅樂的母親和弟弟已經離開了這個村子。差不多就在梅樂失蹤的一年後，他們就那麼走了，什麼東西也沒帶走。」

「這個嘛，悲痛會使人做出奇怪的事情。」

我放下手裡的雪利酒杯。杯裡已經空了，我該藉故離去。

「非常感謝妳的酒，瓊恩，但我真的該回去我女兒那裡了。」

我開始從沙發上抽身。

「妳不想更瞭解弗萊徹牧師的事情嗎？」

「也許改天——」

「他覺得他知道梅樂和喬伊發生了什麼事。」

我以半彎腰的姿勢愣住。「真的嗎？他知道什麼？」

「他沒告訴我，但不管是什麼，顯然令他心煩意亂。」

「妳認為他因此自殺？」

「不。」她的混濁眼睛閃爍著光芒，我明白兩件事——瓊恩不是不小心把大衣忘在禮拜堂裡，而且我遇到的麻煩比我想像的更多。

「我認為他因此被殺。」

第九章

芙洛把一卷新底片塞進相機裡。她手裡的沉重尼康讓她感到安心，宛如盾牌。她在這裡需要一間新的暗房。媽媽說過這裡有個地窖，不然小屋後面的外屋也是個選擇。她晚點會查看這兩處。

在之前的住處，暗房就是她的避難所。芙洛在沖洗照片的時候，總是覺得平靜又滿足。暗房是屬於她的空間，在這方面甚至超過她的臥室，因為媽媽還是常常敲一下門就闖進她房間裡。

但媽媽知道絕對不能在未經允許的情況下進入暗房，因為這樣可能會毀了芙洛的照片。掛在門上的「閒人勿進」警告標語，似乎真的有些意義。有時候，芙洛想獨處時，會在門上貼上標語，坐在黑暗中，沒忙著沖洗相片，只是慢慢坐著。

她從沒跟媽媽說過這件事。她有很多事都沒跟媽媽說，例如她曾在克雷格・赫倫的家裡抽大麻，她在某一場派對上喝醉，讓里昂在廁所裡撥弄她的私處，那次體驗其實不是很有趣（對兩名當事人來說都是），但他們至少能拿這件事吹噓，假裝自己不是百分百的處男處女。芙洛相當確定里昂是同性戀，但在他準備好出櫃之前，她很樂意配合他。

她之所以對媽媽隱瞞這些事，並不是因為媽媽是牧師，而是因為媽媽是媽媽，而且不管芙洛多麼愛她、母女倆感情多好，有些事就是不能跟媽媽分享。

牧師什麼的只是一份工作，在芙洛眼裡就跟其他工作沒兩樣，例如社工和醫生。媽媽會跟人們談論他們的問題。她組織青年團體、學校慶祝活動和所謂的咖啡早晨，還跟她不太喜歡的人開會。唯一的差別是，她穿著不一樣的制服。

但是芙洛認為，其實每個人都穿著制服。在學校也一樣：就算有正式的制服，但你的包包、夾克或鞋子才決定你是誰，是有錢人還是窮人，是酷咖還是遜咖。

芙洛很慶幸自己向來是個「異類」（她的朋友凱莉給彼此封了這個稱號）。異類是指不屬於任何特定群體的孩子，不算受歡迎，但也很少被找麻煩，大多被當成空氣。

當然，她確實因為媽媽的工作而被找過一些麻煩，但她通常只是聳聳肩，不當一回事，惡霸們也很快就厭倦了。對付惡霸的最好辦法，就是讓自己變得無趣。

但後來出現了個小女孩。露碧。媽媽和教會的名字出現在所有報紙上。事情就是在那時候急轉直下。她們的家門被塗鴉，教堂的窗戶被打碎，甚至有人來家裡用難聽字眼罵媽媽。

芙洛從沒跟媽媽說過自己在學校如何被人口頭羞辱，她在 Snapchat 上收到什麼樣的訊息。她不想讓媽媽更擔心。所以，芙洛隱瞞祕密。她相當確定媽媽自己也有祕密。

芙洛稍微長大一點後，開始注意到一些事。例如，媽媽從不談到自己的家人。她總是說芙洛的外公外婆已經死了。可是芙洛從沒看過外公外婆的照片，也沒看過媽媽年輕時的照片。媽媽也沒有任何社群媒體帳號，甚至沒有臉書。

「真實的朋友比虛擬的追隨者更重要，」她總是這麼說：「一個好朋友勝過十個攀附權貴者。」

芙洛明白這個道理。她不會用 Instagram 上的按讚數來評估自己的人生價值。她總是從圈外窺視圈內，這麼做比較開心。也許這就是她喜歡攝影的另一個原因。但有時候，她不禁好奇是不是還有其他事情，媽媽是不是還對她隱瞞了什麼，或是在逃避什麼。芙洛偶爾會想問起這件事，稍微刺探，但一直找不到適當的時機。而隨著搬家和其他事情，現在更不是適當的時機。

裝好底片後，芙洛把相機掛在脖子上，走出家門。她環視墓地。凹凸不平的墓碑幾乎一路延伸到小屋的前門，這還挺酷的。諾丁漢的教堂沒有墓地。那間教堂就在市中心，周圍是狹窄的排屋街道，教堂外面只有一小片草地，通常布滿狗屎和用過的針頭；偶爾會看到醉漢睡在教堂的門階上。

這裡的禮拜堂比較傳統，但其實也不算。它不像電視上那些禮拜堂，至少不是英國電視上那些，而是看起來像來自畫作。有個老婦人和一個拿著乾草叉的男子的那幅畫叫什麼來著？她想不起來了。但這裡給她的感覺就像那幅畫。而且這裡絕對是荒野，這點無庸置疑。但這裡也有點陰森詭異。她認為這裡應該能拍出一些好照片，尤其是黑白照片。如果給它們上色，就能讓相片看起來超有哥德風。

她在墓碑之間漫步，叢生的雜草掠過她的雙腿。墓碑大多非常古老，銘文早已磨損消失，但有幾個能勉強認出名字和日期。以前的人都很短命，日子充滿苦難和疾病，能活到四十幾歲就算幸運了。

她拍下一些銘文，然後繞到禮拜堂後面。這裡地形傾斜，有更多墳墓，有些比較新，保存得比較好，但一樣雜草蔓生，長滿蒲公英和毛茛。她在禮拜堂後面拍了幾張照。太陽高掛，建築物因此大多形成剪影。

她用一隻胳臂擦拭額汗。這兩星期的天氣十分潮濕，讓人覺得悶悶的。她昨晚睡得不好。她想念以前的房間，雖然濕氣有點重，但空間很寬敞，牆上貼著她最喜歡的樂隊、電影和電視節目的海報。

她在這裡的房間又小又悶。小窗戶打開一半就卡住，幾乎完全無法透風。最糟的是屋頂傾斜，她常常忘記這點而撞到頭。但就像媽媽那句口頭禪：「事情就是這樣。」

她認為所謂的「這樣」是「鳥樣」。

她快步穿過長長的草叢，回到小屋後面。外屋是一棟緊鄰廚房、搖搖欲墜的磚砌建築，可能曾經是室外廁所。媽媽說她認為裡頭有電力可用，但現在看著這裡，芙洛深感懷疑。她推開腐爛的木門，尿味撲鼻而來，緊接著是一聲呼喊：

「靠！」

她在黑暗中眨眼。一個瘦長身影急忙拉起拉鏈。兩人四目交會。他轉過身，試圖從她身旁推擠而過。但是多年的防身術課程（媽媽堅持要她從七歲開始學習）使得芙洛迅速做出反應，而且不擇手段。她抓住他的雙肩，用膝蓋撞擊他的襠部，再把他用力一推。

他倒在外頭的地面上翻滾，捂著鼠蹊。

「痛痛痛，我的蛋蛋。」

芙洛交叉雙臂，低頭瞪著他。

「你他媽的究竟是誰，幹麼在我們的外屋裡小便？」

第十章

我留哈特曼太太獨自啜飲雪利酒，覺得比今早更不自在。

這當然是我在胡思亂想，純粹因為我閒得發慌。我和其他人一樣喜歡《駭人命案事件簿》影集，但事實上，人們不會因為「這個人知道太多了」而到處找村莊牧師麻煩。

真實人生不是像這樣。我曾以牧師身分訪問監獄囚犯，知道真正的犯罪並不聰明也不複雜，而是投機取巧，考慮不周。凶手很少能「逍遙法外」，就算能，也通常是因為運氣而不是計畫。殺人幾乎一定是一種不顧後果的絕望行為，對當事人的人生或靈魂來說都是如此。

我把車速加快到時速三十公里。我專心開車，結果差點直接從哈珀農場的木製看板旁邊開過去。

「媽的。」

我猛踩煞車，倒了車，開進一條冗長的碎石路。這條路蜿蜒於田野之間，延伸至一棟漂亮的紅磚石板屋頂農舍，坐落於山丘頂端。這棟房子經過擴建和現代化，有一扇巨大的窗戶，還有一間大型溫室，能俯視整個鄉村到唐斯丘陵的景色，美得令人窒息。

我把車停在一輛破舊卡車和賽門．哈珀的荒原路華休旅車旁邊，下了車，鼻孔立刻被糞便和某種微微腐爛物的氣味襲擊。一群棕色奶牛在一塊地上吃草，羊群散布於另一塊地。

在附近，另一個區域被改造成圍場，裡頭有兩匹毛皮光滑的棕馬。在農場左側一條泥濘小路旁邊，我看到更多穀倉，連同一座現代化的倉庫式建築，我猜那就是屠宰場。

我對動物並沒有多愁善感的情緒。雖然我厭惡殘忍行為，但我確實吃肉，我明白肉不是從天上掉進特易購超市裡。我們想吃肉，動物就必須死，而我們能做的最好措施，就是確保動物在活著的時候過得很好，而且死得迅速無痛。在許多方面，屠宰場就在農場，這是件好事。但一想到有個小女孩不小心闖進去，我還是覺得不舒服。而且她究竟是怎麼「不小心闖進去」？我又想起波比茫然的眼神，還有賽門咄咄逼人的咆哮。那是出於尷尬？還是罪惡感？

我喀啦喀啦地走過碎石地，來到農舍的前門。杜爾金主教一定會建議我不要這麼做，不要多管閒事，不要給自己添麻煩。但在另一方面，這就是我為什麼成為牧師：為了保護無辜者。人們會願意告訴牧師某些事，而不願向警察甚至社工坦白。此外，牧師的白項圈也能讓你探訪其他人無法探訪之處，幾乎就跟警察證一樣好用。

我舉起手，輕輕敲門。我能聽到說話聲，然後門打開了。一個苗條如柳的少女靠在門框上，態度冷漠，穿著九分牛仔褲和背心上衣，金髮隨意地向後綁成鬆散的馬尾。

她有個姊姊，蘿西。

「什麼事？」

「妳好，我是潔克・布魯克斯——查博克弗特村的新牧師。」

她繼續默默看著我。

「妳妹妹昨天出了事，我只是想來看看她好不好。」

她嘆口氣，從門口退後，喊道：「媽——媽？」

「怎麼了？」一個女性嗓音沿樓梯迴響而來。

「牧師，跟波比有關。」

「跟她說我馬上就來。」

她對我迅速閃過一個缺乏誠意的微笑。「她馬上就來。」然後她用單腳轉身——我注意到她的腳趾甲修剪整齊——快步沿走廊離去，沒邀我進去，什麼也沒說。好吧。我直接走進去。

大廳非常寬敞，巨大的窗戶讓整個空間浸沐於陽光。一條木製樓梯蜿蜒至二樓的陽臺式平臺。我猜這個農場的生意一定很好。

「不好意思？」我喊道。

又一個苗條如柳的金髮女子走下樓梯。有那麼幾秒，我不禁好奇這家子是不是還有第三個女兒。那人走近時，我才明白怎麼回事。這名女子年紀較大，而且看起來雖然有接受一些微妙的美容手術，但人終究很難戰勝衰老過程。她大概四十幾歲，和我一樣。儘管如此，她跟她大女兒之間的相似處還是令人吃驚。

「嗨，」我說：「我是布魯克斯牧師。叫我潔克就好。」

女子輕快走過方磚地板。在她面前，我立刻覺得自己笨拙又邋遢。

「艾瑪・哈珀。很高興見到妳。昨天的小誤會我都聽說了。」她面露微笑。「很抱歉妳受到牽連。」

「別在意，我很高興能幫忙。我只是想看看波比是否安好。」

「沒問題，她很好，進來吧。我相信她會想跟妳打聲招呼。咖啡？」

「謝謝，」我說：「咖啡會很不錯。」

艾瑪好心又親切……但是？她是不是有點太好心又親切？還是我只是因為她的丈夫而這樣評斷她？

我跟著她進入廚房，裡頭的模樣簡直就像來自電視節目《宏觀設計》。巨大的中島、花崗岩流理臺、閃閃發亮的電器……應有盡有。廚房緊鄰一間玻璃溫室，裡面有一張長桌和幾張長椅、舒適的沙發和一張掛蛋椅。

我感到一陣嫉妒。我永遠不可能住在這種地方。我大概永遠不會有自己的家。如果我走運，教會會讓我繼續住在我最終住的房子裡，代價是我偶爾提供禮拜和行政方面的協助。如果我不走運，就會被迫搬出教會宿舍，被迫進入租賃市場，沒有存款也沒有資產。

這就是牧師的人生。當然，我們住在教會提供的宿舍，不用擔心租金或房貸。如果精打細算過日子，應該能攢下不少存款。可是牧師的收入大約是英國平均工資的一半，加上有個十幾歲的女兒，錢總是不夠用。在這一刻，我的積蓄大概只夠讓我在垃圾回收場買一間報廢的活動房屋。

「妳家真漂亮，」我說。

「噢。」艾瑪環顧四周，彷彿第一次注意到。「是啊，謝謝妳。」

她走到一臺造型時尚的咖啡機前，它的價格可能比我的車還貴。這臺綠眼睛的怪物機器發出咕噥聲。

「卡布奇諾、拿鐵，還是濃縮咖啡？」

我逼自己別說出「雀巢咖啡」。

「黑咖啡就好，謝謝，不加糖。」

「沒問題。」

咖啡機咕嚕作響的同時，我走到三折門前，向外張望。部分農地被圍成一個花園區，有一個木製的攀爬架、滑梯和一個蹦床，波比正在上頭蹦蹦跳跳。上，下，上，下，頭髮飛甩。但她轉身時，臉上一片空白，沒有微笑或喜悅。這幅景象讓我有點不安。

「她常常這樣跳好幾個鐘頭。」艾瑪走來，遞給我用馬克杯裝著的咖啡。

「她想必樂在其中。」

「很難說。波比總是喜怒不形於色。」她轉向我。「妳有孩子嗎，牧師？」
「只有一個。芙洛倫絲，芙洛——她十五歲了。」
「啊，跟我大女兒蘿西一樣大。芙洛倫絲會去上沃伯勒格林社區大學嗎？」
「是的。」
「噢，很好。我們應該介紹她們倆認識。」
「好主意。」
我實在看不出這兩個孩子能處得來，但誰知道呢？
「那麼，妳先生也是牧師？」
「他生前是。」我嚥口水。「他在芙洛很小的時候死了。」
「噢，我真的很遺憾。」
「謝謝妳。」
「妳獨自帶大芙洛？那一定很辛苦。」
「為人父母都很辛苦。」
「可不是嗎。要是我早知道波比蘿西更難帶，我可能會只要一個孩子——」她接著改口：
「我當然不是說我不想要她。我們坐下來聊吧？」
我們來到桌旁，在長椅上坐下。椅子的造型很時髦，但不是很舒服。
「波比狀況如何？」我讓話題回到此次拜訪的目的上。「她昨天似乎滿難過的。」
「噢，這個嘛，的確。那一連串事件真的很不幸。」
「阻止孩子們對動物產生感情，這一定很困難。」
「是啊。賽門在蘿西差不多在波比這個年紀的時候，帶她參觀了屠宰場。」

「真的？」

「屠宰場是家族的祖產之一，是我們的經濟命脈。蘿西沒有被嚇到。她跟波比不一樣。」

「她昨天在照顧波比？」

「是的，她很懂得照顧她。可是波比有時候很難搞。可憐的蘿西根本不知道該怎麼辦。」

「我還是有點搞不懂，波比怎麼會全身沾滿血。」

她露出緊繃笑容。「屠宰場有很多血。」

這我知道，但還是無法清楚解釋我的疑問。我瞥向窗外，發現蹦床上空無一人。廚房的門打開，波比走進來。

「嗨，親愛的。」艾瑪說。

波比注意到我坐在桌邊。

「嗨，波比。妳還記得我嗎？我們昨天見過。」

她點頭。

「妳好嗎？」

「我要養倉鼠了。」

我挑眉。

「好極了。」

「是賽門的主意，」艾瑪說：「不過記得一定要把牠清理乾淨，小波。媽咪可不會代勞。」

「爹地也不會。」一個低沉嗓音從我們身後傳來。

我轉身。賽門•哈珀站在門口，穿著磨損的套頭衫、骯髒的牛仔褲和厚襪子。他走進廚房，拿起一個玻璃杯，倒滿來自冰箱飲水機的冷水。他看到我的時候似乎並不覺得驚訝，不過他可能已經在外頭看到我的車，貼在車後面的貼紙「牧師做事恭恭敬敬」大概洩漏了車主的身分。我得說清楚，那張貼紙不是我貼的。和大多數的財物一樣，那輛車也是我從某個前輩那裡繼承來的。

「布魯克斯牧師。很高興再次見到妳。」

他聽起來言不由衷。

「希望你不介意我不請自來——我只是想看看波比怎麼樣。」

「她很好。妳很好吧，小波？」

波比乖乖點頭。她父親的出現似乎讓她變回靜音模式。

他看著艾瑪。「妳應該打電話讓我知道我們有訪客。」

「抱歉，我以為你在忙。」

「我能撥時間出來。」

「的確，這個嘛，我沒想到——」

「沒錯，妳沒動腦子想。」

這幾個字懸於空中，充滿指控。我來回瞥向他們倆，然後站起來，逼自己別說出我這個立場的人不該說的話。

「艾瑪，謝謝妳的咖啡。很高興見到妳。也很高興再次見到妳，波比。」

「我送妳出去。」賽門說。

「不用麻煩了。」

「我樂意這麼做。」

我們走出廚房，回到大廳。我們離開其他人的聽力範圍後，他立刻開口：

「妳不需要來這裡檢查我們。」

「我不是來檢查你們。」

他壓低嗓門。「我知道妳的來歷，布魯克斯牧師。」

我繃緊身子。「真的嗎？」

「我知道妳打哪來。」

我試著讓臉上維持鎮定，但能感覺到腋下冒汗。「原來如此。」

「我也相信妳是出自善意，可是這裡不是諾丁漢，不是市中心的糞坑，這裡的人不會虐待孩子。我們不是那種人。」

「那種人？」

「妳明白我的意思。」

「不。」我冷冷地瞪著他。「也許你願意把話說清楚？」

他對我怒目相視。「總之，妳照顧好妳的羊群，我照顧好我的，行嗎？」

他拉開門，我僵硬地走出去。門在我身後用力甩上。好一個王八蛋。

我走向我的車，午後的沉重熱氣壓在我背上，然後我停下腳步，發現車子的左車門上有兩條鋸齒狀的深刻傷痕，形成一個倒置的基督教十字架。我盯著這個神祕符號，感覺身上的汗水冷卻。我很確定我今早出門時車上沒有這道傷痕，就算我當時沒查看。我環視周圍，車道上空無一人，但我總覺得遭到監視。我抬頭，對太陽瞇起眼睛。蘿西從二樓臥室的窗戶探出身子，面露微笑，以嘲諷態度對我揮揮手。

表現得像個基督徒。表現得像個基督徒。

我回以笑容，接著對她比個中指，然後鑽進我的車裡，揚長而去，輪胎激起大片塵土。

第十一章

這名少年看起來跟她年齡相仿。身形瘦削，穿著緊身牛仔褲、背面有骷髏頭圖案的連帽衫，腳上是馬丁鞋。他倒在地上扭動的時候，染成黑色的長髮披散在臉上。

「我問了你一個問題。」

「聽著，我很抱歉。我只是偶爾會來這裡，而且──」

「而且什麼？」

「我……喜歡看東西……畫東西。」

「什麼樣的東西？」

「很普通的東西。」他費勁地從後口袋裡掏出一本破舊的速寫簿，遞給她，胳臂抽搐。芙洛接過，翻了翻。裡頭大多是用炭筆畫的墳墓和教堂，但夾雜著奇怪的鮮明怪物和怪異的鬼魅人物。

「畫得真的很好。」

「妳這麼覺得？」

「嗯。」她闔起本子，還給他。「但你還是不該把我們的外屋當成廁所。」

「妳住在這裡？」

「我媽是這裡的新牧師。」

「聽著，我剛剛只是真的需要，妳懂得，小解，而且我不想……」他指向墓地，胳臂抽搐顫抖得更厲害。「在墓地小便似乎很不上道。」

芙洛又看了他一會兒，打量他。他看起來很真誠，而她其實有點為他感到難過，因為他一直出現不由自主的怪異痙攣。她伸出一手。他握住，被她拉起來。

「我叫芙洛。」

「我叫瑞——瑞格理。」

他說話時渾身痙攣。

「你的名字叫『扭來扭去』？你是在開玩笑吧？」

「沒——沒有，瑞格理是我的姓氏。我的全名是盧卡斯・瑞——瑞格理。」

「噢。」

「是啊，很諷刺吧？我等於幫惡霸省下幫我想綽號的時間。『看喔，扭扭蟲瑞格理來囉。』」

「好慘。」

「惡霸就是這樣，他們都很缺乏想像力。」

「的確。」

「順道一提，我有肌張力不全症，所以才會抽搐之類的。醫生說這是神經方面的問題，我的腦子有問題。」

「他們沒辦法治嗎？」

「不算有。」

「好慘。」

「是啊。」他瞥向她脖子上的相機。「妳是攝影師？」

她聳肩。「我正在努力。我原本想把外屋改造成暗房。」

「酷。」
「是啊——直到我發現它被人當成廁所用。」
「抱歉。」
她揮個手。「我可能會去看看地窖。」
「妳才剛搬來？」
「昨天。」
「妳覺得這個地方怎麼樣？」
「說真的？」
「嗯。」
「這裡有夠破爛。」
「歡迎來到不毛之地的狗屎一角。」
「你住在村裡？」
「是啊，在村子另一頭，跟我媽一起住。妳呢？」
「也只有我跟我媽兩個。」
「所以，妳會去上沃伯勒格林社區大學嗎？」
「應該會吧。」
「也許我會在學校見到妳。」
「也許吧。」
「嗯。酷。」
話題暫時耗盡，兩人站在原地，看著對方。她注意到他的眼睛是一種怪異的銀綠色，有點像貓。能拍下來一定很酷。她一定能拍出他眼睛裡奇特的斑點。然後她心想，她幹麼這麼在意他的眼睛。

「好的，那麼，回頭見。」

「回頭見。」

瑞格理轉身要走，但停下腳步，又轉頭回來。「其實，如果妳喜歡拍照，我可以帶妳去一個很酷的地方喔？」

「是嗎？」

「在那邊的田野，有一棟廢棄的舊房子。」他用顫抖的胳臂指向那一處。「有夠陰森的。」

芙洛遲疑不決。瑞格理是怪咖，但怪咖不一定是壞人。而且，要不是因為奇怪的抽搐，他其實算是有點帥。

「好。」

「妳明天會在嗎？」

「這個嘛，我的行事曆滿檔……」

「噢。」

「開玩笑的啦。我有空。幾點？」

「我也不知道。兩點怎麼樣？」

「行。」

「墓地再過去的田野裡有一個舊輪胎鞦韆，我在那裡跟妳會合。」

「行。」

他從遮臉頭髮底下對她露齒而笑，然後抽搐離去。瑞格理。芙洛甩甩頭。希望她剛剛不是答應跟村裡的常駐精神病患者見面。

她拍了幾張照片，但已經失去了興致。她開始循著蜿蜒小路返回禮拜堂。她的腳被某個東西絆住，幾乎整個人摔趴。她及時恢復平衡，而且避免相機砸到她面前的墓碑上。

「我靠。」

她回頭查看被什麼東西絆倒。一塊倒塌的墓碑，淹沒在灌木叢中，被苔蘚覆蓋一半，銘文幾乎徹底磨平。她舉起相機拍照，然後皺眉，觀景窗的畫面似乎有點模糊。她試著對焦，但還是不太清晰。她轉過身，試著讓鏡頭朝遠處的其他東西對焦，這時差點嚇得脫一層皮。

有個少女站在幾呎外。

她渾身赤裸，而且著火。

橙色火焰在她的腳踝周圍竄動，舔舐她的腿，把皮膚燒得焦黑，一路延伸至她光滑無毛的恥骨，這就是為什麼芙洛知道那是個女孩，否則難以辨識。

因為她沒有雙臂也沒有頭顱。

第十二章

媽的。我沿著狹窄小路加速，咒罵賽門・哈珀、他的家人和我自己。

很顯然的，我在這裡的任期並不是杜爾金期望的那種平靜田園詩。事實上，就算我光著身子站在村子中央，宰殺幾隻雞——或是雉雞——來獻祭，情況也不會更糟糕到哪裡去，反正雉雞似乎就是想鑽到我的車輪底下自殺。

不過，我應該從經驗中知道，事情總是會變得更糟。

我在禮拜堂外頭停車，氣沖沖地沿上坡小徑走進小屋。我立刻被屋內的寂靜氣氛包圍。

「芙洛？」

無人回應。我皺眉。她說會在墓地拍照，也許現在還在那一處。我正想走出屋子的時候，聽到樓上傳來吱嘎作響的聲音。

「芙洛？」

我爬上樓梯。她的臥室門開著，但她不在裡頭。我試著打開浴室門，發現上了鎖。我敲門。

「芙洛。妳還好嗎？」

沒人回應，但我能聽見動靜。

「芙洛——別不吭聲。」

「等一下！」口氣焦急又厭煩。

我繼續等候。又過了幾秒後，我聽見栓鎖滑動的聲音。我猜這表示我可以進去，於是我輕輕推開門。

「快啊。」芙洛嘶吼，我立刻明白為什麼。

浴室的小窗戶被一個扁平的紙板箱遮住。所有可用的表面，以及裂開的亞麻地板，幾乎都被攝影設備占據。這個小房間散發著沖洗相片所用的化學物質的惡臭。以電池供電的安全燈支撐在浴室櫃的頂部。浴簾被拉到一邊，滑桿被當成晾東西的桿子，上頭用洗衣籃裡的夾子夾住濕漉漉的照片。看來我出門的時候，芙洛把這間小浴室改造成臨時暗房。

在我的注視下，她小心翼翼地從洗臉盆裡拿出一張相紙，掛在滑桿上。

「妳在做什麼，親愛的？」

「妳覺得這看起來像什麼？」

「看起來像我沒辦法小便。」

「我必須把這捲底片沖洗出來。」

「不能等嗎？」

「不能。我得看到那個女孩。」

「什麼女孩？」

「墓地的女孩。」她調整晾衣夾上的照片，端詳一排黑白圖像。

她把墓碑凌亂的墓地拍得很美，美得令人心煩意亂。但我沒有在任何一張相片上看到什麼女孩。

「我沒看到任何人。」

「我知道！」她沮喪地轉身。「可是她真的有在場。她渾身著火，而且她沒有腦袋也沒有胳臂。」

我對她眨眼。「妳說什麼？」

她叛逆地向我歪起下巴。「我知道我聽起來像在鬼扯。」

「的確——」

「聽起來就像瘋人說瘋話，是吧？」

「我沒這麼說。」我停頓。「妳覺得妳看到什麼？某種鬼魂？」

她聳肩。「我不知道她是什麼。她看起來很真實。然後她消失了。」

她聳肩聳得太一派輕鬆。她試著保持冷靜，不讓自己顯得歇斯底里，但我瞭解我的女兒。她很害怕。不管她看到什麼，都嚇得她魂飛魄散。

「好，」我溫柔道：「有沒有可能有其他解釋？」

「我知道我看到什麼，媽。這就是為什麼我試著拍些照片——我知道不會有人相信我。」

「那麼，也許是雕像或某種——我也不知道——光線造成的詭異錯覺？」

我實在想不出任何合理解釋。芙洛交叉雙臂，瞇起眼睛。

「我看到一個女孩，渾身著火，沒腦袋也沒胳臂。光線造成的詭異錯覺哪可能這麼厲害？」她轉過身，瞇眼看著相片。「那她為什麼沒出現在底片上？」

「我毫無頭緒。」

但我突然想起瓊恩的話語。

焚身少女依然在禮拜堂徘徊。如果看到焚身少女，就意味著會遭逢厄運。

我環顧四周，看著浴室裡到處都是的雜物。「聽著，我們何不下樓去，晚點再回來？」

她誇張地長嘆一聲。「嗯，好吧，反正我在這裡也忙完了。」

她讓我帶她走出浴室。

「妳怎麼出去那麼久？」我們下樓時，她問。

「教區探訪。」

「妳探訪了誰？」

「賽門・哈珀。」

「我以為妳在這兒應該低調點？」

我感到一絲愧疚。「的確。來吧，我給咱們煮頓遲來的午飯。」

「妳有去買菜？」

靠。其他事情我都記得，偏偏忘了這件事。我真是個差勁的媽媽。

「抱歉，我忘了。不過妳應該不介意吃披薩吧，就當換個口味？」

「我無所謂。」

我們來到客廳。現在才下午兩點，天空卻已經烏雲密布，感覺陰鬱黑暗。透過窗戶，我只看到豎立於叢生雜草當中的墓碑尖端。我們站在原地，凝視墓地。

「她有沒有可能就是妳跟我說過的女孩之一？」芙洛問：「殉教被殺的那些人。」

我不太想滿足她這種執念，但她確實有看到什麼東西，所以我說：「一些村民相信那些少女在禮拜堂徘徊——但這只是民間傳說。」

「可是這個可能性存在嗎？」

我嘆氣。「存在。」

她用一隻胳臂摟住我的腰，把頭靠在我的肩膀上。再過不久，她的個子就會高得不適合這麼做了，我難過地心想。親愛的上帝啊，我知道她必須長大，可是需要長這麼快嗎？就不能讓我再抱著她、保護她一陣子嗎？

「媽？」

「嗯？」

「妳我現在都相信有個無頭無臂的燃燒女孩在墓地出沒，這到底是好是壞？」

我捏捏她的肩膀，試圖壓抑我自己的不安。「我們在這件事上還是別多想吧。」

※　※　※

我當然繼續想著這件事，至少比芙洛更想著這件事，她正在她房間裡呼呼大睡，這個身形瘦長的青少年身上蓋著電影《聖誕夜驚魂》的羽絨被。

我們打掃了臨時暗房。我告訴她，我明天會查看地窖，看能不能當成暗房。聽她說外屋不適合，沒有電力，而且沒辦法擋光。

這天晚上，我們用微波爐加熱了剩餘的披薩和馬鈴薯角，看了喜劇老片ＤＶＤ——《布萊克書店》和《泰德神父》。午夜剛過，我跟著芙洛上床睡覺。

和往常一樣，我在鑽進被窩之前，先盤腿坐下來禱告。我不確定上帝有沒有聽見我。在某種程度上，我希望祂有更重要的事要忙，而不是聽我胡言亂語。但我還是從我們每晚的聊天中獲得安慰。這讓我宣洩我的恐懼、擔憂和喜悅，平靜我的靈魂，洗滌我的心靈，讓我記得我是誰、為什麼成為牧師。

今晚，我遇上困難，我似乎不知道該說什麼好。我的腦袋覺得渾濁又混亂，彷彿來到這裡後，我平時小心翼翼保留的所有碎片都被甩散，我已經不再知道什麼東西在什麼地方。

我敷衍地說了幾句「感謝上帝」和讚美，然後關掉燈，側身躺下。但就跟我想的一樣，我睡不著。這個小房間裡又熱又悶，而且我向來淺眠。我不喜歡黑暗，不喜歡寂靜。最重要的是，我不喜歡跟自己的思緒獨處。我拿得出來的祈禱詞，都無法徹底阻止以我的心靈為獵物的那些怪物從黑暗角落裡爬出來、尋求盛宴。

我盯著凹凸不平的天花板，以意志力命令我的眼皮下垂，讓睡意開始把我拉進虛無，但我的思想頑固地抗拒。

她渾身著火，而且她沒有腦袋也沒有胳臂。

如果看到焚身少女，就意味著會遭逢厄運。

民間傳說，都市傳說。胡言亂語。但我還是覺得胃袋裡彷彿有個鉛塊。

芙洛不是那種喜歡胡思亂想的人。她務實、理智又理性。她不會編造這樣的事。所以，另一個可能性是什麼？某種幻影？

身為牧師，我相信人在死後會繼續存在。可是鬼魂？與這個地球保持聯繫的物理實體，尋求報復或了結心事？不。我沒見過任何證據能讓我相信這種事。嚴格來說，我不想看到任何證據來讓我相信這種事。我寧可把那些困擾我的東西當成隱喻，而不是物理實體。

我坐起身，打開床頭燈，把雙腿移到床下，腳下的木地板感覺冰冷粗糙。地毯，我心想，在「讓這間小屋稍微舒適點」的購物清單上又添加了一筆開支。

我把腳塞進破舊的拖鞋裡，走出房間，來到樓梯平臺上。我打開走廊的燈，下樓來到廚房，用力拉開一個抽屜，想從茶巾底下摸出我的菸草罐和捲菸紙。我的手指摸索了老半天，但什麼也沒找到。我低聲咒罵。芙洛。

幸好我有應變計畫。我來到客廳。我大多數的書本還在箱子裡，但我已經拿出了幾本，放在破舊的書櫃上，包括一本厚厚的皮裝聖經。這本書看起來像教堂遺物，但其實是我在一個二手市集買來的，書裡不是上帝的話語，而是中空的，很適合拿來藏金屬酒壺，我則是在裡頭藏了個備用的菸草罐，一包瑞茲拉捲菸紙和一個打火機。

我走回廚房，捲了一支菸，打開門。夜晚空氣沉重濃厚，夾雜著月見草、月光花和茉莉花令人厭煩的熟悉氣味。*夜花*。我記得我小時候聞到這種氣味飄進我的臥室窗戶。

我用力抽口菸，推開那道回憶，吸入尼古丁，但似乎沒能緩和我的強烈焦慮。我太清楚感受到靜謐、黑暗，還有我腦子裡的吵雜思緒。

這裡的黑暗與城市不同。在城市裡，路燈、商店的光芒以及經過的車輛會讓黑暗變得柔和。但在這裡的黑暗是真正的黑暗，我們在懂得用火和電力之前的黑暗。飢餓的黑暗，充滿隱藏的眼睛。*魔鬼藏在這裡*，我心想，然後納悶以前在哪聽過這句話。今晚我的大腦真的有點焦躁。

我把菸湊到脣前……然後停頓。禮拜堂裡有光芒。

怎麼會——

光芒在二樓窗戶裡閃爍。是窗戶反映車燈嗎？不，那扇窗面對小屋，而非馬路。那道光又出現了。一盞小燈在二樓搖來晃去。燈泡故障？接線不良？還是有人闖進去？

我瞪著那道光，不確定該怎麼辦。然後我捏熄了菸，走回小屋，打開水槽下的櫃子。我記得昨天有在這裡看到一支手電筒，它應該沒電了，但我在外頭的漆黑環境中不可能只依賴手機的燈光。我打開手電筒，一道穩固的光線從中射出。

我拿起鑰匙，沿著狹窄小路從小屋前往禮拜堂，把手電筒拿在身前。一個小小的內心聲音咕噥說：我這種舉動就是恐怖片的角色會做的那種事，在片名出現前注定要以可怕方式死去的蠢蛋。我試著無視這個聲音。

我來到禮拜堂的門前。我昨晚有鎖上這道門，我記得我有扭動沉重的鑰匙，它那時候卡住了，所以我必須用全身體重壓住它，才能讓它轉動。

在此刻，門是半開著。

我猶豫了一下，然後把門推得更開，走了進去。手電筒照亮了教堂裡一個三角形的小區域。黑暗從兩旁壓迫而來。電燈開關在哪？我轉向右方，四處摸索，黑暗這時候在我身後。該死的電燈開關究竟在哪？我的手指終於摸到塑膠。

電燈嗡嗡作響，閃爍綻放光芒。燈泡暗淡泛黃，沾滿灰塵和蜘蛛網，只有稍微驅散黑暗。教堂裡看起來沒人，但這就是教堂的麻煩之處，裡頭到處都是能躲人的空隙和角落。

「哈囉？有人在嗎？」

當然沒人回應。我把手電筒握得更緊。這玩意兒夠堅固，勉強能充當武器。我的另一隻手裡拿著沉重的鑰匙。我把它插在指間裡，讓尖端從中伸出。我晚上在城市裡走動的時候都會這樣拿著鑰匙。

我看到樓上的燈光，於是爬上位於側邊的臺階，前往上層的陽臺式座位。上頭比樓下更黑暗，只有兩顆燈泡提供照明，而且我又聞到那股怪味道，燒焦的煙味。我用手電筒查看周圍，只看到一排排的木椅。我沿著椅子移動，把手電筒對準它們之間的黑暗區域，可是沒人躲在這裡。

陽臺式座位的盡頭有一扇又小又窄的門，我猜那是儲藏室。我走向前，抓著鑰匙，把手電筒舉在身前。我來到門前，用力打開，一堆長椅軟墊倒塌而出。

我急忙往後跳，嚇得心跳加速，然後允許自己鬆一口氣、咯咯笑。只是椅子軟墊，麥可。

我窺視櫃子裡。它很小，裡頭塞滿更多墊子和祈禱書，沒地方躲人。我彎腰撿起軟墊，這才意識到它們呈焦黑狀，彷彿曾被點燃。這點雖然很怪，但或許能解釋為何有焦味。我把它們塞回櫃子裡，關上門。就在這時候，我聽見下方傳來一道聲響，一道吱嘎聲，彷彿禮拜堂的門打開了。我的心臟差點跳進嘴裡。我沿著長椅邊緣往回走，小心翼翼走下臺階，避免扭到腳踝。

我來到樓下，在中殿周圍揮動手電筒，沒看到任何人。我把手電筒轉向祭壇，發現那裡的閱讀燈亮著。我確定它原本沒亮著。

我沿走道走向那裡。祭壇上有個東西，是一本聖經，體積很小，是藍色的，在主日學給孩子使用的那種。聖經打開著，一條經文旁邊畫了線：哥林多後書第十一章第十三至十五節。

那等人是假使徒，行事詭詐，裝作基督使徒的模樣。這也不足為怪！因為連撒旦也裝作光明的天使。所以他的差役，若裝作仁義的差役，也不算希奇。他們的結局，必然照着他們的行為。

我盯著這幾個字，感到一陣寒意。然後我拿起這本聖經。其中一角焦黑，彷彿被燒過。我翻到第一頁。我以前上主日學的時候，我們會被要求在聖經的封底上寫下自己的名字。果不其然，這裡有個名字。用藍墨水寫的，如今幾乎完全褪色。我用指尖撫過這些幽靈般的字母：

梅樂・J・L

她們躺在屋後的長草上，隱藏在搖曳的枝葉中。查經班結束了，她們在必須回家前能在這裡相處片刻。

梅樂從牛仔褲口袋裡摸出一支皺掉的菸，連同一支比克打火機。「要不要來一口？」

「我不行。牧師要來我家喝茶。」

「為什麼？」

「我媽要我多上幾堂查經班。」

「多上幾堂？跟那個臭臉咖？」

「不是，是新來的那個。妳有沒有見過他？」

梅樂聳肩。「有。」

「他長得有點像電影明星克利斯汀・史萊特。」

「但他終究是個宗教狂。」

「妳不該說這種話。」

「為什麼？」

「因為上帝可能會聽見。」

「上帝不存在。」

「妳想下地獄嗎？」

「妳講話的口氣像我媽。」

喬伊俯身向前，輕觸朋友眼睛周圍的瘀痕。

「會痛嗎？」

「會。別碰。」

「妳恨不恨她？」

「有時候會。有時候我希望她死了。但平時的時候，我只希望她能變得不一樣。」

兩人靜靜躺了一會兒，然後喬伊起身。「我得走了。我晚點打電話給妳？」

「好。」

梅樂坐起來，目送朋友輕快走過草地。她回頭瞥向房子，能聽見媽媽在裡頭尖叫。她拿起聖經和打火機，把火焰湊向聖經的一角，看著皮質封面變黑。然後，聖經即將著火前，她把它丟到草地上，再次躺下，點燃香菸。

我才不在乎會不會下地獄，她心想。地獄不可能比我現在的人生糟到哪裡去。

第十三章

我扣好襯衫，調整好白領，撫平法衣，然後從前廳走到祭壇。我凝視著會眾。信徒們坐著，身子往前傾，低著頭，臉龐被陰影遮蔽。

「歡迎。」我開口，那些人一個接一個朝我抬起頭。

我首先看到我的丈夫喬納森。他在微笑。他總是在微笑，就算日子很不順心的時候，在此刻也是，他的頭殼有一側凹陷，頭髮沾滿血液和腦漿。他身邊是露碧。當然。她以指控的態度抬頭瞪著我。她的臉龐瘀青腫脹，因為他們對她拳打腳踢，還用她的木製玩具毆打她。她拿著一個兔子玩偶。我發現她的時候，她就是拿著這個玩偶。她深愛這隻兔子，但我看著她的時候，意識到她抱著的是一隻真正的兔子。她低下頭，在牠的一隻耳朵上咬下一塊肉，眼睛始終盯著我。

我退後一步，心臟怦怦跳，這時感覺某個東西掠過我的頭頂。我抬頭。弗萊徹牧師從我上方的陽臺式座位懸吊下來，抽搐的雙腳彷彿跳起死亡之舞。

「妳如果看到焚身少女，」他那雙裂開、發黑的嘴脣發出喘息：「就會遭逢厄運。」

我強忍尖叫。更多臉孔從長椅上凝視著我。其中一些我認得，其中一些我沒什麼印象。兩個人影站起，沿著走道的中心向我走來。他們在途中燃起熊熊烈火，但還是繼續朝我走來。

我踉蹌後退。一隻冰冷的手落在我的肩上。我明白我的錯誤。我聞到他腐臭的鼻息，聽到一個聲音……

「媽。媽！」

我拚命掙扎，打破睡意之湖，就像溺水者試圖浮上黑暗惡臭的湖面。

「媽。醒醒！」

我睜開眼睛，迷迷糊糊地盯著芙洛，她抱著我的肩膀，一臉擔憂和憤怒。

「看在耶穌的份上，妳嚇到我了。」

「我……我——」

「妳在做惡夢。」

夢。只是夢。我恢復意識，發現自己蜷縮在沙發上，穿著散發汗臭和菸味的衣服。我擺動雙腿，坐起身。日光從窗簾稍微透入。

芙洛跪坐著。「媽？」

「我……呃……睡不著，所以下樓來抽菸，結果看到禮拜堂裡有燈光。所以，我去查看——」

「妳半夜一個人出去？」芙洛站起身，惱火地瞪著我，雙手叉腰。「媽，妳那麼做真的很蠢，有可能被人襲擊，甚至被殺掉。」

「好啦，好啦。可是我沒發現任何人。」

「所以燈光是怎麼回事？」

「我不知道。應該是燈泡故障，不然就是我想像力過剩。」

「就這樣？」

「嗯。」

「妳怎麼會睡在沙發上？妳渾身都是菸味。」

「我一定是在這裡躺了一會兒，結果睡著了。」

她依然狐疑地看著我，然後嘆口氣，搖搖頭。「好吧。要不要喝咖啡？」
「好，謝謝……說起來，現在幾點了？」
「快九點了。」
九點。星期一早上九點。開會時間。媽的。

※　※　※
「大家早安，抱歉我有點來晚了。」
我朝眼前這一小群人微笑，試著學杜爾金那樣發射仁慈光束，不太確定有沒有發揮效果，加上我氣喘吁吁，紅著臉，還在忙著整理我的牧師項圈。
羅希頓牧師站起身。「我來做開場白吧？」
「謝謝你。」我語帶感激。該死的項圈。
我們擠在禮拜堂側邊一個小辦公室裡。這裡沒人的時候就顯得擁擠，而現在整個教區團隊都聚在這裡，看起來就像哈比人的小屋。
軟木板上堆滿關於安全通知、教區報紙和服務令的文件。就連牆上也雜亂無章，掛著這間禮拜堂及其前任神職人員的歷史照片：年輕時的羅希頓；一名神情嚴肅、頭髮烏黑的的男子（底下的標籤寫著「馬希牧師」），還有弗萊徹牧師——一個五十多歲的英俊男子，頭髮花白，鬍鬚整齊。弗萊徹旁邊有一塊色澤較淺的方形空白，這裡似乎原本有一張相片。我對此感到好奇。
這裡擺設一張桌子和兩張椅子就很勉強，幸好我們的「團隊」只有五個人，而今早只有四個人出席。

「這位是馬爾康，我們的司禱員。」羅希頓說。

一名戴著眼鏡、臉形棱角分明的男子點頭微笑。

「這位是妳已經認識的亞倫。」

我們朝彼此輕快點頭。

「不幸的是，我們的行政員朱恩・沃特金斯病得很重，無法工作。但幸運的是，我們找到人暫時遞補——」

彷彿經過彩排，門在這時打開，一名身形高䠷的女子走進，她穿著飄逸的連衣裙，一頭白髮凌亂地挽成髻，手裡拿著一個玻璃瓶和一疊塑膠杯。

「大家好，我把咖啡放在車上了。」

在我的注視下，她把玻璃瓶和杯子放在桌上。

「你們當中大多都認識克萊菈，」羅希頓說：「她將以志工身分幫忙，簡直就像從天而降的天使。」

克萊菈環視周圍，面露微笑。「他非得這麼說不可——因為我是他老婆！」

她的視線來到我身上。她伸出一手。「潔克？很高興見到妳。潔克是哪個名字的簡稱？」

「呃……潔克琳。」

她的灰眸閃閃發亮。「很美的名字，兩個都很美。」

「謝謝妳。」

「總之，如各位所見，這是個小團隊。」羅希頓做出結論。

很小的團隊。但在這年頭，因為需求降低，並不是每個鄉村教堂都需要專屬的牧師，更別提專屬的教會委員或工作人員。除了查博克弗特和沃伯勒格林之外，我和羅希頓將監督這個教區的另外兩間小教堂——伯福德和納瑟頓——盡可能地在這兩處分配我們的時間。

「很高興見到各位，」我試著表現得鎮定。「我相信各位已經知道，我叫潔克·布魯克斯，將在這裡擔任臨時牧師，直到找到一位新的長期帶俸牧師。」

「妳知道大概什麼時候會找到嗎？」馬爾康問得有點急。

「我恐怕給不出答覆，」我說：「所以，最好假設你們得容忍我一段時間。」

「別說我們得『容忍』妳，」羅希頓打岔：「我們很高興有妳在這兒。如果有什麼是我們能幫妳的，請儘管開口。」

「是啊，的確。」克萊菈點頭。「我覺得我們該從頭來過，畢竟之前……你們都知道發生了什麼事。」

我正在好奇誰會先提起那件事。

「我對弗萊徹牧師的消息深感遺憾。」

「我們真希望我們當時知道他有什麼煩惱，」馬爾康補充道：「我的意思是，我們知道他有煩惱，但沒想到他會輕生……」

「打算自殺的人，很善於向最親密的親友隱瞞這種意圖，」我說：「自殺對每個人來說都是悲劇。」

「也是罪孽。」

我瞪著亞倫。「抱歉？」

「生命是上帝的恩賜，只有祂有權力奪走生命。」他嚴厲地看著我的眼睛。

我維持口氣平靜。「這在很久以前就不是英格蘭教會的觀點了，亞倫。」

「所以，我們要選擇忽略聖經的話語？」

「聖經裡並沒有明確譴責自殺，而且，只要我是這裡的牧師一天，我就不想在這間禮拜堂裡聽到這種言論。」

我回瞪亞倫，很高興看到他垂下眼睛。

「那麼……總之——」羅希頓清清喉嚨。「就像大家說的，日子必須過下去。我們開始討論下週的工作吧？」

我們照做。我發現自己又回到尋常的例行公事，跟我之前的教區沒什麼不同，這讓我鬆了一口氣。咖啡早晨、村宴、青年團體、即將到來的三場婚禮和四場葬禮。雖然我還要過兩週才正式上班，但大家都認為我應該開始在一些教會活動中向人們介紹自己。

「噢，當然了，還有維修禮拜堂地板的問題。」

「我看到一些石板破裂，發生了什麼事？」

「噢，只是一般的耗損。我們很快就會派人來看看。與此同時，潔克，請確保人們避開那個區域。我們可不希望有人因為摔斷腳踝而控告我們。」

「了解。」

「很好。那麼，我覺得我們應該談完了。妳還有什麼想補充的嗎？」

羅希頓把紅潤的臉龐轉向我。我思索片刻。我實在很想問誰可能給我留下令人毛骨悚然的詭異訊息。但在掌握更多線索之前，我覺得還是什麼也別說比較好，至少目前如此。

「呃，沒有。我覺得我們該談的都談了。」

「好極了。有妳來幫忙分擔工作，妳不知道這讓我們安心多少。」

「我很高興幫忙。」

大夥紛紛收拾東西，準備走人。馬爾康離開時，用骨感的手抓著我的手。「真的很高興有妳在這兒，親愛的。」

亞倫刻意無視我，而是忙著翻閱自己的筆記簿。

我自己也很想離開，但我感覺克萊菈在看著我，她聳肩穿上一件長版的彩色開襟衫。「我聽說妳有個女兒，潔克？」

「是的。」

「多大了？」

「十五歲。」

「很難搞的年紀。」

「這個嘛，我目前還算幸運。妳有孩子嗎？」

「我們在這方面未曾受到祝福，」羅希頓說：「但這些年來，我們似乎獲得了許多教子。克萊菈以前是老師，所以我們這輩子接觸過很多年輕人。」

我禮貌地點頭，心想：老師。難怪。

「你們結婚多久了？」

「我們最近剛慶祝了二十八週年紀念日。」

這對組合滿怪的。高䠷優雅的克萊菈，矮小肥胖的布萊恩。雖然我並不想評論人們的外貌。

「恭喜。」

「妳是寡婦？」克萊菈開口，提醒了我多麼痛恨這個字眼。

「是的，我先生過世了。」

「妳是靠自己帶大芙洛。」

「就像我剛剛說的，我很幸運，她是個好孩子。」

「她在這裡適應得如何？」羅希頓問：「這個村子對年輕人來說恐怕無聊得很。」

「這個嘛，她喜歡攝影。我們其實正在考慮把地窖改造成暗房。」

「啊。」

「地窖有問題嗎？」

「沒有，只是裡頭還有不少弗萊徹牧師的東西，」克萊菈說：「我有盡可能整理——」

「他沒有任何家人？」

「很遺憾的，沒有。他把所有東西都遺贈給了教會，而我們能捐贈出去的東西，像是家具、衣服、他的筆記型電腦，都已經捐掉了。可是那裡還有很多——」

「垃圾，」羅希頓的口氣比較直接。「但說真的，那些垃圾不全是弗萊徹牧師的，很多是教會的東西。我們不知道怎麼處理，所以繼續留在地窖裡。」

「這個嘛，看來在接下來的幾星期裡有很多事讓我忙。」

我想到另一件事。

「弗萊徹牧師是葬在這兒嗎？我覺得我該去上個墳。」

「其實不是，」羅希頓說：「他埋在坦布里奇韋爾斯，葬在他母親附近。」

「他不想被葬在這兒。」亞倫突然從我身後開口。

我轉身。「噢。為什麼？」

「他說這間禮拜堂太腐敗。」

「腐敗？」

「就像馬爾康說的，」克萊菈打岔：「弗萊徹牧師生前有很多煩惱。」

「他原本想給這裡進行驅魔儀式，」亞倫說下去：「就在他自殺前——」

「亞倫！」羅希頓厲聲道。

亞倫對他投以怪異眼神。「應該讓她知道。」

「知道什麼？」

羅希頓嘆氣。「弗萊徹牧師在死前不久，曾試圖燒毀這間禮拜堂。」

第十四章

「當然，之前就有人試過。」羅希頓啜飲拿鐵。

我們坐在村公所一角的一張桌子旁，門上一塊明亮的手寫看板寫著：「週一、週三和週五上午十點至十二點開放咖啡聚會。」克萊菈加入我們的行列。不意外的，亞倫沒參加。

我沒想到這裡這麼繁忙。在諾丁漢，通常只有真正的忠實信徒或無家可歸者才會參加咖啡早晨。我猜其他人之所以拒絕參加，是怕來這裡會被逼著聆聽宗教講座，更糟的是被逼著喝下劣等咖啡。

這裡的顧客年紀較大，但衣著得體。有幾個媽媽帶著孩子。就連咖啡本身也不賴。我感到驚喜。這是我來到這裡第一次感到驚喜。

「所以，發生了什麼事？」我問。

「天主教分離主義者。瑪麗女王那些瑪麗流亡者的後代。他們在十七世紀把舊禮拜堂燒成廢墟，毀了一切，包括大多數的教區紀錄。現在這間禮拜堂是在幾年後由浸信會所建。」

「抱歉，我要問的是弗萊徹牧師做出了什麼舉動？」

「噢。這個嘛，幸好他很快就被阻止了。火勢還沒擴散的時候，亞倫就發現了他。」

「亞倫那時候在那裡做什麼？」

「那時候是深夜。亞倫碰巧路過，看到禮拜堂裡有光芒。他發現弗萊徹牧師站在一堆點燃的長椅軟墊前面。」

「他說有人闖進禮拜堂。」克萊菈邊說邊把第二包砂糖撒進咖啡裡。她的好身材顯然不是靠飲食習慣維持。

「真的有人擅闖嗎?」我問道,想起昨晚發現禮拜堂門沒鎖,以及我看到的燈火。

「沒有這種跡象。只有我和亞倫有禮拜堂的鑰匙。」羅希頓答覆。

「了解。」我暗自記下這件事。「也許是有人忘了鎖門?」

羅希頓嘆氣。「馬修——弗萊徹牧師——那陣子一直表現得很怪。」

「怎麼說?」

「他聲稱看到幻影。」克萊菈說。

我繃緊身子。「什麼樣的幻影?」

「焚身少女。」

我感覺頭皮發麻。

「那算是本地的傳奇人物,」克萊菈眼睛發光。「在十六世紀,艾比蓋兒和麥琪這兩個少女和其他六個殉教者一起被燒死在火刑柱上。」

「我知道,」我說:「至少聽說過一部分。」

「潔克有做功課,」羅希頓說:「她甚至知道人偶的事。」

「真的嗎?」克萊菈挑眉。「妳在哪聽說的?」

她的探索目光讓我感到莫名不自在。

「噢,網路。」

「很多人覺得那種人偶有點陰森。」

「可以理解。」

她微笑。「小村莊就是有獨特習俗。」

「這我就不清楚了。」

「妳是在諾丁漢長大？」

「是的。」

「希望妳不介意我這麼說，可是妳講話沒什麼諾丁漢腔。」

「這個嘛，我媽來自南方。」

「啊，難怪妳的母音發音很軟。」她漫不經心地啜飲咖啡，但我總覺得她提出的問題都很犀利。

我轉向羅希頓。「就因為弗萊徹牧師認為禮拜堂遭到幽魂糾纏，這不一定表示他精神有問題。我知道幾個牧師也相信這世上有鬼。」

「不只是這樣而已，」羅希頓說：「他也變得越來越多疑、固執。他相信有人要對他不利、他受到威脅。他聲稱，有人把焚身少女娃娃留在禮拜堂裡，或是釘在小屋的門上。」

「他有沒有去找警察？」

「有，可是他沒證據。」

「有沒有人有任何理由威脅他？」

「沒有，」克萊菈說：「馬修在這兒當了將近三年的牧師，很受人愛戴。」

「可是在過去這一年裡，他失去了父親和母親，」羅希頓說：「他還有一個摯友被診斷出患有癌症。他遇上很多個人問題。他在禮拜堂縱火的不久後，就遞出了辭呈。我認為他接受了他的人生諸事不順這項事實。」

我思索片刻。在承認精神疾病這方面，教會依然遠遠落後於其他機構。我們不鼓勵人們談論精神疾病，可能因為牧師大多是男性，患有精神疾病被視為是某種失敗。

祈禱是能幫助集中注意力的有用媒介，但並不是神奇的萬靈藥。上帝不是治療師，也不是精神科醫生。我們還是需要其他人的支持，有時候這些人是專業人士。我常常會想，如果我丈夫當年早點尋求幫助，情況是否會有所不同。

我拿起咖啡，喝下一大口，現在感覺味道沒那麼好了。

我謹慎考慮用字。「有沒有人懷疑，弗萊徹牧師的死可能不是自殺？」

「沒有，當然沒有。誰會說出這種話？」

「有個教友提到一些事——」

羅希頓翻白眼。「瓊恩・哈特曼。」他擺擺手，示意我不用否認或承認。「瓊恩是個很特別的人，但我不會把她的說詞太當一回事。」

「因為她很老？」

「不是，因為她與世隔絕，富有想像力，看太多犯罪小說。」羅希頓俯身向前。「潔克，我能不能給妳一點建議？」

我很想說不。一般來說，人們表示想提供建議時，想說出口的東西會讓你覺得收到一堆馬糞，但我還是面露微笑：「當然。」

「不要糾結於過去。妳的到來就是一個新的開始，能讓我們把弗萊徹牧師的悲劇拋諸腦後。而且，如妳所見，這裡有很多事能讓妳忙。」

我保持笑容。「我相信你說得對。」

他把胖乎乎的一手放在我的手上，捏了捏。「說起來，我們該回去了。我得跟貝克家會面，討論他們父親的葬禮。」

他從桌邊站起。克萊菈也跟上。

「晚點見。記住我說了什麼。」

「我會的。掰。」

在我的注視下，他們走出大廳，一路上跟另外幾個顧客道別。我原本想再喝杯咖啡，但一瞥腕錶。不行，我真的該走了，得去買些東西。我和女兒沒辦法天天吃披薩過活。

我剛站起來的時候，聽到撞擊聲。我轉身查看。另一張桌子的一位老婦倒在地板上，周圍是破碎的陶器和咖啡渣。幾個人瞟向那裡，一、兩個人開始站起來，但我離那裡最近。我匆忙上前，在她身旁跪下，拉著她的手。

「妳還好嗎？有沒有受傷？」

她似乎有些茫然。我不確定她是不是撞到頭。

「沒關係，慢慢來。」我說。

她盯著我，目光恢復聚焦。

「是妳嗎？」

我試著抽手，但她緊緊抓著我的手。

「她在哪裡？告訴我。」

「抱歉，我不——」

這時一個溫暖又撫慰的嗓音傳來：

「別在意，她有時候會腦袋不太清楚。」

一名穿著工作服和T恤的短髮年輕女子蹲在我身邊，溫柔地對老太太說話。

「朵琳？妳稍微跌倒了，妳在村公所。妳還好嗎？」

「村公所？」老太太的手一鬆，放開我的手。

「我們扶妳坐起來好嗎?」

「可是我得回家去，她會等著喝茶。」

「當然，但首先，我們先給妳喝點水怎麼樣?」

「我來。」我說。

我走到服務櫃臺前。

「能不能給我一杯水?」

我拿水回來的時候，老婦已經坐在椅子上，神色稍微不再那麼茫然。

「來。」

她用顫抖的手接過紙杯，啜飲一口。

「我真的很抱歉，我不知道我怎麼了。」

她露出尷尬的笑容。我提醒自己，老年不是一種疾病，而是一個目的地。

「別在意，」我說：「我們有時候都會頭暈目眩。」

「有沒有人能帶妳回家，朵琳?」短髮女子問道。

朵琳。我為什麼覺得這個名字很耳熟?朵琳。然後我想起來了。我跟瓊恩的談話：

「喬伊的母親朵琳患有失智症。」

喬伊的母親。我瞪著她。朵琳應該不到七十五歲，看起來卻像快九十歲。她真的很憔悴。她的臉像鬆軟的麵團，像蜘蛛絲一樣細的頭髮捲成鬈髮。

「我原本打算走路回家，親愛的。」

「我不確定這是個好主意。」短髮女子說。

現場沉默片刻，我在這段期間明明可以找個非常合理的藉口，說我要去購物，要回到我女兒身邊。我卻聽見自己說：

「我可以載朵琳回家。」

短髮女子對我微笑。「謝謝妳。」然後她瞥向朵琳。「妳願意答應吧，朵琳？讓這位親切的女士開車送妳回家？」

朵琳看著我。「好，謝謝妳。」

短髮女子伸來一手。「我叫克絲蒂。我管理青年團體，並在需要時在這裡幫忙。」

「我是潔克，」我握了她的手。「新來的牧師。」

「我有猜到。妳的狗項圈有點洩漏了妳的身分。」

我低頭看看自己的頸部。「啊，的確，狗項圈就是這樣，有點像刺青，你會忘了它在你身上，直到人們投來怪異的眼神。」

她發笑，挽起T恤的袖子，露出一個猙獰骷髏紋身。

「我完全同意。」

※　※　※

朵琳住在大街旁一條狹窄的小巷裡。這裡到處都是雜亂無章的排屋，大多都裝著窗臺花盆箱和吊籃。

就算克絲蒂沒給我地址，我也看得出來哪間屬於朵琳。房子的磚頭布滿汙垢，小小的前院雜草叢生，窗戶又髒又黑。悲痛和失落就像寡婦面紗一樣籠罩這個地方。

我把車停在屋外。朵琳在這趟短途旅行中沒怎麼說話，只是坐著，用粗糙的雙手捻著一塊手帕。我沒打破車上的沉默。有時候，試著打破沉默，反而會讓沉默變得更沉重。

我下了車，幫她扶住車門，協助她出來，然後引導她沿著小徑走向前門。她在手提包裡摸索，找出一把鑰匙。

「再次謝謝妳，親愛的。」

「不客氣。」

她打開門。「要不要進來喝杯茶？」

我遲疑幾秒。我真的不該進去。我其實根本不該在這裡。我得去購物，然後回到芙洛身邊，把小屋整理完畢。但我還是看著這間荒涼的排屋，我的內心為之掙扎。

我露出笑容。「樂意之至。」

屋裡很暗，散發著陳舊的煮食味和濕氣味。花紋地毯破舊脫線。一張有缺口的邊桌上放著一臺老舊的轉盤式電話機，旁邊是一幅大型的聖母瑪利亞肖像。聖母的哀悼目光跟著我們進入廚房，這裡很骯髒，看起來好像從一九七〇年代中期就沒打掃過。破裂的油氈地板、美耐板流理臺、脫離鉸鏈的綠色櫥櫃門。一張半圓形的小桌子靠在一面牆上，兩把椅子放在兩邊。桌子上方掛著一支十字架，連同兩塊牌匾：「至於我和我家，我們必定事奉耶和華。」；「你們要休息，要知道我是神。」

朵琳脫下外套，拖著腳步走向水壺。

「要不要幫忙？」

「我的腦袋可能沒以前靈光，但我還記得怎樣泡茶。」

「當然。」

老人家是有尊嚴的。她用一個合適的茶壺泡茶的時候，我拉出一把椅子，坐在上帝的話語下面。

「那麼，妳是新來的牧師？」她用顫抖的雙手把茶壺端過來。

「是的，我是布魯克斯牧師，但請叫我潔克。」

她走回櫥櫃，拿著兩個稍微有點汙漬的杯子和杯碟回來。

「沒有砂糖。」

「沒關係。」

她在我對面慢慢坐下。「哎呀，我忘了牛奶。」

「我去拿吧？」

「謝謝妳。」

我來到小冰箱前，打開它。裡頭只有兩個速食餐、一些乳酪和半盒牛奶。我拿出牛奶，從日期來看在昨天過期了。我迅速嗅查，還是把它拿過來。

「來了。」我在兩杯茶裡都加了些牛奶。

「在我那個年代，我們從來沒有過女牧師。」

「是嗎？」

「教會不是女人工作的地方。」

「這個嘛，那時候的時代不一樣。」

「牧師向來是男人。」

我經常聽到這種觀點，尤其來自年長的教區居民。我盡量不把這句話往心裡想。我們並不總是與時俱進。在某個時刻，人生會開始把我們拋在後頭。我們用助行架和代步車拚命追趕，但終究會被人生永遠拋下。如果我活到七、八十歲，可能會發現自己抱持著同樣的迷惑感盯著周圍的世界，納悶我原以為真實的事情究竟發生了什麼事。
「這個嘛，事情是會變的。」我啜飲茶水，逼自己別皺眉。
「妳結婚了嗎？」
「喪夫。」
「抱歉。有孩子嗎？」
「有一個女兒。」
她微笑。「我有個女兒。喬伊。喬伊。」
「很美的名字。」
「我們給她取名叫喬伊，因為她在還是小嬰兒的時候總是很開心。」她伸手拿起茶杯，手微微顫抖。「她離開了。」
「噢？」
「可是她會回來，隨時可能回來。」
「噢，這是好消息。」
「她真的是個好孩子，不像另外那個丫頭。」她的臉色變得陰沉。「另外那個是個壞榜樣，壞孩子。」
她搖搖頭，眼神混濁，我能看到她的心思從我身邊飄過，掉進那些無形的時光縫隙。
我嚥口水。「妳介不介意我借用妳的洗手間？」
「噢。不介意，它在──」
「我自己去找。謝謝妳。」
我走出廚房，走上狹窄的樓梯，牆上是更多聖經金句。廁所在我的左手邊。我把自己關在裡面，沖了馬桶，用冷水潑灑臉龐。待在這間屋子裡開始讓我心神不寧。我該走了。我回到樓梯平臺，但停下腳步。我的右手邊有一扇門，上頭貼了一個小牌子，寫著：「喬伊的房間。」

別進去。走下樓梯，找個藉口走人。

但我還是輕輕推開門。

就跟屋裡其他空間一樣，這個房間也被暫停了時間，停留在喬伊還住在這裡的時候，看起來好像從她消失後就沒被動過。

床鋪整理得整整齊齊，蓋著褪色的花卉床罩。床邊是個小梳妝臺，上頭放著髮刷和梳子，除此之外沒有任何東西，沒有首飾也沒有化妝品。

一個樸素衣櫃聳立在一個角落裡，窗下是一個低矮的書櫃，裡面塞滿折了角的平裝書。伊妮德・布萊頓、朱迪・布魯姆、阿嘉莎・克莉絲蒂，還有幾本比較厚的書，像是《你生命中的耶穌》、《女孩的基督教人生》，上頭堆著一本龐大的皮裝聖經。

我走到書櫃前，拿出聖經。重量很輕，裝有上帝話語的聖經不該這麼輕。我在床緣坐下，打開它。和我那本聖經一樣，這本裡頭也是中空。但不一樣的是，這本是自己動手挖的。紙頁的中間部位用剪刀或小刀切開，形成一個小空間，足以容納幾件珍貴的祕密物品。

我小心翼翼地把它們一一拿出：一個用漂亮的貝殼做成的胸針。一包黃箭口香糖。兩支香菸，還有一個翻錄了許多歌曲的混音帶。當然。交換錄音帶。好友之間會交換這種錄音帶，連同衣物和首飾。

錄音帶內側的紙片上寫著密密麻麻的小字。試著在這麼小的空間裡寫下歌名和樂隊，就是必須寫得這麼擠。神奇好料、瑪丹娜、INXS、傑里科、變眼吸血鬼。我不禁微笑。真令人懷念的歲月。

我把錄音到放在一邊，從聖經裡拿出最後一個東西，是張相片，上頭是兩個女孩，手挽著手，對著鏡頭微笑。其中一個女孩漂亮得討人喜歡，藍色的大眼睛，金色秀髮編成辮子，就像少女時期的美國藝人西西・史派克。另一個女孩是黑髮，頭髮剪成一個不討人喜歡的碗形。她很瘦，雙眼就像深坑，笑得很謹慎，比較像在皺眉。兩人都戴著有著字母掛墜的銀項鏈，M是梅樂，J是喬伊。

「十五歲，姊妹淘，在三十年前人間蒸發。」

樓下傳來椅子刮過地板的聲響。我嚇一跳，把聖經裡的東西放回原處，放回書櫃裡的原位。

照片還躺在床上。我瞪著它。

梅樂和喬伊。喬伊和梅樂。

然後我把它拿起來，塞進口袋裡。

「其實，只要滿十六歲，就可以離家。沒人能阻止妳。」

她們坐在喬伊臥室裡的床上。梅樂很少獲准進屋，可是喬伊的媽媽出門購物了。

「我們差不多得再等一年才滿十六歲。」

「我知道。」

「而且我們要去哪？」

「倫敦。」

「每個人都去倫敦。」

「那我們該去哪？」

「澳洲。」

「那裡的排水孔周圍的水流轉錯方向。」

「真的嗎？」

「真的——我有在書上看過。」

喬伊調高了小型立體音響的音量。音響正在播放梅樂為她製作的混音帶。瑪丹娜的歌聲宣洩而出，歌曲是《宛如祈禱者》。

「我超愛這首歌。」喬伊說。

「我也是。」

「噢噢噢，」喬伊突然轉身。「我有東西要給妳。」

「什麼？」

她把手伸進書櫃，拿出一本厚重的黑色聖經。她在裡頭挖了個祕密暗艙。梅樂知道喬伊把不想被她媽看到的東西藏在裡頭。她打開聖經，拿出一個小紙袋，遞出來。

梅樂接過，把裡頭的東西倒在床單上。兩條銀鏈掉了出來，其中一個的掛墜是字母M，另一個是字母J。

「友誼項鏈。」喬伊說。

梅樂拿起其中一條，讓字母反映光芒。

「真美。」

「我們來戴戴看。」

她對好友微笑。

「我有個點子──」

樓下傳來前門甩上的聲響。兩人面面相覷。

「靠。」

「喬伊・瑪德琳・哈里斯，妳是不是在樓上播放異教徒的音樂？」

喬伊從床上跳起來，從音響中彈出磁帶，塞進聖經裡。腳步聲走上樓梯。無處可逃。臥室門突然打開。

喬伊的母親站在門口，身形嬌小，一頭金髮，藍眼氣勢洶洶。她比梅樂的媽媽矮，也比較少動粗，但生氣的時候還是很嚇人。她怒瞪梅樂。

「我早該知道。」

「媽──媽。」喬伊哀求道。

「我明明跟妳說過，這裡不歡迎她。」

「她是我朋友，媽。」

「我要她離開。」

「可是——」

「沒關係，」梅樂說：「我走。」

她抓起項鏈，面紅耳赤，快步走出房間。

來到樓梯平臺，她回頭一瞥。喬伊的媽媽拿起音響，走到窗前，丟出窗外。一聲模糊撞擊聲傳來。喬伊雙手掩面。

梅樂握緊雙拳。

離開。快點。真希望她們能現在就走。

第十五章

「我有點小事要忙，然後就去購物。妳如果餓了 ，存錢罐裡有錢。」

芙洛看了媽媽的簡訊——媽媽發了三遍，大概因為前兩次沒傳成功——然後看一眼時鐘，已經十一點了。

媽媽在狀態最好的時候也不善於守時，今天早上更是亂七八糟。昨晚發生了一些事情，雖然芙洛相信媽媽確實在教堂裡看到了光芒，但她總覺得事情沒這麼簡單。媽媽大概認為這麼做是在保護她，但芙洛常常想對媽媽說，妳對我隱瞞事情，就不是在保護我，而只是害我擔心。

這就是媽媽們的問題。雖然當媽媽的都說想把孩子當作成年人對待，但芙洛知道，她媽媽看著她時，還是只看到一個六歲丫頭。

媽媽整理著項圈衝出門外後，芙洛在廚房櫥櫃裡翻找早餐的食材，找出半包消化餅和一包起司洋蔥薯片，邊吃邊看史蒂芬・金的小說（絕對是他最好的作品之一）。可是她的肚子又在咕嚕叫。此外，她總覺得自己浪費了這一天。沒有電視，沒有網路。她需要站起來做點什麼。

她可以去地窖看看，看能不能當成暗房，但她現在實在不太想在那個結滿蜘蛛網的黑暗空間走動。雖然不願承認，但昨天在墓地看到的景象還是讓她驚魂未定。

當然，現在是白天，加上睡了一晚，那道記憶不再那麼鮮明，她的大腦也努力使之合理化。也許那真的是光線造成的錯覺。也許有人對她惡作劇。那一切都發生得太快。她當時可能只是看錯了，被自己的眼睛愚弄。而且，如果那裡真的有什麼東西，相機也會捕捉下來。

芙洛從不相信世上有鬼。由於她媽媽的工作，她比同齡孩子更常接觸墓地和死人。她從不覺得這種領域有哪裡可怕或陰森。死人就只是死人。我們的身體只是一堆肉塊和骨頭。

另一方面，她滿能接受的想法是，我們在世界上留下印記，有點像攝影圖像，透過化學物質和諸多條件的組合，及時捕捉到的一刻。

她的肚子又在咕嚕叫。好了，別再想著阿飄的事了。她漫步走進廚房，拿起窗臺上的玻璃存錢罐，裡面裝滿零錢和幾枚一英鎊硬幣。她倒出總值七英鎊的錢幣。村裡有一家小店，步行只需十五分鐘左右。

她把零錢塞進口袋，走出家門，把門鎖上，把鑰匙塞進口袋。然後她遲疑了。她的相機。途中說不定有些很酷的東西值得拍下來。她快步回到屋裡，拿起相機，掛在脖子上。

※　※　※

通往村子的人行道很窄，有時候會完全消失，被叢生雜草和帶刺蕁麻取代。路上幾乎沒有任何車輛。唯一的聲響是農用機械的嗡嗡聲，以及牛隻偶爾發出的悲哀哞哞聲。到處都這麼安靜，感覺很怪。

她幾次停下來拍照。一間廢棄的穀倉，一棵布滿閃電焦痕的樹。不久後，她能看到聚落的邊緣。她右邊的村公所被運動場包圍，是個看來古老的兒童遊樂場，一個媽媽推著一個學步幼兒盪鞦韆。

再往前走，她左邊有一所小型的小學，諸多房屋彼此靠得更近，幾條小路向兩個方向延伸。她經過一家粉刷成白色、掛滿吊籃的酒館，招牌上寫著「大麥草堆」。

那間村店就在酒館隔壁，卡特便利商店。她推門而入，門扉發出老式的鈴鐺聲。櫃檯後面坐著一位滿頭灰髮的中年婦女，她盯著走進來的芙洛。

芙洛面露微笑。「早安。」

女子只是繼續瞪著她，彷彿她脖子上有兩顆腦袋，最後沙啞地喊聲：「早安。」

芙洛在店裡閒逛時，試著無視被監視的感覺。人們向來對青少年抱持懷疑態度，尤其如果你看起來有點不一樣。她常常領教到這種眼神。老年人會投來擔憂的目光，好像每個青少年都想搶他們的手提包。她常常很想罵道，*我們只是年輕而已。不是每個年輕人都是搶匪，拜託一下。*

她買了一條吐司麵包、奶油、一條巧克力棒，還有一罐健怡可樂。這些東西應該能讓她撐到媽媽從超市購物回來。女子迅速幫她結帳，彷彿希望她趕緊走人。*我也不想在此地久留，*芙洛心想。

她在人行道上閒逛，吃著巧克力棒，用一大口可樂把殘渣沖下肚。快到村公所的時候，她突然想到，在村子裡或許能獲得勉強夠用的手機訊號。她拿出手機，訊號有三條槓，堪稱奇蹟，足以讓她發訊息給凱莉和里昂。她環顧四周，那個媽媽和幼兒已經不見蹤影，遊樂場空無一人。她走進遊樂場，在圓環路口附近一張搖搖晃晃的長椅上坐下，拿出手機，打開Snapchat。

她才開始打字，就聽到操場的大門吱嘎作響。她抬頭，只見兩名青少年走進。一個穿著緊身牛仔褲和緊身背心的閃亮金髮女孩，和一個穿著T恤和短褲的壯碩黑髮男孩。非她族類。這對男女大搖大擺的模樣，也立刻讓她知道這可能是個麻煩，但她已經來不及起身離去。如果這麼做，就會像個遜咖。當爸媽的就是不懂這種道理。這是青少年每天都得面對的地雷，試著避開可能把自己炸得面目全非的處境。

少年少女坐在附近的鞦韆上，芙洛低著頭，但無法集中注意力。她能感覺到他們在看著她。果不其然，少女開口喊道：

「喂！女吸血鬼。」

芙洛沒理她。她聽到鞦韆吱嘎作響，少年少女起身朝她走來。肌肉男在她旁邊坐下，刻意入侵她的私人空間。他聞起來像廉價爽身噴霧，還有少許難以遮蔽的體臭。

「妳是聾子？」

棒透了。好吧，看來他們真的想這樣玩。

她抬頭看著他，禮貌地說：「我的名字不是女吸血鬼。」

「這個名字很適合妳，因為妳很哥德風。」

「我不是。」

金髮妞把她上下打量一番。

「那妳是什麼人？」

「很低調的人。」

別站起來，別讓他們覺得整妳很有趣，他們遲早會覺得無聊。

「妳是新來的。」

「看來什麼都逃不過妳的眼睛。」

金髮妞好奇地打量她，然後摳摳自己修剪整齊的指甲。「且慢。妳媽是不是新來的牧師？」

芙洛感覺臉龐漲紅。

金髮妞咧嘴笑。「我猜對了？」

「所以？」

「有這種媽媽，妳一定感覺很差吧？」

「倒不會。」

「所以，妳是某種宗教狂？」

「是的，我就是這種人，哥德宗教狂。」

肌肉男指著她的相機。「妳脖子上這個破古董是什麼東西？」

她繃緊身子。「相機。」

「妳的手機不能拍照？」

「倒不是。」

「那讓我們看看妳的相機。」

他伸手要拿。芙洛急忙抓住背帶，跳起身，也立刻為此後悔。她暴露出弱點，這會讓她變得脆弱。她注意到肌肉男眼裡的光芒。

「妳究竟有什麼問題？」

「沒什麼。能不能麻煩你跟泰勒絲別來煩我？」

他站起身。「那就讓我看看妳的相機。」

「不要。」

接下來的事發生得很快。他往前衝，芙洛本能地伸出一手，結果正中他的鼻梁。他發出尖叫，摀著臉，指縫之間湧出血，把他的白T恤染成緋紅色。

「嗚……妳搞屁啊。」

「湯姆！」金髮妞驚呼：「妳打斷他的鼻子了，妳這瘋婆子。」

芙洛瞪著他們倆，渾身僵硬，一隻手依然往前伸出一半。

「對不起，」她喃喃自語：「我——」

村公所的大門打開，一個矮胖的黑髮女子探頭出來。

「外頭在吵什麼？哎呀，我的天啊，湯姆——你在流血。」

芙洛張嘴想為自己辯護，但還來不及說什麼，金髮妞就走上前。

「只是流鼻血，席太太。妳有面紙嗎？」

「噢，當然有，蘿西。有，有。快進來。」

湯姆蹣跚走向村公所，依然摀著噴血的鼻子，經過芙洛時狠狠瞪她一眼。

金髮妞轉向芙洛，嘶聲道：「給我滾。」

「可是——」

「我說了——」她綻放惡毒笑容。「快逃，女吸血鬼。」

芙洛沒等著被提醒第二次，而是拔腿就跑，全力飛奔，一手抓著寶貴的相機。快回到禮拜堂時，她才停下來，然後放慢速度，彎下腰，喘口氣。她做了什麼？他會不會告她傷害？媽媽一定會發飆。然後她想起金髮妞的眼神。

快逃，女吸血鬼。

芙洛熟悉那種眼神。那是貓在折磨老鼠的眼神。玩弄獵物。

這件事還沒結束。這才剛開始。

第十六章

超市熙來攘往，可能是因為這是三十哩內唯一的一家。我盡快四處走動，但牧師項圈造成的一個缺點是，人們用購物車擋住你、用嬰兒車撞到你，或插你隊的時候，你不能對他們不禮貌或推開他們（雖然我這趟確實再次證實了我的信念：自助結帳臺果然是魔鬼的陰謀）。

開車回家要花四十分鐘，經過更多曲折的鄉間小路；羅馬人當年來到薩塞克斯的時候，忘了把尺子帶來。我能感覺到口袋裡那張照片，我真不該拿走它，但它就是吸引著我。我拐過彎道，聽到買來的東西倒塌、瓶子碰撞的聲音。然後我踩煞車。

「媽的！」

一輛破舊的MG汽車從路邊倒車出來，車尾伸進狹窄的馬路。一名穿著牛仔褲和T恤的黑髮男子蹲在車旁，徒勞地試著把車開到千斤頂上。我差點撞到他。

我有點想搖下車窗，叫那個人把車移開。他很可能引發車禍，或害自己被撞死。但在另一方面，他看起來好像真的遇到麻煩，而且……表現得像個基督徒。

我嘆口氣，把車停在他身後，下了車。

「要不要幫忙？」

男子站直身子。他面紅耳赤，顯得煩躁，而且有點眼熟。他年紀似乎超過四十五歲，臉龐歷盡風霜，黑髮夾雜灰色。然後我想起來了，他昨天有做禮拜。

他對我露出苦笑。「妳能不能幫我禱告，讓我更懂得換輪胎？」

「沒辦法，但我能幫你正確設置那個千斤頂。」

他略顯驚訝。「噢。好。我的意思是，謝謝，這能幫我大忙。我對汽車相關的東西真的一竅不通。」

我走上前。他退後一步，我彎下腰，調整千斤頂在車下的位置，然後把車撐起來。

「撬胎棒？」

「噢，有。」

他從地上撿起一塊生鏽的撬胎棒，結果把它丟在自己腳上。

「痛。」他抓住腳趾頭。

我強忍微笑。「你真的對此一竅不通。」

「感謝同情，妳這樣很基督徒。」

「我晚點會為你的大腳趾禱告。你還好嗎？」

「看來我跳芭蕾舞的日子結束了，但除此之外——」他小心翼翼把腳放下。「我沒事。」

我拿起撬胎棒，壓在螺帽上，迅速一一卸下。然後我鬆開輪胎，把它放在草地上，用牛仔褲擦擦手。

「備用的呢？」

「什麼？」

「備胎？」

「噢。」他繞到車尾，結果臉沉了下來。「靠。」

「怎麼了？」

「我忘了。我沒有備胎。」

我瞪著他。「你沒有備胎。」

「這個嘛，我原本有。」他瞥向我剛剛拆下的輪胎。「它就是備胎。」老天。

「我猜你應該沒有加入AA、RAC之類的道路救援服務吧？」

他顯得比剛剛更不好意思。

「好吧。那麼，你可以打電話給修車廠，然後在這裡等……」

「我真的得回家去。」

「你住哪？」

「就在查博克弗特外面。」

「既然如此，我能載你一程。」

「謝謝妳。妳真的很好心。」

他鎖上MG車的車門，然後跟著我走向我的車。

「我好像還不知道你叫什麼名字？」我說。

「噢，麥克。麥克・薩德斯。」

他伸來一手，我握了他的手。「潔克・布魯克斯。」

「我知道。新來的牧師。」

「消息傳得很快。」

「這種地方話題很少。」

「我會記住這點。」我回頭瞥向他遺棄在路邊的車。「你的車不會有事吧？」

「反正它哪裡也去不了。」

「是沒錯，可是如果有人撞到它呢？」

「那他們等於幫了我一個忙。」

我注意到那輛ＭＧ上一大堆凹痕和擦傷。「的確。」

我鑽進我的車。麥克打開副駕駛座的車門，皺眉盯著車門上的倒十字架傷痕。

「妳知不知道有人蓄意破壞了妳的車？」

「我知道。」

他鑽進車裡，繫上安全帶。「妳不為此心煩？」

我確實感到心煩，但不打算承認。

「小屁孩就是會做這種事，自以為聰明。」

「他們覺得刻下撒旦塗鴉很聰明？」

「我相信我小時候做過更惡劣的事。」

「例如？」

我發動引擎。「你不會想知道的。」

※　※　※

從這裡到查博克弗特只需十五分鐘。我打開音響——殺手樂團的曲子。

「那麼，妳覺得這個地方怎麼樣？」麥克詢問時，主唱布蘭登悲嘆這場犯罪缺乏動機，而且珍妮是他的朋友。

「這個嘛，我才剛來兩天，所以——」

「暫時不下定論？」

「算是吧。」

「妳從什麼時候正式任職？」

「再過兩星期。教會通常會先給我們一點時間安頓下來，瞭解教區。」

「這個嘛，妳如果想更瞭解教區，可以先從大麥草堆酒館開始。妳會發現大多數的教區居民星期天下午都在那裡。那間店提供還行的烤肉，還有精選的葡萄酒和啤酒。」他迅速瞥我一眼。「至少我是這麼聽說啦。」

「你不喝酒？」

「不再喝了。」

「你在這裡生活了很久嗎？」

「我在查博克弗特只住了兩年。我以前住在伯福德。跟我太太分開後，我搬來這兒。」

「噢。」

「不，這不是什麼壞事，其實對大家都好，而且還是能常常見到我兒子。妳有孩子嗎？」

「一個女兒，芙洛，十五歲。」

「啊，青春期。她對妳的工作做何感想？」

「跟大多數的青少年一樣，她認為她媽媽大多數的時候既可悲又丟臉。」

他咯咯笑。「是啊，哈利今年十二歲，所以才剛要進入這個階段。」

「這個嘛，你應該會比較幸運。就我所知，男孩子比較好應付，他們只會躲在房間裡。至於女孩兒，她們會盡可能得寸進尺。」

我面露微笑，但是他沒笑。事實上，他的臉變得僵硬，我看不太懂他的表情。我不確定是否該再次發言的時候，一棟漂亮的紅磚房映入眼簾。

「我們到了。」他說。

「好。」

「噢，還有……」他把手伸進口袋，掏出一張皺巴巴的名片。「這是我的電話號碼——妳如果想更瞭解這個村莊，我可以為妳指明正確方向。」

我查看名片。麥克・薩德斯。威爾登先驅報。

「你是記者。」

「這個嘛，勉強算是吧。我主要負責蛋糕烘焙和拍賣籌款，但偶爾會因為有人偷了割草機而獲得一點樂子。」

我不禁繃緊身子。記者。

「了解。總之，謝謝你給我名片。」

「也謝謝妳幫我處理輪胎的事。」

他下了車，然後轉過身。

「其實，如果妳願意接受採訪，關於來到這裡、女性對扮演新牧師有何觀點，我很樂意做個——」

「不願意。」

「噢。」

我怒瞪他。「這就是為什麼你昨天來做禮拜？來探聽我的意見？」

「其實，我每個星期天都會去禮拜堂。」

「真的？」

「是的，為了我女兒。」

「我以為你有兒子。」

「我是有兒子，而我女兒死了，在兩年前。她就葬在禮拜堂的墓地。」

我覺得臉紅。「抱歉。我不知道——」

他投給我一個陰暗的眼神。「謝謝妳載我一程。但妳在『暫時不下定論』這方面可能還需要磨練。」

他甩上車門，頭也不回地朝房子走去。

棒透了。妳可真會處理人際關係，潔克。

我在車裡坐了一會兒，判斷要不要去向他道歉，然後我做出決定：現在最好先放下這件事，否則我大概只會讓事情變得更糟。

我打開手套箱，把麥克的名片丟進去。就在這時候，一張摺起的紙從裡頭掉出來。我拿起它……不禁咒罵。

我忘了這東西在這裡。換個說法：我真的很努力試著忘了這東西在這裡。

身為牧師，我常常討論「誠實」這回事，但我其實是個偽君子。誠實是一種被誇大的美德。實話和謊話之間唯一真正的區別，是你把它重複說了多少次。

我答應接下這個任期，不是因為杜爾金的最後通牒，甚至不是因為露碧，也不是因為我需要贖罪。而是因為這件事。

諾丁漢監獄服務。提前出獄通知。

我把信塞回手套箱裡，用力闔起。

他出獄了。

我只能祈禱，希望他不會想到來這裡找我。

第十七章

「我就是這麼愛你。」媽媽以前常這樣呢喃。「就算你這麼壞。」

然後她會把他放進坑洞裡。沒有食物，沒有水。他絕望地盯著天空的小圓圈，看著鳥兒在上方盤旋。

烏鴉的叫聲令他回過神。一群烏鴉，他心想。用來形容「一群」烏鴉的這個量詞，跟「謀殺」是同一個字。他抬頭看著那棟老建築，是維多利亞時期的瘋人院，位於諾丁漢郊區的宏偉華麗建築，周圍環繞著連綿起伏的綠色草坪。然後，在一九二〇年代，它被改建為醫院。但在某個時候，門最後一次關上，拱形大窗被木板封住，建築物和所在地面慢慢腐爛。

他知道這點，因為在他逃跑後，這裡有一段時間是他的家。他和其他流浪漢一起住在這裡。毒蟲、酒鬼、精神病患。說真的，這其實有點諷刺。他在白天乞討，弄到的錢足夠買點食物和水。其他人對他很好，主要是因為同情他這個年輕人。

後來，另一群人搬了進來。五個留長髮、身體穿環的年輕男女。他們穿著寬鬆的褲子和五顏六色的上衣，晚上圍坐在一起，抽著怪味的香菸，談論著「政治」和「最胖的政權」。

他過了幾年才明白，他們討論的其實是法西斯政權。

「他們跟我們不一樣。」年紀較大的酒鬼加夫對他說過。

「怎麼說？」

「他們有家，有爸媽，他們只是不想住在家裡。」

「為什麼？」

「他們自以為叛逆吧？」加夫苦悶道，把一大口混雜血跡的唾沫吐在地上。

他大感震驚。居然有人選擇這種生活，生活在寒冷陰暗的瓦礫和鳥糞當中，就算明明任何時候都能回家，能回去在乎他們的父母身邊。然後他覺得憤怒，覺得新來的這些人在嘲弄他。

他特別討厭其中一人，一個身形瘦長、留著雷鬼頭、名叫齊吉的男子。齊吉有時候試著跟他說話，坐得靠他太近，請他抽味道怪怪的菸。他試抽了一、兩次，實在不太喜歡這種菸給他的感受。他會覺得有點茫然，甚至更飢餓。後來，他習慣了。「覺得茫然」成了生活方式。

「你為什麼要找我說話？」他問過齊吉。

「我只是想親切待人。」

「為什麼？」

「其實，我爸媽很有錢，他們會寄錢給我。」

「這又怎樣？」

「你需要錢。」

「的確。」

「所以，如果你對我好，也許我會給你錢。」

齊吉對他眨個眼，咧嘴而笑，露出黃牙。

幾個晚上後，他被一種怪異的聲響吵醒，一種古怪的呻吟聲。他坐起來。齊吉站在他旁邊，雙手伸進褲襠裡，拚命上下摩擦。

「你在做什麼？」

齊吉露齒而笑。「幫我口交，我就給你十塊錢。」

「什麼？」

齊吉靠得更近，把褲子往下拉，露出勃起的陰莖，周圍環繞著捲曲的薑黃色陰毛。

「拜託嘛，老兄，幫我吸幾口。」

「不要。」

齊吉變了臉色。「快照做，你這小屎球。」

他覺得耳裡轟隆作響，眼前一片紅，無法視物。他站起身，推開齊吉。吸了大麻而茫然的齊吉一個踉蹌，向後摔倒在地。

「媽的，老兄！」

他環顧四周。破破爛爛的瘋人院裡到處都是碎石和碎磚。他抓起一塊磚頭，高高舉起，砸向齊吉的腦袋。他重複這個動作，直到齊吉不再動彈。

他後退。怒氣已消，但他眼前還是一片紅。地上到處都是紅色，那塊磚頭，還有齊吉沾染血漿的雷鬼頭。

他能聽見她的聲音：

你做了什麼？

「他要我吸他老二。」他鬱悶道：「抱歉。」

你不能留在這兒。你必須離開。今晚就走。

「那他怎麼辦？」

他看著齊吉。對方頭上全是黏糊糊的血，腦袋以怪異角度歪斜，但還有微弱呼吸。

你不能把他像這樣留在這裡。

他搖頭。「我不能去自首……」

不。我說了，你不能把他**像這樣**留在這裡。他可能會舉發你。

齊吉呻吟，一隻染血的藍眼睛無助地呆望。

他明白了。她總是知道該怎麼做。

他走向齊吉，拿起磚頭。

※　※　※

烏鴉啼叫。他閉上眼睛。他已經不再是那個少年，也不再是那個因毒品、傷害、盜竊等輕微罪行，而把二十幾歲的歲月大多耗在監獄裡的那個吸毒成癮的年輕人。他變了，他們都這麼對他說，輔導員們，還有假釋委員會。可是這樣還不夠，他需要聽見她這麼說。

她在第一次離開後有寫信給他，所以他才知道去哪裡找她。可是諾丁漢是個大城市。他終於再次找到她時，憤怒占據了他，他做了一件非常糟糕的事，把一切都搞砸了。

她只有去牢裡探望他一次。他的信都被原封不動地退回。他不怪她。她有她的理由。他原諒了她。

現在，她只需要做同樣的事，然後他們就能再次在一起，就跟以前一樣。

他會讓她看見。

我就是這麼愛妳。

第十八章

芙洛下樓的時候，我正在整理最後一批今天買來的東西。我立刻注意到她似乎很緊繃。

「嘿。妳好嗎？」

「還好。」

「妳今天做了什麼？」

「散步去買東西。」

「有什麼有意思的事要報告嗎？」

「沒有。」她拉來一張椅子坐下，沒看我的眼睛。「妳的差事如何？」她問。

「還行。」

「有什麼有意思的事要報告嗎？」

我手裡拿著一袋豌豆，暫停動作，想著喬伊的媽媽、我口袋裡的照片，還有我跟麥克‧薩德斯的相遇。我搖頭。「沒有。」我把豌豆塞進冷凍庫。「等吃過午飯，我們也許可以去地窖看看，看能不能改造成暗房，但裡頭需要整理，聽說堆了很多垃圾。」

「噢。好。」

她的反應沒我期望的那麼熱情。

「我以為妳想要一間新的暗房？」

「是沒錯，可是我原本打算吃完午飯再去拍幾張照片。瑞格理說有個——」

我立刻轉頭。「且慢，倒帶一下。瑞格理是誰？」

她低下頭，撥弄連帽衫上的拉鏈。「我昨天遇到的人。」

「妳昨天沒提到遇見任何人。」

「我忘了。」

「了解。那麼，我需要更多情報。」

「他只是個男生，行嗎？」

不，不行。可是我不能說出這種話。我也並不是不希望芙洛有男孩朋友。男孩。朋友。

我只是希望這兩個名詞盡可能不要合在一起。

「那麼，瑞格理──這個名字有點特別吧？」

「這是他的姓氏。他的名字是盧卡斯。」

「了解。那妳是怎麼認識他的？」

「我在墓地見到他。他會畫畫。他真的很厲害。」

「他畫墳墓，聽起來真不錯。」

「我拍攝墳墓。」

「看來你們顯然是天造地設。」

「媽。」看她用力翻白眼，我還以為她的耳朵會冒煙。「不是妳想的那樣。行嗎？」

「嗯，」我完全不相信她說的。「那麼，瑞格理說了什麼？」

她顯得遲疑。

「關於這個地方？」我催促。

「這個嘛──」她又一陣遲疑。「這些真的很美的樹林。」

「了解。」

她瞪著我。「別這麼說。」

「別怎麼說？」

「妳懂的。」

「聽著，我不太希望妳跟一個妳不熟的男孩一起在林子裡亂走。」

「那妳寧可我獨自亂走？」

「不是。」

「可是妳不希望我跟一個熟悉這個地區的朋友一起走。」

噢，我女兒真的能言善辯。我其實根本不希望她出去亂走。可是她十五歲了，她需要自由，她在這裡也需要朋友。如果禁止她，只會讓她更想交朋友。

我長嘆一聲。「好吧。妳可以去——」

「謝了，媽。」

「但是……務必小心。帶著手機，以防妳掉進溝裡什麼的。」

「或是被瘋牛襲擊？」

「對。」我狐疑地看著她。「而且我想見見這位瑞格理。」

「我的天，媽。」

「這就是我的條件。」

「我才剛認識他。」

「我不是說現在就要見到他，但我想知道我女兒在跟誰交往。」

「我沒跟他……唉，看在老天的份上，好啦。」

「好。」

「棒透了。」

「妳不是因為不想幫我打掃地窖而編造這個故事吧？」

「我會對妳說謊嗎？」

「妳十五歲，所以，會。」

「而妳從不說謊？」

「當然，我可是牧師。」

她搖頭，但我看到她微微一笑。「不管妳是不是牧師，妳一定會下地獄啦。」

「真是一針見血。那麼，妳午飯想吃什麼？」

※　※　※

我站在芙洛臥室的窗戶前，看著她慢慢走過小屋後面的墓地，瘦瘦的雙腿，態度叛逆，相機掛在脖子上。我覺得胃袋打結。她對我有所隱瞞。但話說回來，我很難責備我女兒對我隱瞞祕密。

我回到樓下。我口袋裡的那張相片挪移。我把它拿出來再次查看。梅樂和喬伊。一個金髮，一個黑髮。兩人都很瘦，穿著寬鬆的套頭衫和緊身褲，脖子上的友誼項鏈閃閃發光。

喬伊比較美，長得像洋娃娃，淡藍色的眼睛和亞麻色的頭髮。她身旁的女孩明顯沒那麼漂亮。她的笑容沒那麼開放，眼神低調。這張臉孔訴說著絕望、恐懼和懷疑。

妳究竟發生了什麼事？

我把這張照片藏在我的特製聖經裡，站在客廳裡，感到迷茫。我考慮捲支煙，但改變了主意。我需要做些更有意義的事，對我的肺更好的事。我跟芙洛說了我會清理地窖，所以乾脆現在開始。

我從廚房櫥櫃裡拿出垃圾袋和橡膠手套，然後來到地窖門前，位於廚房和客廳之間的樓梯下。

我瞪著這扇門。《怵目驚魂二十八天》裡那句臺詞是怎麼說的？好像是，在歷史上無數個詞語組合中，「地窖門」這幾個字是最美的。

的確。然而，我不相信有哪個人在接近地窖門的時候，不會感到一種不祥之兆。這扇門通向黑暗，一個藏在泥土中的房間。我叫自己別胡思亂想，然後我打開門。一股霉味和一團灰塵滾滾而出。我咳嗽，用袖子擦鼻子。我發現門附近掛著一根垂軟的繩子。我拉扯它。不平坦的臺階上散發著一小團黃光，看起來像尿漬，但我也只能走下去。

我小心翼翼地往下走，因為天花板很低所以稍微蹲低身子。幸運的是，我來到底部，這裡的天花板高度較高，地窖在我面前擴展開來。我四處張望。

「天啊！」

羅希頓說這裡有很多垃圾，他不是在開玩笑。

諸多皺巴巴的紙箱、泛黃的報紙和破損的家具，幾乎填滿了大地窖的每一寸空間。我用手電筒四處掃射，揭露更多箱子，以及被舊床單覆蓋、無法辨認的輪廓。我不知道從哪開始整理。也許最好的辦法是打電話給清潔公司，讓他們來處理。

另一方面——我不高興地看著這些箱子——清潔公司會收取多少費用來處理這個問題？幾百鎊。教會不會提供資金，我沒什麼錢，我也不認為教區議會會願意為了清空新牧師的地窖垃圾而籌款。

我嘆口氣，走向一堆比較不令人生畏的雜物。我打算先處理紙箱，我猜裡頭的東西應該都能回收，而且我說不定能發掘一些失傳已久的寶藏，可能價值數千鎊。

但在一個半小時後，我明顯知道我近期之內不需要把《鑒寶路秀》的製作人找來。我把大量古老的《教會時代》雜誌倒進黑色塑膠袋裡。我清掉了老舊的教會報紙和布道文章，連同一大堆塑膠杯和紙盤，這些東西無疑原本要用在宴會和其他活動上，但早已被黴菌吞噬。一個箱子裡有一堆舊的聖誕帽、彩帶和腐爛的餅乾。

我來到另一個箱子前，裡頭似乎裝滿DVD，我猜是弗萊徹牧師的。《星際大戰》（最早的那三部）、《銀翼殺手》、《教父》三部曲，還有《魔鬼剋星》。弗萊徹的電影品味不錯。然後我注意到箱子底部放著電影《天使與魔鬼》（好吧，我猜每個人都有不好意思說出來的愛好）。另一個箱子裝滿CD，大多是摩城音樂和靈魂樂，幾張流行音樂的合輯，一些一九八〇年代的老歌。艾利森・摩耶、布朗斯基節奏、滅跡樂團。好吧。看來他的喜好不拘一格。不過，我自己喜歡在車裡大聲播放「我的另類羅曼史」樂團的曲子，我哪有資格評判他？

第三箱裡全是書。我突然想到，克萊菈說她已經清理了弗萊徹牧師大部分的東西。看來她並沒有做得很完善。

我拿出其中一些書，是笨重的精裝本。C・J・桑森、希拉蕊・曼特爾、肯・福萊特、伯納德・康威爾。大量關於歷史、當地傳說與迷信的非虛構書籍。

弗萊徹的興趣讓人一目了然。我開始覺得我對前任牧師有了更多瞭解。我們也許無法透過封面來判斷一本書，但一定能透過一個人讀哪些書來判斷這個人。我覺得我應該會喜歡弗萊徹。他如果還活著，我們應該會愉快地邊喝咖啡邊聊天。

我拿出幾本平裝書，不禁皺眉。

女巫課堂。魔咒轟炸。女巫團尋求者。

這幾本不太符合其他書籍的類型。我把其中一本翻過來，瀏覽了簡介，某種關於女巫學校的青年小說，就像《馬勒瑞高塔》和《魔女遊戲》的結合。

作者的名字是莎芙蓉・溫特。我好像有點印象。她好像寫些青年小說，著作有被拍成電影（雖然這其實無法縮小搜索範圍）？

我翻到書的背面，有一張黑白小照片，是個看起來和我年紀差不多的女人，一頭黑色鬈髮，面露無所不知的微笑。我不禁好奇，為什麼作家的相片總是讓他們顯得洋洋得意。看啊，我寫了一本書。我很聰明吧？

然後我看到一張紙從書頁裡伸出來，顯然用作書籤。我把它抽出來，看起來像是很久以前寫下的待辦事項：

夏日宴會——志願者？
咖啡早晨，新的水壺
跟羅希頓討論計畫
亞倫
森寶利超市的網購服務

我瞪著這張紙，突然覺得難過。這只是一個平凡的日常清單，但這種事往往最令人心酸。我記得一位最近失去丈夫的教區居民告訴我，讓她崩潰的不是葬禮、告別式，甚至不是他去世的消息，而是他向亞馬遜預購的一些書寄到家裡。

「他一直期待閱讀它們，現在他永遠沒辦法如願以償了。」

那些乾乾淨淨、未經翻閱的頁面。這令她難過地癱倒在地板上嚎啕大哭。

但話說回來，我們都對自己的未來進行了這些小小投資。音樂會門票、晚餐預訂、假期預訂。我們從沒讓自己想像過我們可能沒機會享受它們；一些隨機事件或遭遇就可能讓我們不復存在。我們都拿明天當賭注，雖然每一天其實都是一次信仰之躍，跨越深淵的一步。

我用胳臂擦拭額頭。地窖裡的空氣又濕又悶。某處肯定有散熱孔，但可能已經被泥土堵塞，再被無所不在的紙箱擋住。我已經裝滿了三個垃圾袋，但對這裡的「紙箱大都會」幾乎沒造成任何影響。

該休息一下了。我打算帶著垃圾袋上樓，煮杯咖啡，晚點再處理更多紙箱。我拿起兩個袋子，覺得自己渾身骯髒，布滿塵埃，而且……

「該死。」

我搬動垃圾袋時，其中一個勾到另一堆搖搖晃晃的紙箱塔的一角。我在事發的前一秒看到高塔崩塌，但我無力阻止。我丟下垃圾袋，想扶住搖晃的紙箱，但徒勞無功。整座高塔傾倒而下，我被撞倒在地上的垃圾堆裡，幸好裝滿雜誌的垃圾袋減緩了我倒地的勁道。但我的手肘還是用力撞到粗糙的地窖地板。我不禁咒罵，按揉疼痛的骨頭，拚命摩擦。

「媽的。」

我再次咒罵，慢慢爬起，繼續揉著瘀青的手肘。我掃視四周。幸運的是，傾倒的箱子裡大多沒有任何易碎物或能砸碎顱骨的東西，只有更多舊報紙和雜誌。我匆忙站起，開始把它們塞進黑色塑膠袋。就在這時候，我注意到某個東西，是另一個箱子，很顯眼，因為它比較新，沒有霉斑。箱子是用棕色膠帶封起。看來它原本是裝在一個較大的舊箱子裡。被藏在裡頭？我將箱子拉向自己，用短短的指甲插進棕色膠帶的邊緣底下，終於撕掉膠帶，打開蓋子。

我第一眼看到的是一個文件夾，用橡皮筋固定，上頭寫著「薩塞克斯殉教者」。我把它拿出來。它的體積很大，紙張從側面凸出來。底下還有一個文件夾，這個比較輕，上頭寫著「梅樂和喬伊」。弗萊徹牧師確實對這個村子的歷史很感興趣。這看起來是大量研究。

我回頭查看箱子裡，底部還有個東西，體積較小，長方形，黑色。我伸手拿出來。

這是個老舊的隨身錄音機，裡頭還放著一塊錄音帶。我瞪著它，覺得反胃。標籤上用工整的字跡寫著：

「對梅樂・瓊安・萊恩進行的驅魔儀式。」

第十九章

瑞格理已經到了，瘦削的身軀坐在輪胎鞦韆上，前後搖擺。芙洛走近時，他舉起一手，左右揮動胳臂。她費勁地走過糾結的草叢，走向他。

「嘿。」

「妳來了。」

「我為什麼不會來？」

「我以為妳可能改變了想法，不想跟本村怪咖見面。」

「別往自己臉上貼金，你還沒見過我媽。」

他跳下鞦韆。「她能有多怪？她是牧師吧？」

「所以怪。」

兩人行走時步調一致。田野裡有一條被人們走出來的小路，通往一小片樹林。

「那你媽呢？」芙洛問。

他聳肩。「她怎麼樣？」

「只是問問。」

「她還好，不過有時候有點嚴厲。」

「是嗎？」

「我在前一所學校過得很慘，所以我們搬家了。我媽有點過度保護。」

「我猜這是她的工作。」

「這讓人很丟臉。」

「當媽媽的都一樣啦。」

「的確。」

他們來到一道被雜草淹沒的階梯。瑞格理雖然有抽搐的毛病，但還是輕鬆跳過這一處。芙洛爬得有點辛苦，因為不習慣爬這種階梯，加上脖子上掛著沉重的相機。瑞格利伸來一隻顫抖的手，她猶豫地握住。她從階梯另一邊跳下後，迅速抽手。

「那麼，有沒有人因為妳媽是牧師而找妳麻煩？」

芙洛想起以前的住處遭到塗鴉。教會窗戶被砸爛。社群媒體上的訊息。婊子。賤貨。殺害兒童的凶手。

「倒還好，一般人根本不在乎這種事。」

「是嗎，那麼，在這裡要小心點。」

「為什麼？」

「這裡是小村子。其他地方的人會高喊『革命，革命！』，但在這裡，他們高喊『進化，進化！我們想要拇指！』」

芙洛看著他，感到驚訝。「比爾・希克斯？」

他轉過身，露齒而笑。「原來妳知道。」

「我媽是他的粉絲。她給我看了一大堆八〇、九〇年代的東西。」

「酷。妳最喜歡的電影？」

「這個嘛，《粗野少年族》很經典。你呢？」

「《刺激驚爆點》。」

「凱撒・索澤？」

「『魔鬼最厲害的詭計，就是說服全世界相信他並不存在。』」

兩人相視而笑，然後急忙低頭看地。

「總之，」他說：「只是提醒妳一聲。這裡有很多孩子很有問題，簡直就像亂倫生出來的。」

「你嘴巴真壞。」

「但是是實話。」

「這個嘛，我能保護自己。」

他又聳個肩，全身抽搐。

「只是給妳提個醒。」

他們沿一條崎嶇小徑穿過樹林，因為道路狹窄而不得不一前一後。芙洛忍不住看著瑞格理的抽搐腳步，總覺得這讓她想起什麼，然後意識到自己想起什麼——《剪刀手愛德華》。瑞格理有著同樣笨拙的機械動作，散發一種怪異的吸引力。

別胡思亂想。別隨隨便便喜歡上人家。妳對他一無所知。

這大概意味著，跟著他穿過黑暗樹林、前往廢棄房屋，這麼做未必是最聰明的主意。

「就在那裡，」瑞格理說：「溪流上有一座橋。」

他們過了橋；小徑的坡度升起，小樹林的盡頭又是一道階梯。瑞格理跳過去。芙洛這一次以較有尊嚴的動作爬過階梯，然後跳下。

「哇！」

在前方，她看到一棟老建築的外殼。它孤零零地矗立著，磚塊發黑，窗戶被挖空。如果有人想為拍攝恐怖片而找到完美的陰森房屋，這棟屋子大概會讓外景探查團隊興奮得尿褲子。

「這裡很酷吧？」瑞格理來到她身邊。

「的確。」

芙洛舉起相機，開始拍照。就算隔著鏡頭觀看，這棟建築還是讓人渾身起雞皮疙瘩。如果禮拜堂是散發一種哥特式的憂鬱氣氛，這個地方則是散發著……

邪氣。

這個詞彙像冰塊一樣滾進她的咽喉。愚蠢、瘋狂。她根本不相信有邪惡力量，沒有這種東西。所謂的邪惡，只是壞人做壞事而已。

「這是接近那裡的唯一路線嗎？」她覺得有點心煩意亂。

「那邊的路上有一條小徑。」他揮手示意原野後方。「不過那裡到處都是雜樹。而且，有人裝設了柵門——避免小孩子進去。」他咧嘴笑。

「了解。」

「來吧。裡頭更精彩。」

「裡頭？」

他已經笨拙地向前走。「屋裡還有家具和各式各樣的東西，彷彿住戶在某一天突然起身離去。」

他跳過一堵搖搖欲墜的石牆，進入花園。那只是一棟建築，她告訴自己。一棟空蕩蕩、令人毛骨悚然的建築。她匆忙追上，翻過牆，環視周圍。

草長及膝，布滿雜草和荊棘。某個角落有個半塌的生鏽鞦韆。一輛古老的兒童三輪車幾乎被帶刺的蕁麻淹沒。這裡曾經有孩童居住，曾經有個家庭。真讓人難以想像。她抬頭看著那棟荒涼的建築，試著想像它有窗戶的模樣，塗上鮮豔油漆的前門，也許牆上攀著紫色花朵。

她再次舉起相機，總覺得角度不適合，所以後退兩步，然後又兩步。瑞格理突然揪住她的胳臂，用力把她拉到一邊，她踉蹌得差點摔倒。

「看在耶穌的份上！你他媽的幹麼啊？」她抽回胳臂，怒瞪他，心臟狂跳。

「井！」

「什麼？」

「妳差點掉進他媽的井裡。」

他指向她剛剛站的位置。現在她看到了：一圈凹凸不平的石塊，幾乎被草葉和雜草徹底掩蓋。她走上前，小心翼翼看著井口，裡頭是黑暗深淵。她剛剛如果再後退一步，就會直接掉進去。她回頭看著瑞格理，覺得自己是個笨蛋。

「抱歉，你剛剛只是嚇到我……」

「為什麼？妳以為我要做什麼？」

「沒什麼。」

「襲擊妳？謀殺妳？」

「當然不是。」

「我這種怪咖就是會做這種事，是不是？」

「別說蠢話。我真的很抱歉。行嗎？」

他從額前長長的瀏海底下瞪著她，眼神深不可測。然後他露齒而笑。「我如果真想謀殺妳，就不會告訴妳這裡有口井。」他轉過身，蹣跚而去。「來吧。」

芙洛遲疑幾秒，回頭瞥那口井一眼。媽的。然後她跟上他。

第二十章

我感覺耳裡心跳聲咚咚作響，心臟持續擴張收縮。驅魔儀式。梅樂・瓊安・萊恩。那本聖經上的名字。梅樂・J・L。那個老舊的皮箱。我按下退出鍵，但磁帶卡住了。我摸索了老半天，但就是沒辦法用指甲打開蓋子。我需要用一支筆或小型螺絲起子來打開。

我站起身，耳裡的咚咚聲變得更響亮，然後我意識到——這個聲響來自我頭上。我抬起頭。前門外面有人敲門。媽的。

我不情願地闔起錄音機，把它和文件夾一起放回箱子裡。然後我趕緊上樓，把門拉開。亞倫站在門外，油膩的頭髮在微弱陽光下閃閃發亮，身上是平時那套黑西裝和灰襯衫。

「亞倫，你怎麼來了？」

「我只是來……妳還好嗎？」

我突然意識到自己想必是什麼模樣：氣喘吁吁、滿身灰塵。我拍拍身上的工作服，試著恢復一些尊嚴。

「我沒事，只是在地窖整理一些箱子。」

「原來如此。這個嘛，我幫羅希頓牧師捎來一個口信。」

「他不能直接打電話給我？」

「我順路經過。」

亞倫似乎常常順路經過很多地方。我又想起羅希頓說過的：「只有我和亞倫有禮拜堂的鑰匙。」

「我注意到有人破壞了妳的車，」他補充道：「真令人不愉快。」

「是啊，我知道，」我不耐煩地說：「所以口信是什麼？」

「羅希頓牧師原本要在明天早上跟一對年輕情侶見面，談論他們即將結婚的事，但他忘了他在同一時段有另一個行程。因為他們結婚的時候，妳就是常駐牧師，所以他覺得妳可以代替他跟他們聊聊。」

「好。你有他們的詳細資料嗎？」

「有，我有寫下。」

他從口袋裡拿出一張折疊的紙，遞給我。

「謝了。」

我們互瞪。我以意志力命令他離去，但他耐心十足地站在原地，彷彿在等著什麼，搞不好在等耶穌再臨。

我嘆氣。「你想不想進來喝杯咖啡？」

「謝謝妳，不過我不碰咖啡因。」

「噢。這個嘛，我沒有無咖啡因的咖啡。」因為沒有咖啡因的咖啡還有啥意義？「不過我的櫥櫃裡可能有些薄荷茶？」

「那很好，謝謝妳。」

棒透了。他跟著我進入廚房。

「請坐。」我說。

他拉來一張椅子，坐在邊緣，彷彿如果坐得更靠向椅背，就可能觸發彈射鈕。

我用熱水壺燒開水，然後拿出幾個馬克杯。「咱們好像還沒好好聊過，是吧？」

「的確。」

「你在這裡當教會委員多久了？」

「正式來說，大約三年。」

「請原諒我這麼說，可是你以教會委員來說好像年輕了些？」

一般的教會委員通常已經退休，但亞倫雖然穿著老式的衣服，看起來也不超過三十五歲。

「也許是吧，但我從小就在禮拜堂幫忙。」

「你的家人積極參與禮拜堂的事務？」

他投來怪異的眼神。「家父在這裡當了三十多年的牧師。」

「你父親？」

「馬希牧師。」

馬希。我還沒問過亞倫姓什麼，但現在，我能看出他跟辦公室裡那張照片的相似之處。同樣的黑髮，銳利的五官。

「妳似乎很驚訝？」亞倫說。

「我，呃，沒有，我只是沒想到。」

我轉身把一個茶包塞進一個杯子裡，然後用有點顫抖的手把咖啡舀進另一個杯子裡。「那麼，我猜你們原本住在這裡？」

「是的，直到我父親退休。」

一想到亞倫這裡長大、對這個地方有屬於他自己的回憶，我就覺得尷尬，彷彿我在某種程度上擅闖這裡。

「令尊令堂還住在這個村裡嗎？」

「我媽在我六歲的時候死了，子宮頸癌。」

「我很抱歉。你父親呢？」

「他病得很重，所以退休了。」

「原來如此。他在醫院嗎？」

「我在家照顧他。他患有亨丁頓舞蹈症。醫院幫不了他。」

「噢，這真令人難過。」

確實令人難過。亨丁頓舞蹈症是一種可怕又殘忍的疾病，會逐漸剝奪患者的運動、認知思維、說話、進食和最終呼吸的能力。這個病無藥可醫而且無情。更糟的是，這種病有遺傳性，孩子有五成的機會從父母那裡繼承有缺陷的基因。

「只有你照顧他？」

「有時候護理師會來家裡幫忙，但大多數的時候，確實只有我。」

我以更具同情心的眼神看著亞倫。照料病人真的很辛苦。你必須擱置自己的人生，無法接觸人群，也不可能保有工作。我猜這就是為什麼亞倫成為教會委員——這讓他除了照顧父親之外也能有個人生目標。我不禁為他感到難過，但他應該不想要我的憐憫。

「這個嘛，我非常感謝你對教堂的幫助和奉獻，尤其因為你在平時有那麼多事要忙。」

「謝謝妳。這個禮拜堂向來是我的人生的一部分。」

「也是令尊的人生的一部分？」

「是的。」

「你一定很瞭解它的歷史？」

「妳是指焚身少女？」他微微一笑。「村裡每個人都知道。不過我能想像，這對外地人來說應該是個很怪異的習俗。」

「噢，這我就不知道了。我經歷過更怪異的事。」

「我父親不太喜歡焚燒人偶，他覺得這是異教傳統，但沒人能改變一個村莊數百年的傳統。」

「這個嘛，如果是這樣，那我們今天還是會焚燒女巫，用水蛭來治療精神疾病。」

他又投來怪異的眼神。

「抱歉。」我揮個手。「我只是覺得，『傳統』經常被用來捍衛我們原本應該譴責的事。」尤其在教會。我把飲料端到桌子上，在他對面坐下。

「我其實還有一件事想問你——」

「什麼事？」

「我來到這裡的那天，你給我的那個箱子。你知道有沒有可能是誰留下的？」

「不知道。為什麼這麼問？裡頭有什麼？」

「驅魔道具。」

「什麼？」

他似乎打從心底感到震驚，而且我不認為他是演技派的人物。

「它看起來挺古老的。我很好奇它可能來自哪裡。」

「我毫無頭緒。妳有問過羅希頓牧師嗎？」

「沒有。他會知道是誰留下的嗎？」

「這個嘛，他很熟悉所有教會事務。他在沃伯勒格林當了很久的牧師。」

「多久？」

「想必將近三十年。」
「他認識令尊？」
「是的，是我父親把他訓練成助理牧師，就在……」他欲言又止。
「就在？」我催促。
「就在前任助理牧師離開後。」
我回想起辦公室牆上的空白處，好像有一張照片被拿掉，沒被其他相片填補。
「噢。他去哪裡了？」
「我真的不知道。抱歉——這件事究竟為何重要？」
「我只是好奇，為什麼有人留給我一套老舊的驅魔道具？感覺像是某種訊息。」
「我剛剛說了，我毫無頭緒。我們都是幾天前才知道妳是新來的牧師。整件事都很匆促。
但話說回來，這件事從頭到尾都令人震驚。」
我注意到，人們一直在說弗萊徹牧師的自殺令人震驚。但他們也清楚告訴我，他在生前出現某種精神崩潰。這兩種說詞之間有些矛盾。
「你跟弗萊徹牧師關係很好嗎？」
「我和馬修是同事。」
同事？我注意到他直呼弗萊徹牧師的名字。
「是你發現他？」
他臉上的少許血色幾乎全數蒸發。
「抱歉，」我說：「我不是有意——」
他揮個手。「不要緊。只是那件事非常……令人不愉快。」

我相信他這個說法略嫌保守。我緊接著說下去。

「我真想稍微瞭解他。他是什麼樣的人？」

我感覺他稍微放鬆。「他是個好人，仁慈、慷慨、生機蓬勃，村裡每個人都喜歡他，他對這個教區和禮拜堂都充滿熱忱。」

「他好像對這個禮拜堂的歷史很感興趣？」

「是的，主要是那些殉教者。」

「他有沒有提過梅樂和喬伊這兩個名字？」

「失蹤的女孩？」

「你聽說過她們？」

他有點不耐煩地抽搐一下。「這是個小村子，那種事不是天天發生。」

「可是那是很久以前的事，你那時候年紀一定很輕。」

他嘆氣。「布魯克斯牧師……馬修平時是討論跟教會有關的事務。如果是其他事情，妳最好去問莎芙蓉・溫特。」

莎芙蓉・溫特。我過了幾秒才想起她是誰。那些書本上的名字。作者。

「她是個作家，」亞倫看我皺眉，猜我對這個名字不熟悉。「最近搬來的。馬修在去世前的幾個月裡，跟她變得交情很好。」

他的口氣顯然有點不高興。我立刻覺得，我應該會喜歡莎芙蓉・溫特這種人。這也能解釋地窖裡為何有那些書。我提醒自己調查她的相關資料……等我們能上網的時候。

我啜飲咖啡，試著讓語調柔和。「亞倫，你如果不介意我這麼問——你覺得馬修像是有自殺傾向嗎？」

他出現某種眼神，我很難判讀。

「我認為，」他慢慢開口：「馬修並不需要……做他做出的舉動。」

「也許他覺得無路可走。」

「他原本可以向上帝求助。」

「上帝沒有所有的答案。」

「但這並不表示自殺是正確答案。」

「不，這就不一定了。」

他不高興地抬起下巴。「我父親來日無多，牧師。他沒辦法說話，很難進食。不久後，他的神經系統將完全關閉。他知道接下來會發生什麼，但他從沒考慮過自殺。」

「不是每個人都這麼堅強。」

或是自私，害得他兒子多年來被迫照顧他。我不禁好奇，亞倫這麼氣弗萊徹自殺，是不是因為他父親沒這麼做。

「亞倫──」

他刻意做出看錶的舉動。「抱歉，我該回家去了，失陪了。」

他驟然站起，撞到桌子，他那杯幾乎沒碰的茶濺出杯子的邊緣。

「抱歉。」

「別在意。」

「我只是有點笨拙。」

我思索他僵硬的怪異動作，他的自我控制力幾乎像機器人。他拒絕碰咖啡因這種興奮劑，而且我記得亨丁頓舞蹈症有遺傳性。

他知道接下來會發生什麼。

我點頭。「了解。」

在我的注視下，亞倫走出門外，沿馬路離去。真是個怪人，但這未必表示他是個壞人。

但他知道的顯然比他說出來的更多。

他一下子就認出梅樂和喬伊的名字。談到羅希頓的前輩時，他也制止了自己。

我不禁好奇，他是不是還知道什麼？

第二十一章

這棟建築臭氣熏天。尿味、屎味、菸臭味、大麻味。芙洛心想，在某種程度上，這些臭味讓這個地方不那麼令人毛骨悚然。這裡可能多年來沒有屋主，但並不等於無人居住。有人在使用這個空間，可能是青少年。一定的。如果有一棟廢棄的建築，青少年一定會在裡頭聚集、抽菸、喝酒、吸毒和做愛。

一樓有兩個房間，其中一個是廚房，另一個想必是起居室。廚房只剩空殼，爐灶和水槽都在某個時候被拆掉了。瓷磚地板布滿裂痕。櫥櫃門敞開著，裡頭是一些生鏽的古老罐頭和老鼠糞便。

起居室的狀況沒好到哪裡去。一個長滿黴菌的扁塌沙發放在一個角落，彈簧像凌亂的頭髮一樣七橫八豎。一座餐具櫃歪斜地靠向另一個櫃子，抽屜早已被當成柴火燒掉。地板上散落著破碎的圖片和飾品。

芙洛舉起相機，四處拍照。她蹲下身子，近距離拍攝破碎的飾品。天使和耶穌塑像、十字架和宗教文物。這些是好題材。

瑞格理在一旁逗留，輪流用單腳站立，他的身體無法控制抽搐和痙攣。她注意到，他在腦袋放空的時候，會痙攣得更嚴重。她多花了一點時間拍照。針對剛剛發生的深井事件，她還沒完全原諒他。

「要不要去樓上看看？」他問。

「跟樓下很不一樣？」

「遠比樓下精彩。」

芙洛狐疑地看著他。「好。」

她跟著他爬上一條搖搖晃晃的樓梯，樓梯發出的吱嘎聲令人驚心動魄。芙洛擔心樓梯會不會已經腐爛，或被白蟻破壞。頂部的樓梯平臺通向另外三個房間。她把頭探進浴室，裡頭又小又髒，水槽和浴缸都布滿令人不愉快也無法辨認的東西。她匆匆退後，走過樓梯平臺，小心避開地板上的洞。阿飄算什麼——她現在怕的是自己墜樓而亡。

第一間臥室裡沒有家具。幾張照片仍然歪斜地掛在牆上，已經褪色而且受潮，但她能勉強辨認出聖經中的場景和經文：

「當孝敬父母，使你的日子在耶和華、你的神所賜你的地上得以長久。」

「你們做兒女的，要凡事聽從父母，因為這是主所喜悅的。」

「故此，你們要順服神。務要抵擋魔鬼，魔鬼就必離開你們逃跑了。」

「看來妳媽一定會很喜歡這裡。」瑞格理開口，心不在焉地把手指伸進牆上一個洞裡，一小堆瓦礫為之鬆脫。

「我很懷疑，」芙洛邊說邊拍照。「她不喜歡把工作帶回家。」

芙洛心想，其實如果沒有狗項圈，沒人猜得到媽媽是牧師。有時候，芙洛很納悶媽媽怎麼會成為牧師。媽媽很少談論這件事，通常只是用「呼召」這兩個字來一筆帶過，但她有次透露說自己的童年不算幸福，而教會的某個人幫助了她。

芙洛漫步來到窗前，向外張望，能勉強看見那口井，在雜草叢生的花園邊緣，就像一個張開的嘴，其後方是陰暗的樹林。從這裡看去，樹林看起來更接近這棟房子，彷彿樹木趁沒人注意的時候偷偷爬行。她強忍顫意。在樹木的黑色輪廓附近，有個白色的東西引起她的注意。是個人影？她又舉起相機。喀擦，喀擦。

「準備好看看最後一扇門後面是什麼了嗎？」

她嚇一跳。瑞格理站在她身後，身子抖動。

「我期待得喘不過氣了。」

他露齒而笑。「那裡很精彩，相信我。」

她不確定自己是不是真的很想進入最後一扇門，但還是跟著他走過樓梯平臺，回到第二間臥室。瑞格理推開門。

她走進去，環顧四周。「我靠。」

這個房間很大。一張床仍然矗立在中央地帶，上面放著一張骯髒發霉的床墊。芙洛不願想著床墊上面發生過什麼事，因為周圍散落著蘋果酒罐頭和廢棄捲菸。

但令她驚呼的不是這個，而是牆面。上頭覆蓋著剝落的壁紙，布滿塗鴉，不是一般的「凱瑞是人渣」、「喬丹專幹屁眼」那種塗鴉，而是更為怪異。

五角星、倒十字、邪惡的眼睛、看似拉丁文的詭異銘文——她不是專家，只覺得看起來像拉丁文——還有奇怪的火柴人圖案、山羊頭、利維坦十字架。很多都畫得很簡陋，但因為數量龐大，布滿每一面牆甚至地板的一部分，其規模足以令人寒毛倒豎。

她在房間裡走來走去。近看之下，圖畫和銘文層層疊疊，新的蓋過舊的，許多已經褪色。人們、孩子們，多年來一直在這裡畫圖，而且不是隨便畫畫。沒有人在這些符號裡加入陰莖或玩笑性質的塗鴉。

「這根本《厄夜叢林》吧？」瑞格理開口，伸手觸摸牆壁。芙洛很想叫他別這麼做。

她再次摸索著拿起相機。

「所以這是什麼？撒旦崇拜？來這裡獻祭山羊？」
「我沒這麼做。我喜歡山羊。我只來這裡畫畫。」
「那這些是誰畫的？」
「不知道。這些圖案已經在這裡很久了，而且一直被添加。」
「但這是為什麼？這裡發生了什麼壞事嗎？」
他四處走動，靴子揚起灰塵。然後他在髒兮兮的床墊邊緣坐下。
「這個嘛，據說原本住在這裡的那家子，他們的女兒失蹤了，連同她最好的朋友。有些人認為她們逃跑了，有些人認為她們被謀殺了，可是沒人能證明。
「後來，住在這裡的那個女孩失蹤大概一年後，她的媽媽和弟弟也失蹤了，某天晚上就那麼消失得無影無蹤，就像人間蒸發一樣！再也沒人見到他們，這棟屋子從此荒廢。」
「一整個家子就那樣消失了？」
「沒錯。幾年前，另一個家庭打算買下這棟房子，但他們的小女孩後來死於意外。人們說這個地方被詛咒，鬧鬼，被厄運糾纏，說法一大堆。」
芙洛嗤之以鼻。「這並不表示跟魔鬼有關。」
「妳不覺得有些地方就是徹底腐爛了嗎？就像大地的黑斑，不斷發生壞事。」
芙洛放下相機。她想說不，她不相信那些屁話，但事實上，她記得有次在諾丁漢的「岩石公墓」拍了一些照片。
她之前曾在其他公墓周圍走動過，但那次發現自己身處另一個區域，被樹木遮蔽，位於一塊小型裸岩的陰影下。那個地點很漂亮，但就是讓人覺得不對勁。她當時拍了幾張照片，但一直察覺到那種怪異感，就像脖子後面覺得癢。她提早離開了那裡，但那種感覺纏著她不放，就像夢魘的殘渣。

隔天，她向里昂提起這件事，對方瞪大眼睛。「其實，兩年前有個女孩在那裡被謀殺。」

她說他在鬼扯——里昂就是喜歡胡說八道——但她後來用Google搜索，確認這個故事是否屬實，也找到了這個故事。有個十六歲女孩在晚上外出回家的路上遭到姦殺，屍體被扔在墓地。照片上就是那一塊形狀獨特的裸岩。

此刻，她聳個肩。「我不算是很迷信的類型。」

「好像有些孩子來這裡舉行降神會、玩通靈板，諸如此類的。」

「你不是其中之一？」

「沒有任何一個團體會把我當成首選，就連崇拜魔王別西卜的那群人也一樣。而且說真的，我覺得他們太過分了，把人們的死亡當成遊戲。如果妳深愛的某個人死了，妳不會想看到一群喝醉的智障把那個人的死訊當成笑料吧？」

她想起爸爸。他死的時候，她還是個學走路的幼兒，而且媽媽很少提到他。她猜媽媽是怕一提起他就難過。但她明白瑞格理的道理。死亡不是遊戲。死者應該擁有平靜，應該被尊重。她覺得再次對他有了好感。

「的確。」她說。

他突然站起。「那麼，妳逛完了嗎？」

「呃，嗯。」

她才剛給相機鏡頭蓋上蓋子，瑞格理就已經跺腳下樓。她瞥臥室最後一眼，然後追上他。她感覺腳下有個東西裂開，低頭查看，以為是個破瓶子，但意識到自己踩到相框。

她好奇地彎下腰。相框裡依然有張舊相片，早已褪色。她勉強認出相片上的兩個孩子，一個黑髮少女，以及一個看起來比她年輕的男孩。她盯著相片一會兒，然後一陣尖銳的砰聲把她嚇一跳。媽的。那是什麼聲音？又一聲砰，這次伴隨著響亮的振翅聲和刺耳的叫聲。她以為是槍聲。

「瑞格理？」

她匆匆下樓，來到陽光下，明亮的光線使她暫時盲目。她眨眨眼，然後發現他蹲在地上、手裡拿著某個東西。

「怎麼回事？」

他轉過身，她不禁退縮。他抱著一隻大烏鴉。牠的羽毛在陽光下像黑油一樣閃閃發亮，尖銳的喙微微張開。牠的一隻眼睛被炸開，眼窩血肉模糊，另一隻眼睛仍然閃爍著微弱光芒，流露恐懼。在她的注視下，鳥兒抽搐，眼睛變暗。

瑞格理站起，憤怒得全身顫抖，臉色蒼白緊繃。他朝樹林咆哮：

「你們殺掉了一隻，現在開心了嗎？」

周圍一片沉默。在迴盪的槍聲和驚恐的鳥叫聲平息後，這團寂靜更顯沉重。芙洛凝視樹林。一段時間前，陽光在森林地面上灑滿金色。但現在，林子裡似乎威脅重重。

「瑞格理，」她開口：「我覺得——」

又一聲槍響傳來。一塊瓦片從屋頂掉落，在他們的腳下摔碎。瑞格理踉蹌向後，捂著臉。芙洛看到血流過他的臉頰。

「瑞格理？」

他把手移開。他的眼睛上方有一條猙獰的傷口，看起來算淺，但因為周圍布滿血跡而難以判斷。

「我們得離開這裡。」她轉過身，然後停下腳步。

兩個人影走出樹林，是她今早遇到的金髮妞和肌肉男，蘿西和湯姆。怎麼他媽的這麼巧？湯姆手裡揮舞著一把空氣槍。媽的。

瑞格理低聲咒罵。「王八蛋。」

「你認識他們？」

「蘿西・哈珀和她堂弟湯姆，徹頭徹尾的屁孩。」

「我今天早上有遇到他們。」

「聊得愉快嗎？」

「不愉快。」

「不意外。」

哈珀，她心想。這個姓氏為什麼這麼耳熟？然後她恍然大悟。那個小女孩和她爸。蘿西是那個小女孩的姊姊？

那對男女持續逼近。她現在看到湯姆鼻梁腫脹，眼睛底下一片瘀青。那兩人跳過崩塌的圍牆。

蘿西微笑。「哎呀呀，看啊，是女吸血鬼和扭扭蟲瑞格理。」

瑞格理冷冷地瞪著她。「看啊，是殺害無辜動物取樂的智障。」

「我只是在殺一些有害動物。」

湯姆咧嘴笑。「你的傷口看起來很慘喔，瑞格理。」

「你的鼻子怎麼樣？」芙洛甜美道：「痛不痛？」

湯姆臉上的笑意消失。「妳很幸運妳那時候逃跑了，妳這瘋婆子。」

瑞格理轉向她。「是妳打的？」

「那是意外。」

「那麼，你們兩個在這兒做什麼？」蘿西問：「打砲？」

「關妳屁事？」芙洛狠狠瞪著她。

「這個嘛，跟我有關，因為我爸剛買下這片地，你們這是非法侵入。」

「沒差，反正我們正要離開。」芙洛抓住瑞格理的胳臂。「我們走。」

他們倆正要離開時，湯姆舉起空氣槍。

「我們還沒說你們可以走。」

芙洛站在原地，心臟狂跳。

湯姆指向她的相機。「把妳脖子上那個垃圾給我，然後你們就能走。」

不要顯得懼怕。不要顯得懼怕。

「不。」瑞格理走上前。「離她遠一點。」

「別管閒事，弱智，我跟她有帳要算。」湯姆把槍口對準芙洛的胸口。「我說了，把妳的相機給我。」

芙洛抓住背帶，感覺喉嚨裡脈搏狂跳。

把相機給他。不要為了相機冒險。她媽媽會這樣對她說。

可是對她來說，她的相機值得她冒險。

她放下雙手。「你去吃屎吧。」

他露齒而笑。「婊子。」

他扣下板機。

第二十二章

我們都有自己的藏身之處，不只是物理性質。我們在內心深處，會把不想讓別人看到的東西藏在裡頭，比較不吸引人的部分。我把這個地方稱作「我們的聖彼得之箱」。我們以後試著偷偷溜進天堂大門的時候，會希望他不會發現這個箱子。

我從書架上的特製聖經裡拿出菸草罐和紙，捲了一支菸，站在廚房門外，深深吸一口，品嚐尼古丁的味道。我們都有自己的惡習。癮頭、需求和慾望，其中一些特別吸引人。

我想起那個黑色的袖珍錄音機。

對梅樂・瓊安・萊恩進行的驅魔儀式。

在「對待女性」這方面，教會的紀錄實在不算光彩，驅魔也不例外。也難怪大多數的驅魔儀式都是針對年輕女性進行。那些女人可能只是患有憂鬱症、精神疾病，或只是表現得「恣意任性」，拒絕服從她們的丈夫或父親。

女性做出的各種「不討喜」行為，都能歸因於惡魔附身，因此可以透過虐待和暴力驅魔儀式來「治癒」。這一切都是以上帝的名義進行。

這些年來，英格蘭教會採取了更為溫和的方法。「心靈照料」取代了「以暴力手段驅逐惡魔」。有件事可能會讓很多人感到驚訝：即使在今天，在科學長足進步的今日，很多教區還是有所謂的「驅魔部」。基本上，有個專家小組專門處理超自然現象。這些人可能經常與心理健康顧問一起出現，但他們確實存在，也受到承認。就連普通的牧師，也偶爾會被找來調查惡魔附身或騷擾的事件。

我記得我曾以助理牧師的身分拜訪了我的導師布雷克牧師，他是個身材魁梧的禿頭男子，目光凶悍，說話帶著更凶悍的曼徹斯特口音。我當時二十七歲，受訓了三年，我們被叫去諾丁漢的梅多斯地區探望一名年輕女子。我以為該案例就跟平常一樣，吸毒、酗酒，也許是家庭虐待。但事實並非如此（儘管我還是懷疑涉及毒品或酒精）。我們拜訪的年輕女子認為她的公寓遭到惡靈騷擾，她要我們進行驅魔。

「妳相信上帝嗎？」布雷克當時問我。

我們坐在他的車裡，一輛破舊的本田喜美，在前往那名女子所住的高樓的路上匆匆買了麥當勞外帶。

我的視線越過我手上的四盎司牛肉堡，看著布萊克，想知道這是不是陷阱題。在那一刻之前，我知道所有正確答案，或者該說我學到了所有正確答案。我每個晚上都邊唸書邊打工。到目前為止，我以優異成績通過了所有考試，因為我很擅長考試，擅長辯論，擅長說出人們想聽的話語，我學得很快。但我騙不了布雷克。他太懂我，他也應該懂我，畢竟是他在我十六歲那年從街頭挽救了我。

「我有信仰。」我說。

「什麼都動搖不了妳的信仰？」

四盎司牛肉堡不舒服地卡在我的喉嚨裡。我拿起可樂，灌下一大口，吸管在塑膠杯裡咕嚕作響。

「應該不會。」

「所以，在某種程度上，只要我們相信上帝存在，祂是否存在就不重要了？」

我皺眉，不確定該如何答覆。

他面露微笑。「別擔心。我不是要跟妳進行某種宗教性質的『薛丁格的貓』的辯論。」
「那我們為什麼要討論這個？」
「因為我察覺到妳對我們今天的採訪抱持懷疑態度。」
跟平時一樣，他說得沒錯。
「我只是對這件事感到不自在。」
他點點頭，用紙巾擦擦嘴，扔進空了的薯條容器裡。
「因為？」
「聽起來，這個女人需要心理健康專家的照顧、諮詢，或是藥物。」
「如果那些都幫不上忙？」
「可是驅魔儀式？認真的嗎？」
「妳不相信惡魔附身？」
「不相信。」
他挑眉。
「我相信邪惡存在，」我說：「每個人心裡都有邪惡，可以說是我們的黑暗面。至於外在的惡魔？不，我不相信。」
「可是這個年輕女人相信，而且是全心全意相信。她走投無路，所以向我們求助。我們該拒絕她嗎？」
「不，當然不應該。」
「潔克，重點不是我們相信什麼，而是她相信什麼，而人類的心靈是非常強大的東西。」
「可是我們這樣不是會助長她的幻覺？」

「妳在遇上困難的時候，會不會向上帝祈求幫助？」

「會。」

「就算妳知道，祂應該不會為了解決妳的問題而放下祂手上的其他工作？」

我嗯了一聲。

「可是這能帶來慰藉？」

「是的。」

「我們的職責，就是進行驅魔儀式。無論惡魔是否真實存在，驅魔儀式都能提供安慰。那位年輕女士會相信惡魔已經消失，她的公寓被淨化了，上帝獲勝了。在某種程度上，信仰就是安慰劑。妳如果相信它有效，它就會有效。」

「應該是吧。」我語帶懷疑。

他對我眨個眼。「很好。那麼，咱們來去當魔鬼剋星吧。」

我感到一陣悲傷。布雷克五年前過世了。歲月不饒人。如果仔細想想，就會覺得歲月比什麼都可怕。我捏熄菸頭，走回廚房。從地窖裡拿來的那個箱子放在桌上。我拿出錄音機，按下播放鍵，並沒有抱著太大希望。如我所料，機器毫無反應。我把它翻轉過來。電池艙的螺絲布滿鏽蝕。我再次嘗試彈出磁帶，但徒勞無功。退出錄音帶的機件卡住了，帶子似乎卡在裡頭。

既然如此……我翻遍抽屜，想找支螺絲起子或筆。我終於在一個標示為「鑰匙」的保鮮盒裡找到需要的東西。這個盒子裡沒有鑰匙，而是迴紋針、藍丁膠、衣夾、一副舊耳機，還有被埋在底下的一把銀色小螺絲起子。我開心地拿出螺絲起子，試著鬆開錄音機裡的帶子。我終於成功鬆開它，然後，帶子突然彈出……而且磁帶斷裂。

「該死！」

我盯著壞掉的磁帶，思索該如何修理——用透明膠帶黏合？——這時門鈴響起，鈴聲激烈得似乎讓整間小屋為之共振。我急忙把錄音機和磁帶放回箱子裡，把它扔在地板上，再用腳把它推到桌底下。

我轉身。芙洛站在門口，摟著一個十幾歲的瘦削男孩，他臉上沾滿血跡。她的頭髮蓬亂，脖子上的尼康被打碎了。

她盯著我，說出了保證讓每個父母都感到恐懼的話：

「媽——別生氣。」

第二十三章

「空氣槍？老天。我以為在諾丁漢才得擔心槍枝，在這裡不用。」

我輕輕清理瑞格理的頭部，這是我三天內第二次幫人清理血跡。

「我知道。」芙洛咕噥。

「妳有看到是誰開槍嗎？」

「沒有，當時太遠了。」

我想反駁她。我雖然不太懂空氣槍，但這種東西的射程應該不算遠。

「我們必須把這件事告訴警察。」

「那只是一場意外。」

「妳怎麼知道？妳當時差點可能沒命，你們兩個都是。」

「痛痛痛。」瑞格理呻吟。

我擦拭傷口擦得太用力，雖然我並沒有把這件事或任何事怪在他頭上，至少不完全是。

「抱歉。」

我把血淋淋的布扔進水槽。他的傷口雖然淺，但頭部傷口就是會出很多血。我從樓上的浴室拿來了急救箱，在他的傷口上抹了一點沙威隆，還在他頭上貼了兩大塊敷料膏藥。我抬起他的下巴，查看我的成果。他其實是個英俊的年輕人。我很好奇他為什麼出現怪異的抽搐痙攣。某種神經問題？

「好了。這樣處理應該暫時行了。」

「謝了，牧師。我真的很感激。我媽對這種事的反應不像妳這麼平淡。」

我瞪著他。「平淡？我對這件事的反應才不平淡。我離平淡遠得很。」我轉向芙洛。「有個瘋子在鄉間發射空氣槍。你們兩個都可能差點沒命。我得重複說多少次？」

「我們沒事。」芙洛口氣不耐煩。

「這不是重點。」

我從桌上拿起尼康。鏡頭徹底碎了，彈丸卡在後側的金屬上，從另一側稍微突出。

「看看這個。只要再多幾毫米，就能貫穿妳的心臟。」

我說出這句話的時候覺得頭暈目眩。

「媽，妳太誇張了。」

「不，我才不誇張。」

「他瞄準的不是我的心臟，而是相機。」

「他？我以為妳說妳不認識那個朝妳開槍的白痴。」

「我們是不認識那個人。我說『他』只是出於習慣。」

我無奈地瞪著這兩人。他們一定有所隱瞞。但是，面對青少年，你沒辦法強迫他們說實話。有時候，你必須慢慢來。我是可以威脅，可以把芙洛禁足，可以禁止她看電視、上網（雖然家裡沒電視也沒網路）。但她如果不想告訴我，她就不會告訴我。

我們每個人都有自己的祕密，青少年尤其多，我自己就對我母親隱瞞了很多祕密。就算她曾對我施以許多殘忍的手段，也還是無法逼我就範。

「我要你們跟我保證一件事，」我說：「你們不會在去林子那裡亂走。」

他們倆面面相覷。芙洛看著相機。

「既然我的相機已經毀了，去那裡也沒意義。」

「我們保證，布魯克斯牧師。」瑞格理說。

芙洛嘆氣。「我保證。」

「好。行。」我瞥向時鐘。快六點了，下午的時光就這麼過去了。

「瑞格理──你想不想留下來吃晚飯？」

「我該回家去了。」

「要不要我載你一程？」

「不，再次謝謝妳。我自己走回去就行。」

「你確定？你住哪？」

「就在村子另一頭。別擔心，但還是謝謝妳。」

「好。」

我送他到門口。

「再次謝謝妳，牧師，」瑞格理說：「我只是想讓妳知道──」

我舉起一手。「其實，我有件事想讓你知道。」我把門在我身後關上一半。「雖然我的名字後面有『牧師』這個頭銜，但別被我脖子上的白項圈騙了。首先，我是一個母親。如果我女兒因為你而受到任何傷害，我會把破壞你的人生當成我的人生使命。你聽清楚了嗎？」

有那麼一瞬間，他的瘋狂抽搐似乎暫停。他用獨特的銀綠眼睛看著我。

「再清楚不過。」

然後他全身再次抽搐。他轉過身，顫抖著走過小路。看著他離去時，我感到不自在。然後我回到屋裡，關上門。

芙洛癱坐在廚房餐桌旁，手裡拿著壞掉的尼康。我進來的時候，她抬頭。

「既然瑞格理回去了，我猜妳會把我大罵一頓。」

我在她身旁坐下，搖頭。「不會。」

我伸出雙臂，就像她小時候鬧情緒的時候那樣。安撫總是比咆哮更能驅散憤怒。她沉進我的懷抱裡，我抱著她。過了一會兒，她抬起頭。「對不起，媽。」

「我知道。」我撫平她的頭髮。「那不是妳的錯。」

她看著相機。「我不敢相信我的相機毀了。」

「它可以修好，妳不一樣。」

「修理會花大錢。」

「我們會想出辦法。」

我們坐了一會兒，然後我聽到芙洛的肚子咕嚕叫。「餓了？」

「嗯，有點。」又一聲低沉咕嚕。「很餓。」

「我來炒一道菜，然後邊看DVD邊吃怎麼樣？」

「好。」

「妳想看什麼？」

「復古的搞笑片。」

「《早餐俱樂部》、《紅粉佳人》？」

她翻白眼。「拜託喔。酷女孩選擇白痴運動員，拋棄善良可愛的摯友？」

「好吧。妳來選。」

「《希德姐妹幫》？」

一個美麗女孩愛上一個變態瘋子。

「行。」

她上樓更衣。我打開冰箱，拿出一些蔬菜。甜椒、蘑菇、洋蔥。我把它們扔到砧板上，抓起一把大型菜刀。

我剛開始切菜時，芙洛再次出現，穿著寬鬆的短褲和黑色背心。她看起來又瘦又累，美得令人心疼。我想把她抱進懷裡，再也不讓她出門。

她走到冰箱前，拿出一罐健怡可樂。「媽，妳覺得瑞格理怎麼樣？」

我盡量保持語調輕快。「這個嘛，我跟他並不是在最好的情況下見面。」

「事情不是他的錯。」

「好吧。嗯……他看起來像個好人。他為什麼一直在抽搐？」

「肌張力不全症，好像是他的大腦線路有問題。」

「了解。」我選了一大顆紅椒。「問題是——妳覺得他怎麼樣？」

她聳個肩。「他還行。妳懂的。」

我確實懂。我把刀握得更緊，試著告訴自己他只是個男孩、大概人畜無害、不是所有年輕男性都是掠食者。

她拉來一張椅子。

「這是什麼？」她低頭。

糟糕。那個箱子還在桌底下。

「噢，只是屬於弗萊徹牧師的東西。他原本在研究這個村子的歷史，滿無聊的東西。」

但她還是把手伸進箱子裡，拿出一個文件夾。

「梅樂和喬伊是誰？」

「噢，只是——啊！好痛！」

她轉身過來。「媽，妳割傷自己了。」

我不小心用鋒利的刀切開了我的手指，血從傷口滴出來。

「來。」她從急救箱裡拿出創口貼，來到我身邊。

「謝了，親愛的。」

我把手指放在水龍頭下沖洗，弄乾，然後用創口貼緊緊裹住傷口周圍。

「妳該更小心點，媽。」

我挑起一眉。「有沒有聽過鍋子笑水壺很黑的故事？」

「好啦好啦。」

「妳何不去找出那片DVD？」

「好。」

她漫步走出廚房。我能聽到她在客廳裡翻找DVD。我從桌上拿起文件夾，把它放回箱子裡，把箱子推進水槽底下的櫥櫃。眼不見為淨。

我舉起受傷的指頭，痛得要命。傷口滿深的，但至少轉移了我的心思。芙洛找到那片DVD的時候，我正在把蔬菜扔進炒菜鍋裡，徹底忘了關於梅樂和喬伊的話題。

第二十四章

他繼續朝聖，從破舊的瘋人院進入城裡。他在這裡露宿了一段日子，在運河邊的拱橋下，還有舊購物中心附近的地下通道裡。

這兩處都很受歡迎。傍晚時分，他看到堆積如山的睡袋、設置好的紙箱。這裡也發生了一些不好的事。有個老酒鬼想偷他的東西，而他不得不保護自己的東西。他記得那個醉漢的屍體如何漂浮在運河中，然後被水草和口袋裡的沉重瓦礫拖進骯髒的水底下。

他朝市集廣場走去，這裡人山人海。在夏季的幾個月，這個廣場會變成「海灘」，位於市中心的骯髒沙區和大型戲水池，讓諸多家庭假裝自己在海邊。這裡有一家酒館、一些遊樂設施，還有販賣食物和飲料的諸多攤販。裝在塑膠杯裡的淡啤酒。塞在白麵包裡的油膩漢堡排和炸洋蔥。

他站在人群邊緣，沒靠得太近。這麼多聲響、人潮和燈光。他吸進爆米花、甜甜圈和熱狗的味道，肚子咕嚕叫，提醒他從昨天起就沒吃過東西。孩子們在遊樂設施上發出尖叫和歡笑。

他感覺心裡有一種舊日的嚮往。他小時候從沒參加過園遊會，從沒體驗過令人眼花繚亂的華爾茲旋轉車，也從沒嚐過棉花糖的刺激甜味。媽媽認為這種快樂充滿罪孽。甚至在他流落街頭之前，媽媽給他的食物大多貧瘠或過期，這是「獎勵」他一整天都沒做錯事、沒挨揍。

他逃家後才明白，自己的生活和其他孩子不一樣。有時候他會看著他們嘻嘻哈哈地蹦跳而過；他們的爸媽牽著他們的手，親吻、擁抱他們，撫平他們的頭髮。他則是蜷縮在紙箱裡，小心翼翼避開窺視的眼睛，以防有人質疑為什麼他這個小男孩睡在路邊。

他突然注意到其中一個媽媽狐疑地看著他，手裡拿著手機。他意識到自己想必是什麼模樣。一個穿著二手衣物的駝背身影，雖然乾淨但不算儀容端正，而且他盯著孩子們。他面紅耳赤。他雖然不是好人，但絕對不是那種人。更重要的是，他不能讓她報警。他不能回牢裡，他有一些事要做。

他快步離去，就算覺得今天很不順利，但他還是逼自己繼續前進。他又餓又渴，但口袋裡只有一點零錢。幸運的是，他接下來要去的地方應該能解決這個問題。

園遊會的聲響在他身後淡去。他的雙腳將他帶離市中心，穿過更黑暗、狹窄的排屋街道。滿溢而出的垃圾箱、狗叫聲、咚咚作響的音響重低音。空氣中瀰漫著大麻的氣味和暴力的威脅。有些事永遠不變。他終於抵達了目的地。他抬頭。

一棟龐大的建築，磚塊被城市汙垢熏黑，彩色玻璃窗被沉重的鐵柵欄擋住，屋頂的尖塔伸向灰色的傍晚天空。

聖安妮教堂。

門開著，裡頭的光線灑在小路上。幾個流浪漢在教堂外頭逗留、抽菸。門口斜放著一塊手寫的看板，上頭寫著：

「週一晚間施粥。來這裡吃喝、休息、禱告一會兒。」

他面露微笑，走上這條小路，穿過敞開的大門。

教堂溫暖，燈火通明，瀰漫著濃郁的食物氣味。他的肚子又在咕嚕叫。這裡的食物一定很美味，但這不是他來這裡的唯一理由。他急切地掃視教堂四處。四名穿著圍裙的志工站在一張長桌後面，從幾個金屬大鍋裡舀出燉菜和咖哩。她在哪？然後他看到一個人影從教堂後側走出來，穿著深色西裝，戴著白色的牧師項圈。

這個人走向他，面帶笑容，露出耀眼的白牙。

「你好。有什麼是我能幫你的？」

他盯著這位體型魁梧的黑人牧師。

「你是誰？」

「我是布萊德利牧師。」牧師伸出一手。「非常歡迎你來到我們的教會。」

「不。」他搖頭。這不對勁，這跟他想像的不一樣，跟他計畫的不一樣。「另一個牧師呢？」

「很抱歉，她離開了。」

「她去了哪？」他壓不住嗓音裡的絕望。

牧師皺眉。「我不知道。」

他在撒謊，他心想。這個肥胖的黑人牧師在撒謊。他知道她在哪裡，只是不想告訴他。

牧師伸出的一手還沒收回去。「你還好嗎？」

他壓下怒火，然後握了騙子的手。這隻手很大，而且意外地柔軟。「嗯，只是累了，而且肚子餓。」

「你何不去拿點東西吃？我特別推薦雞肉咖哩。」

他擠出笑容，恭敬地點個頭。「謝謝你。」

他加入排隊人群，領取了一些食物，然後拿著盤子坐在長椅邊緣上，用叉子把食物送進嘴裡。食物聞起來很好，但他幾乎吃不出味道。他心想，他要等那個騙子落單的時候再回來這裡，逼他說出自己需要知道的答案。這個牧師雖然塊頭大，但體能一定很差。他應該花不了多少時間。

他意識到自己在想什麼，於是搖搖頭。不行。他絕不能傷害這個牧師。他已經改變了。他不是那種人。控制住憤怒並不是軟弱的行為，而是象徵力量。

但他需要找到她。

那他該做的，是把這個牧師傷害得恰到好處。

恰到好處。他陷入沉思。控制住憤怒並不是軟弱的行為。也許他可以這麼做。他綻放笑容。好吧。

而且盡量不要樂在其中。

她蜷縮在地窖裡，被黑暗包圍。

在她上方，她能聽到媽媽四處走動，電視上大聲播放著宗教節目《讚美之歌》。這是她在星期天褻瀆上帝而受到的懲罰，至少媽媽是這麼說的。事實上，這只是她的另一種心理遊戲。偏袒一個孩子，懲罰另一個孩子。至少，現在她和弟弟年紀大了（體型也比以前大），終於能免於最嚴重的懲罰——井刑。被下放到井裡，丟在裡頭好幾個小時。

地窖不算太糟，只是很黑，而且有老鼠。

她盤算著計畫。她要逃走。第一次討論這件事後，她就很少見到喬伊了。她媽媽試著分開她們倆。現在，喬伊每週有兩個晚上，要跟新牧師一起上額外的聖經課程。

喬伊前幾天從她身邊匆匆走過，幾乎沒跟她打聲招呼。她變得不太一樣。她的臉頰變得紅潤。她的微笑似乎藏了什麼祕密。梅樂很擔心。怎麼回事？是因為那個牧師？

很多女孩都暗戀那個牧師。可是梅樂不喜歡他。他每次朗讀聖經裡的一些東西，尤其關於那些罪惡和詛咒的時候，他的眼睛會變得有些茫然，臉變得通紅。她敢發誓，她有次看到他的褲襠底下勃起。

她聽到樓上的媽媽調高電視音量。

角落傳來沙沙聲。她努力試著在黑暗中視物。她痛恨黑暗，痛恨黑暗讓自己覺得脆弱。她試著從一本童年的舊書裡找出安慰的話語。她背誦給自己聽。

「黑暗很有趣，黑暗很善良。黑暗——」

她母親的嗓音在她腦海裡浮現：「我靈歌唱，讚美救主我神，祢真偉大，何等偉大。祢真偉大，何等偉大。」

沙沙聲向她逼近。

第二十五章

「媽的！」

我睜開眼睛。我的背心黏在身上，我汗流浹背，床單早已被踢到地板上。我慢慢看清楚周圍的臥室。我在小屋裡的臥室。我又做了惡夢。

我坐起身，伸手拿起床頭櫃上的水，大口灌下。我能看到窗簾周圍透入銀色日光。小屋裡又靜又悶。我瞥向時鐘：清晨六點十三分。我顯然不可能再睡了，還不如乾脆起床。我今早要進行一場婚禮諮詢，所以早點做準備對我不會有什麼壞處。

我穿上慢跑褲，爬下吱嘎作響的樓梯。小屋裡瀰漫著我昨晚炒蔬菜的味道。昨晚吃過晚飯後，我和芙洛蜷縮在沙發上，手裡拿著一大包M&M巧克力，看著《希德姐妹幫》，直到我意識到她已經靠在我肩上睡著了。我就這樣讓她躺了一段時間，享受著這種親密感。她小的時候，我們一起看電影時，她會蜷縮在我的膝上，就我們倆，一直以來都是這樣。

芙洛才十八個月大的時候，她爸爸死了。她對他幾乎沒什麼印象。他在教堂遭到一名入侵者襲擊，在搏鬥中摔倒，撞到頭。芙洛長大到能理解的時候，我向她說明了這件事。我還告訴她，他是一個多麼好的父親、他有多麼愛她。這是事實，至少大半是事實，但就和許多事情一樣，這是其中一個版本的事實。這個故事說了太多遍，差點連我自己都信了。

總之，昨晚剛過午夜後，我把芙洛推醒，我們倆都疲憊地爬上床睡覺。髒盤子還在水槽裡。芙洛的受損相機躺在廚房餐桌上。我漫步上前，拿起相機。我不知道修理它要花多少錢，只確定會超過我積蓄裡的六塊五毛錢。

我再次看著相機，覺得胃袋緊繃。年輕人都自以為刀槍不入，但隨著年齡增長，尤其當你成為父母時，你會發現到處都是危險。芙洛其實知道是誰發射空氣槍。我相當確定。瑞格理也知道。但出於某種原因，他們倆就是不願意告訴我。而且瑞格理這個人怎麼樣？我無法判定。我對他保持警惕，是因為不管芙洛帶哪個男生回家我都會保持警惕？還是因為別的原因？

我嘆口氣，凝視廚房窗外的禮拜堂，突然覺得很想禱告。身為牧師，這當然很正常。我每晚都會禱告，有時候在白天也會隨便找個時間祈禱，不是那種「雙膝跪地，雙手合十」的祈禱，而是比較像簡短的對話，我需要說出口的心裡話。

上帝很擅長聆聽。祂從不評判，從不打斷你，從不拿出一個更精彩的故事來打岔。而且，即使我大部分的時間都在自言自語，說出想法也是很好的心理治療。

有些日子，禱告比較像是一種衝動，有點像抽菸，就像今天這個早晨。夢境的觸鬚還纏著我不放，那些是我寧可忘掉的事。糟糕的回憶就像木刺，有時候很痛，但你學會如何與之共處。問題是，它們遲早會爬到水面上。

禮拜堂的鑰匙躺在廚房流理臺上。我拿起鑰匙，走出小屋。烏雲散開，太陽在天空中閃閃發光。我凝視著墓地，視線落在紀念碑上。我走向那裡。

今天，紀念碑的底部周圍放了更多樹枝娃娃。我們剛來這裡的第一天，這裡放了六個人偶。但現在，這裡看起來有十一、十二個，其中一些穿著破爛的衣物，這讓它們更顯得陰森，就像來自孩童的夢魘。我能想像它們在晚上活過來，拖著樹枝做成的腿走向小屋，從敞開的窗戶溜進去……

別胡思亂想，潔克，妳已經不是小孩了。我強忍顫意，把注意力轉向紀念碑。頂部附近有一行銘文：

為了紀念以下的新教殉教者，他們在瑪麗女王統治期間，為了忠誠地見證上帝的真理，於一五五六年九月十七日在這座禮拜堂前被燒死。此方尖碑由公共捐款提供資金，建於公元一九〇一年。

底下是一份名單：

耶利米・舒曼
艾比蓋兒・舒曼
雅各・莫蘭
安妮・莫蘭
麥琪・莫蘭

艾比蓋兒和麥琪。焚身少女。我撫摸刻在石頭上的字母，觸感冰冷，尚未吸收白晝的溫暖。

女孩名字底下是：

詹姆士・奧斯華・哈珀

伊莎貝爾·哈珀
安德魯·約翰·哈珀

哈珀家族。當然。羅希頓好像說過，賽門的族譜能追溯到薩塞克斯殉教者。真替他高興。然而，出於某種原因，這座紀念碑讓我感到憂鬱。以宗教名義造成的死亡，總是讓我感到憂鬱。人們為著誰更瞭解上帝而爭執不休，這簡直就像在爭論誰擁有天空或太陽。我也相信，如果沒有上帝，人們真的會搶奪天空或太陽。

我轉身離開紀念碑和樹枝娃娃的聚集地，走向禮拜堂，盯著歷盡風雨的白色建築。「要愛惜提姆，因為現今的世代邪惡。」收到。如果要在這裡當個稱職的牧師，我就必須跟這個地方和平相處。我解開門鎖，推門進去。

陽光透窗而入，在長椅上灑下金色和紅色光輝。我一直很喜歡陽光穿過彩色玻璃窗所造成的效果。

然後我想起來了——這裡的窗戶並不是彩色玻璃。

我眨眨眼，環顧四周。紅色液體飛濺在玻璃上，散發一種苦澀的金屬氣味。我走過走道，愈加感到不安，連同一種似曾相識的可怕感覺。

「滴啊滴。妳別想奪走我的露碧。」

祭壇旁邊的地板上有個東西。一個龐大的東西，又黑又紅。

我感覺膽汁湧上喉嚨。

是一隻烏鴉。傷痕累累，翅膀折斷，身體扭曲。

牠想必是被困在這裡，驚慌失措，拚命試圖脫身，結果撞上窗戶。我在死鳥旁邊蹲下。

然後我注意到有個東西，半藏在殘破的烏鴉屍體下面。我皺著眉，把烏鴉移到一邊。

我感覺頭皮縮成一團。又一個樹枝娃娃。這個身穿黑衣，脖部掛著一條白布。牧師項圈。一張摺起的紙用小針釘在娃娃的胸前。是剪報。我拿起它，打開來看。我自己的臉孔從紙上瞪著我：「手上沾滿鮮血的牧師」。

我感覺腦袋裡靜脈抽動。怎麼會？是誰？然後我聽到身後有聲音。禮拜堂的門吱嘎作響。我嚇一跳，轉過身。

一個人影站在門口，被晨光映出光環。那人沿著走道朝我走來時，我瞇起眼睛。對方身形高瘦，白髮盤成髮髻，穿著慢跑緊身褲和亮色的螢光上衣。克萊菈‧羅希頓。我把人偶和剪報塞進口袋。

「早啊，潔克！妳起得真早。」

「妳也是。」

「妳在練習講道？」

「其實，我在清理一隻死烏鴉。」

她瞥向祭壇。「我的天啊，可憐的鳥兒。」

「我在想牠是怎麼進來的。」

「這個嘛，屋頂上有不少洞。以前有鴿子闖進來過，偶爾有麻雀，烏鴉還是頭一遭。」她同情地看著我。「大清早就碰上這種事，還真不順利。」

「的確，而且現在還不到七點鐘。」我瞥向她的慢跑裝備。「妳總是這麼早起？」

「是啊，布萊恩認為我瘋了，可是我很享受黎明的寧靜。妳也跑步嗎？」

「從不，就算為了趕公車也一樣。」

她咯咯笑。「我剛剛在冷身的時候看到這裡門開著，所以想進來看看。」

她這麼做好像有點冒昧，甚至多管閒事，有點像亞倫總是常常「順路經過」。這兩個人該不會在監視我吧。

「這個嘛，別讓我拖住妳，」我說：「我得清理一下這裡。」

「辦公室的儲藏櫃裡有一些清潔用具，」克萊菈說：「而且團結力量大。我來幫妳吧？」

我找不到理由拒絕。「謝了。」

當然，她只是想幫點忙。但我跟著她走向辦公室時不禁好奇，她站在門口看了我多久？

※　※　※

四十分鐘後，我們清理了窗戶上的血跡，死烏鴉被扔進禮拜堂旁邊的垃圾箱裡。

「好了！」克萊菈環視周圍。「這下乾淨多了。」

的確。事實上，清理掉窗戶上的一些汙垢後，整個中殿看起來更明亮，沒之前那麼陰暗陳舊。

「謝了，」我再次道謝。「我真的很感激。」

她揮動戴著金盞花牌橡膠手套的手。「別客氣。住在查博克弗特的每個人都是這樣守望相助。」

「這個嘛，聽了真讓人安心。」

她面露微笑。她應該五十五歲左右，但看起來比實際年齡年輕，就算滿頭白髮。的確，有些女人會隨著歲月流逝而越來越美。

「其實，也許妳需要一些東西來宣洩工作壓力？」她接著說：「妳何不今晚跟我和布萊恩一起去酒館？今晚是猜謎之夜。」

她想必注意到我的表情。

「妳不喜歡猜謎？」

「沒很愛。」

「喜歡紅酒嗎？」

「這我倒樂意加入。」

「很好。我們的團隊也確實需要新成員。」

「其他成員是？」

「我、布萊恩和麥克・薩德斯。我不確定——」

「我見過他。」

「噢，那好。他替本地報紙工作。」她的眼睛發光。「其實，也許他可以幫妳做一篇——」

「妳不願意？」

「我不這麼認為。」我回答得有點急促。

「我這個人挺無趣的，沒什麼值得報導。」

「噢，我相信這不是事實，潔克。」她語帶挑逗。「我敢打賭，妳一定有些故事值得說出來。」

我看著她。「我會把那些故事留給電視上的兒童讀書節目《傑克說書》。」

她發笑。「很好笑。總之，妳如果改變心意，麥克這個人很親切，雖然他這兩年過得很辛苦——」她停頓。「妳知道他女兒的事嗎？」

「知道。他有跟我說。」

「那真是悲劇。她是個非常可愛的小女孩，才八歲。」

我想起芙洛八歲時的模樣，天真爛漫，才剛要發展出人格，在那種年紀被奪去生命……我覺得喉嚨緊縮。

「發生了什麼事？」

「一起悲劇性的意外。她在一個朋友的花園裡玩耍，那裡有個繩索鞦韆。不知何故，塔菈的脖子被繩索纏住，被人發現的時候已經太遲了。」

「好悲慘。」

「他們有試著讓她復甦，但麥克和他太太不得不決定給她拔管。」

「真令人難過。」

「是啊。這件事使得兩個家庭決裂。孩子們的母親原本是好交情，而在事發後，菲歐娜跟艾瑪再也沒說過話。」

「艾瑪是指艾瑪・哈珀？」

「是的，事情是發生在她家。波比和塔菈是最好的朋友。這件事重創了每個人。波比有一年多完全沒說話，她到現在還是很寡言。」

我想起我們在教堂外的相遇，想起波比莫名沉默。在這一刻，我似乎明白為什麼。她那樣目睹摯友死去。這實在悲慘。

我搖頭。「我只能想像那有多痛。去朋友家玩，結果再也沒能回家。」

「而且，很自然的，菲歐娜為此責怪艾瑪。」

「這可以理解，但沒人有辦法每分鐘都盯著孩子。」

「艾瑪當時不在家。」

「什麼？」

「她臨時外出購物，那間店就在家門外同一條路上，不過——」

「她把孩子丟在家裡？」

「不，她叫波比的姊姊負責看孩子。蘿西。塔菈死的時候，是她負責看著她們。」

第二十六章

我曾幫數百對滿懷希望的情侶主持婚禮（還有許多宿醉的情侶）。我曾埋葬年輕人、老年人和新生兒的屍體。我曾在無數嬰兒的柔軟腦袋上塗抹聖油，曾安撫遭受可怕創傷的受害者。我曾探望監獄，在施粥活動擔任志工，在無數烘焙比賽擔任評審。

但我覺得艾蜜莉及其未婚夫迪倫應該根本不在乎這些。

年輕女子狐疑地看著我：「妳真的是牧師？」

「我實作牧師一職已經超過十五年了。」

她皺眉。「妳是說妳已經完成了牧師實習？」

老天，她把實作聽成實習，看來這個早上真的會很漫長。

我擠出笑臉。「是的，完成了。」

「只不過——」她抓住迪倫的手。他是個強壯的年輕人，留著鬍鬚和蓬鬆的頭髮。「我們希望這是一場非常傳統的婚禮。」

「當然，」我說：「這是你們的婚禮，想怎麼安排完全由兩位決定，我們今天就是來討論這件事。」

他們倆對望一眼。「我們真的很喜歡另一位牧師。」迪倫開口。

「他是個非常好的牧師，」我保持態度中立。「可是兩位想在九月二十六日結婚，而羅希頓牧師那天沒空。此外，我是查博克弗特村的首席牧師。」

「了解。」

「你們真的想在這間禮拜堂成婚？」

「是的。我們的父母都是在這裡結婚。所以，妳知道，這是——」

「傳統？」

「是的。」

「好的，那麼，能不能多跟我說說你們的事？」

一片沉默。更多不安的面面相覷。我嘆口氣，放下筆。

「也可以跟我說說你們有什麼煩惱？」

「我們並不是不認為妳會做得很好。」艾蜜莉說。

「我們相信妳合乎資格之類的。」迪倫補充道。

「很好。」

「問題是相片。」艾蜜莉說。

「相片？」

「這個嘛——」她把我上下打量一番。「我只是不認為妳適合出現在我們的新婚相片上。」

※　※　※

我用水壺燒開水，拿出一些吐司準備送進烤箱。我已經打發艾蜜莉和迪倫回去，要他們考慮在大喜之日最重要的究竟是什麼：在禮拜堂舉行婚禮，還是我沒有陰莖的這項事實（雖然我在措辭上可能不是這麼說）。

這次會面也沒改善我的心情。樹枝娃娃和剪報令我心神不寧。我不是容易害怕或感受到威脅的那種人，可是我有芙洛要擔心，我不想重蹈我們在諾丁漢的經歷。

我把樹枝娃娃和剪報都塞進垃圾箱的底部，但我好奇還有誰知道那件往事。誰可能在報紙或網路上看過那個故事？想查到這個故事並不會很難。我首先想到賽門・哈珀。他給我的印象是愛記仇、是個惡霸，但我不確定他有那種程度的想像力。如此一來，還有誰有可能？只有羅希頓、亞倫和我有禮拜堂的鑰匙。可是這是事實嗎？鑰匙可能會丟失、複製、被借用。我想到克萊菈站在禮拜堂門口看著我。

我用力把吐司插進烤麵包機，但我一直在腦海裡看到死去的烏鴉、牠的血塗滿禮拜堂的窗戶，所以總覺得有點沒胃口。

我尋找柑橘醬的時候，芙洛小跑下樓。我瞥向時鐘。十點半。

「早安。妳睡得好嗎？」

她打呵欠。「還行。」

「要不要吃吐司？」

「不了，謝謝。」

「咖啡？」

「不要。」

她打開冰箱，拿出一些牛奶。

「今天有什麼計畫嗎？」

「我可能會去漢菲爾德一趟。」

漢菲爾德是離查博克弗特最近的小鎮。

「噢，這樣啊。去做什麼？」

「買毒品、烈酒，也許順便買點A片。」
我瞪著她。她搖頭：「妳幹麼問這麼多？」
「抱歉，妳說得對，我幹麼在乎我的獨生女都在做些什麼？反正她昨天又沒差點害死自己。」
她怒瞪我。「妳打算天天提醒我？」
「也許一直提醒妳到妳三十 四十歲的時候。」
她把牛奶倒進玻璃杯裡。「其實，我要去漢菲爾德，是因為那裡有間攝影店。」
「真的？」
「嗯，我上網查過了，他們有維修服務。」
「妳在樓上收得到手機訊號？」
「很勉強。說起來，英國電信的人究竟什麼時候來？」
「不知道。我會再問問他們。」我決定讓步。「妳需要我載妳去嗎？」
「不用。我下載了公車時刻表。」
「噢，好。」
有時候我為我女兒如此務實、成熟又自立而感到自豪，其他時候我希望她稍微更依賴我一點。十五歲這個年齡，就是孩子開始離開父母的時候。不過說真的，我認為打從孩子從妳體內滑落出來、第一次呼吸的那一刻，妳就開始失去他們。
「妳自己搭公車沒問題吧？」
她冷冷看我一眼。「我搭過公車，而且這趟只要十五分鐘。」
「我知道，可是——」

「我懂，我差點害死自己。我會盡量不惹惱公車上任何有殺人傾向的退休老人。」
「這個嘛，據說他們都是成群結隊。」
她微微一笑。「我不會有事的，媽。我只想把我的相機修好。好嗎？」
「好。」
「而且，無意冒犯，但我真的需要離開這間屋子一段時間，去個真的能上網的地方。我最近一直沒辦法好好跟里昂和凱莉聯絡。我只是需要回去文明社會一段時間。好吧——」她思索幾秒。「半文明社會。」

她當然需要這麼做。罪惡感突然一拳打在我的肚子上。我把我女兒從繁華城市連根拔起，扔在荒野。為了什麼？就為了贖罪。因為杜爾金沒給我多少選擇。因為我自己的罪惡感？我也許對自己說我們在這裡很安全，但我比以往任何時候都更擔心芙洛。

我擠出笑臉。「好。可是如果發生任何麻煩，打電話給我，我就去載妳，好嗎？」
「媽，我只是去相機店，然後找間有 Wi-Fi 的咖啡店。不會有任何麻煩。」
「好吧。」我舉起雙手投降。「妳的錢夠搭公車、喝咖啡嗎？」
「說到這個，妳能不能借我十塊錢？」
我嘆氣。她還說不會有任何麻煩咧。

※　※　※

芙洛出門後，我煮了一杯咖啡，抗拒了抽菸的誘惑，從廚房水槽下面拿出弗萊徹的箱子。
我看著斷裂的磁帶。透明膠帶——我很確定這就是修理磁帶的所需工具，但我也很確定家裡根本沒有透明膠帶。我把錄音帶放在一邊，拿出標示為「薩塞克斯殉教者」的文件。

很多村子都有黑暗的過去。歷史本身沾染了無辜者的鮮血，由殘酷者寫下。正義未必總是戰勝邪惡。禱告無法贏得戰鬥。有時候，我們需要魔鬼站在我們這一邊。問題是，你一旦讓他坐進副駕駛座，就很難擺脫他。

我坐下來，開始翻閱紙張。有些是從網路上列印下來，有些似乎是從書本上掃描下來。紙上文字是枯燥的學術風格，充滿關於瑪麗女王統治和大掃蕩的日期和歷史參考資料。我瀏覽了文件夾裡一半的資料，才看到有東西提到查博克弗特村。這看起來是一篇很古老的文章，可能來自某種期刊。印刷品質很差，用字也很古老，但弗萊徹做了總結，還在旁邊寫下筆記。

村莊遭到猛烈進攻，殉教者們被拖下床，慘遭圍捕。願意棄教者被打上烙印，但獲得釋放。拒絕棄教者被定為異端，在火刑柱上被燒死。兩名少女，艾比蓋兒和麥琪，躲在禮拜堂裡。她們遭到背叛。她們被拖出禮拜堂。這兩名少女所受的懲處更為野蠻。麥琪雙眼被挖。艾比蓋兒被肢解斬首，然後兩人都被焚燒。

我嚥口水。肢解斬首。

「她沒有腦袋也沒有胳臂。」

芙洛不可能事先知道這點。我拿起咖啡。咖啡已經涼了，但我還是大口灌下。弗萊徹在這一處的筆記寫道：「被誰背叛？」

下一張紙比較大，對摺了幾次。我打開它，攤在桌上。我花了一點時間才弄清楚自己在看什麼。這是禮拜堂的建築平面圖，更嚴格來說，是在禮拜堂建成前，矗立在同一處的教堂。這張圖也很老舊，大半褪色。

我瞇眼查看這張圖紙。建築物的占地面積是一樣的。我能辨認出教堂的中殿和法衣室，但有些部分我看不懂。有些區域似乎隨著歲月流逝而改變。另一個儲物櫃？一間地窖？我以為禮拜堂沒有地窖。也許是地下室？我若有所思地盯著它，然後小心翼翼地把所有紙張放回文件夾裡闔上。

我打開第二個文件夾。「梅樂和喬伊」。抽菸的衝動變得極為強烈，我感覺雙手手抽搐。我打開文件夾，開始翻閱剪報上的報導。數量沒我想像得多。這起失蹤案並沒有引起太多的全國關注，這並不尋常。梅樂和喬伊是年輕的白人女性。我不是想讓自己聽來冷血，但報紙和媒體關心的對象通常就是年輕的白人女性。打從一開始，警方就將此案視為兩個少女逃家。他們呼籲兩個女孩回家、聯繫她們的母親，似乎從沒懷疑過她們倆對此無能為力。而且可悲的事實是——我從與無家可歸者的互動中非常清楚這一點——警察其實更可能正在花時間尋找已死的女孩，而不是活著的女孩。

本地報紙似乎更長期地刊登這兩名少女的相關報導，但就連這些文章最終也從頭版變成短篇報導，再變成瑣碎報導。

所有報導都使用同一組相片：兩名少女的學校大頭照。這些相片的品質不算很好，模糊、老舊。兩個女孩看起來都比我在喬伊房間裡發現的相片上更年輕。我懷疑這可能影響了搜查。

最後，我發現了一個篇幅更長的文章，似乎是在女孩失蹤後的某個時間點寫的，而且不是來自報紙。我瞇眼查看。頁面頂部是一條小字體的標題：薩塞克斯故事——當地的謎團和傳說。二〇〇〇年三月。第十三期。

我開始閱讀：

薩塞克斯逃家少女的神祕案件

梅樂和喬伊是最好的朋友。許多人說她們形影不離。她們一起長大，一起上學，一起玩耍，一起騎自行車。一九九〇年春天的某個星期，十五歲的她們一起失蹤。

奇怪的是，沒人對她們進行瘋狂的搜索。村民沒有為了尋找她們而把四處掀個底朝天，潛水員沒有為了尋找她們而潛入河流和溪流。人們幾乎打從一開始就認定，兩個女孩是逃家。警方調查可說是敷衍了事，而且此案未能真正引起全國報紙的關注。想瞭解為什麼這兩名少女的失蹤很少受到關注，最好從她們成長的村莊開始說起。

查博克弗特是東薩塞克斯郡的一個小村莊，這裡的主要特點是農業和教堂。這是個虔誠地區；新教徒，有著血腥的殉道史。

在一五五六年瑪麗女王的宗教迫害期間，八名村民被燒死在火刑柱上，其中包括兩名年輕女孩。禮拜堂墓地裡矗立著一座紀念碑。每年，在大掃蕩的週年紀念日，被稱作**焚身少女**的小樹枝娃娃會被點燃，以紀念逝去的殉教者。和許多小村莊一樣，查博克弗特可說是個與世隔絕的地方，這裡顯得保守，村民保護這裡的教堂和傳統。

梅樂和喬伊的家人都很虔誠，兩人都在很小的時候失去了父親，但相似之處到此為止。喬伊是在一個嚴格但充滿愛的家庭中長大。朵琳是個好母親。喬伊是她唯一的孩子，她女兒就是她的生命。

相較之下，梅樂在更加混亂的環境中長大。她的母親莫琳很虔誠，但也是個酒鬼。梅樂和她弟弟常常沒上學。他們倆的衣服很髒，而且是二手的。梅樂身上經常有不明原因的瘀傷。

換作今日，這些特徵可能會被視為虐待、冷落兒童的警訊，但在十年前的這個小村莊裡，人們仍然相信「別插手別人的家務事」。

當時負責該教區的馬希牧師後來承認，他後悔沒採取更多行動：「**那個家庭顯然出了點問題。如果有人介入，悲劇或許就能避免。**」

的確。讓梅樂擺脫家庭痛苦的唯一機會，似乎是她跟喬伊的友誼，以及兩人一起度過的時光。但這方面也即將受到威脅。

喬伊的母親對女兒與梅樂的關係一直覺得不滿。她不認為梅樂是個「合適的」朋友。兩個女孩都參加了馬希牧師的聖經課程。但喬伊被安排參加額外的課程，以確保她「走在正路上」。

給喬伊上聖經課程的人，是禮拜堂一個年輕的實習牧師，助理牧師班傑明•格雷迪。格雷迪當時很年輕，才二十三歲，心懷大志，英俊而且魅力十足。村裡很多姑娘都對他產生好感。他是不是也獲得了喬伊的青睞？

喬伊是個美少女，也確實有未經證實的傳言說她晚上跑去禮拜堂，而且未必是在預定上課的時間。然而，在她失蹤的幾週前，喬伊突然不再和格雷迪一起上課。

心碎或單戀未果，會不會是喬伊逃家的原因？還是出於更糟糕的原因？格雷迪畢竟是成年人，處於擁有權力的地位。

警方有跟格雷迪談過。但當喬伊最後一次被目擊時——在漢菲爾德一個公車站——格雷迪有不在場證明。他當時和馬希牧師準備主持禮拜。

喬伊後來再也沒出現。

警察來到梅樂家，想詢問她摯友失蹤一事，卻被告知她「病了」。出於某種原因，梅樂家也未曾回電給警方。

不到一星期後，梅樂也失蹤了。

這只是讓警方更相信喬伊是逃家。喬伊消失時帶走了一個行囊。梅樂消失時留下了一張紙條：**對不起。我們必須離開。我愛你們。**

使用「我們」一詞，確實讓事情看起來是兩名少女計畫一起逃跑。或許，她們的目的本來就是分開逃走，過一段時間後會合。對女孩安全的擔憂，轉變成呼籲她們跟家人取得聯繫。

當然，她們未曾這麼做。

奇怪的是——也許是巧合，也許不是——就在梅樂失蹤後，格雷迪也突然離開了村子。沒有紀錄顯示他後來又再擔任牧師。當然，他可能已經放棄了教會，甚至改了名。但這是為什麼？

更奇怪的是，在梅樂離家近一年後，她的母親和弟弟消失了，離開了他們的家，什麼也沒帶走。而且這對母子也從此杳無音訊。

查博克弗特的人們都不太想談到兩名少女。喬伊的母親患有失智症，依然相信她女兒正在回家的路上。沒人殘忍得想剝奪她這個想法。

也許梅樂和喬伊真的逃了家，獲得了更美好的人生。也許她們遇到較為悲慘的命運。也許她們只是不想被找到。

但人們不禁覺得，某個地方的某個人一定知道這兩個最好的朋友，薩塞克斯的逃家少女，究竟發生了什麼事。梅樂和喬伊。她們的名字至今依然形影不離。

我坐了一會兒，在不同的情緒當中掙扎，一部分是憂傷，一部分是憤怒。我盯著文章上的署名，恍然大悟。我翻閱報紙上的報導，尋找為本地報紙報導失蹤案的記者的名字。同一個名字。**當然**。

只要當過一天記者，就永遠是記者。

J．哈特曼。瓊恩。

第二十七章

「大概會花上妳一百塊錢，還不包括零件費。」

相機店的男子同情地看著她。

芙洛嘆氣。「了解。」

「不是妳想聽到的消息？」

「的確不是，但我已經料到了。」

「抱歉，親愛的。」

「還是謝了。」

「也許可以試試對妳爸媽撒嬌？」

「嗯，也許吧。」

她走向門口。

「噢，等等。」

她轉過身。他拿著一個膠卷筒。「我幫妳把底片拿出來了，應該沒受損。」

「噢，謝了。」

她把膠卷筒收進口袋。至少她沒失去相片。小小的安慰。她要去那裡生出一百英鎊？

她垂頭喪氣地走出店門，身後的鈴鐺歡快地叮噹作響，只讓她情緒更加鬱悶。那個拿空氣槍亂打烏鴉的混蛋鄉巴佬。她原本對打斷湯姆的鼻梁感到有點難過，但現在希望它永遠歪斜。她希望他在腐爛的餘生中永遠有鼻竇問題。

她猜媽媽會說她這種想法「很不基督徒」，但她才懶得管這麼多。她的宗教目前為止根本沒給她帶來什麼好處。她們被趕出原本的家，被迫搬來這個糞坑。是啊，效忠上帝可真是好處多多。

她在對面看到一家咖啡館，於是穿過馬路。現在，她能跟里昂和凱莉取得聯絡，終於讓自己的人生覺得正常。她走進去。咖啡店裡人很多，但她在窗前找到一個空桌。她把連帽衫掛在椅背上，加入排隊人潮，拿了一杯摩卡咖啡和一塊瑪芬蛋糕，回到座位上。

她啜飲咖啡，接上Wi-Fi。訊號滿格。哈利路亞。她打開Snapchat。芙洛其實沒很瘋社群媒體。她不喜歡每個人都假裝自己過著美好的生活，也不喜歡他們過度使用濾鏡、搞得自己看起來根本不像人類。那些都太假了。她甚至不喜歡用手機拍照，而是寧願用她的尼康（雖然近期之內是別想了），但是凱莉和里昂有在用Snapchat，這是她跟朋友們保持聯繫的唯一方式。

她很想他們。她寧可親眼見到他們。她逼自己別對此感到沮喪，但有時候真的很難。媽媽第一次跟她說要搬家的時候，她很生氣。母女倆吵了架，甩了門，該做的都有做。好吧，她知道她們必須離開聖安妮教堂。發生了那麼多事，已經讓她們喘不過氣。媽時時刻刻都很緊繃又擔心。日子真的很難熬。

可是為什麼來這裡？為什麼不去諾丁漢另一間教堂？為什麼要跑去幾百哩外的某個地方？她現在唯一的寄託，就是她們不會在這裡待很久。媽媽只是這裡的臨時牧師。只要這裡來了個長期牧師，她們倆就能搬回諾丁漢，希望原本的鋒頭已經平息。

她瀏覽近期的帖子，被一些朋友的自拍逗得嘴角失守。她從手機裡找出給那些令人毛骨悚然的樹枝娃娃拍攝的照片，發了訊息：「當地人的『消遣』（尖叫表情）。快傳文明社會的消息給我。」她等待著回覆，啜飲著摩卡咖啡，心不在焉地凝視窗外。

有個人影引起她的注意，站在一小段距離外的公車站旁。一襲黑衣的瘦削少年：牛仔褲，連帽衫，長長的黑髮。瑞格理？她瞇眼。窗戶上鑲嵌著咖啡館的店名和咖啡杯的圖案，所以她的視野受到扭曲。但那人看起來很像他。他的站姿很特別。他睜大著眼睛。他在盯著她？一輛公車停下，擋住她的視線。公車駛離後，那個人不見了。

她皺眉。她不確定那個人是不是他。他不可能是薩塞克斯唯一一個喜歡穿黑衣的瘦男孩。而且他為什麼不能在這裡出現？畢竟漢菲爾德是離查博克弗特最近的小鎮，人們沒多少地方可去。

她回頭看著自己的摩卡咖啡。彷彿為了證明她的想法，一道影子落在她的桌上。她抬頭。

「不會吧？」

蘿西面帶微笑。「嘿，女吸血鬼。」

芙洛怒瞪她。「妳在跟蹤我？」

蘿西微笑，拉開另一張椅子。

「最好是。」

「妳在這裡做什麼？」

「跟幾個朋友見面。我們要做指甲。我媽出錢。」

「哇，妳可真幸運。」

「不算是。只要能擺開我，那個婊子願意付出任何代價。妳在這兒做什麼？」

「我正在想，我上次去某個地方沒碰到妳是什麼時候。」

「這是個小地方，女吸血鬼。妳會發現，在這兒去哪都很難避開人。」

「我開始察覺到了。」芙洛交叉雙臂。「妳想怎樣？」
「其實，我想道歉。」
「真的？」
「真的。」
「妳不只是擔心我可能會向警方報案？」
「妳有這麼做嗎？」
「還沒有。」
蘿西瞥向破損的尼康。「其實，我可以出錢讓妳修好它。」
「我不需要妳的錢。」
「隨妳便。」
「就這樣？」
「我們沒理由不能當朋友。」
「理由多得是。」
「那麼，妳寧可跟扭扭蟲瑞格理一起玩？妳不覺得他那樣抽搐實在很噁心？還是那反而讓妳很興奮？」
「去死吧妳。」
「所以，妳喜歡他？」
「我才剛認識他。」
「想不想看他老二的照片？」
芙洛瞪著她。蘿西發笑。

「我有次幫他吸過老二，因為打賭。」

「我不相信妳。」

「為什麼？妳覺得他很特別？相信我——他跟一般男生沒兩樣，只要有個洞可以插就好。是妳太天真了。」

芙洛聳個肩。「我才不在乎。」但她其實在乎，有點在乎。他有點與眾不同，至少她是這麼認為。

「我那張拍得不錯喔，也到處跟人分享了。全村大概只有妳還沒看過。他那根其實滿大的。」

「妳有病。」

「怎麼？妳不喜歡老二？還是妳比較喜歡鮑魚？」

「總之別來煩我。」

「其實，我是來給妳一個友善的警告。」

「是嗎？」

「瑞格理有沒有跟妳說他在前一所學校的事？」

「我剛剛說了，我才剛認識他。」

「他是被那所學校退學。」

「這又怎樣？」

「妳不想知道為什麼？」

「我想知道我為什麼應該相信妳嘴裡吐出來的話。」

「他試圖放火燒掉學校，結果差點害死了一個女孩。」

「聽妳在放屁。」

「自己去查。那所學校在坦布里奇韋爾斯——芬道學院。」

「我剛剛說了，我不在乎。」

蘿西站起身，聳個肩。「妳的葬禮妳做主。不過如果我是妳，我會遠離瑞格理，」她拋個媚眼。「如果妳懂得保護自己。」

芙洛目送她離去，以意志力命令哪個客人不小心把熱咖啡潑到她臉上。她低頭查看手機，發現凱莉傳來一條訊息。她的拇指懸在螢幕上，然後她打開Safari，輸入「芬道學院」。

第二十八章

「妳曾經為當地報紙寫報導。」

瓊恩端著兩杯咖啡，蹣跚走到桌邊。杯子在她扭曲的手中有些不穩地搖晃，但她就是沒灑出一滴咖啡。

「沒錯。」

「妳之前為什麼不告訴我？」

「如果說出所有答案，就不會有人問問題。」

「可是妳如果早點說出口，也許我會更認真看待妳那些關於弗萊徹牧師的說詞。」

她故作訝異。「妳是說妳那時候沒認真看待？妳以為那只是一個瘋婆子在胡言亂語？」

「抱歉。」

「別抱歉，我已經習慣了。當你老了，無論你在人生中取得什麼成就，人們只會看到你的年齡。」她眨個眼。「當然，你也可以反過來利用這點。我已經好幾年沒在車上準備購物袋了。」

我面露微笑。「那兩個女孩的失蹤，對本地報紙來說一定是個大新聞。」

「一開始是，但後來逐漸改變。」

「為什麼？」

「小村莊是個很奇怪的地方，在某些方面很落後。噢，我知道人們不喜歡聽到這種說法，但這是事實。小村莊會抗拒改變。這些家庭世世代代在這裡生活，有自己的行事方式。」

我啜飲咖啡。

「村民們彼此認識，」她說下去。「或者該說，他們自以為彼此認識。但事實是，他們只知道自己想知道的，相信自己想相信的。如果有任何東西威脅他們的社區、他們的傳統、他們的教會，他們就會團結起來抗拒它。」

她說得沒錯。而且不只是村莊是這樣，任何小社群都是如此，在城市也是，這就是為什麼有些地區成了貧民窟，「自己人」對抗「外人」。無論「自己人」有多糟，你還是會保護自己人。

「有沒有人叫妳不要再寫關於那兩個女孩的文章？」

「沒人直接對我這麼說，但我的編輯確實不鼓勵我問太多問題。我認為負責該案的警官——雷頓警探——不想被視為無能，而且教會在社區中具有很大的影響力。如果暗示有人瀆職，這幾乎等於提出異端邪說。」

「所謂的瀆職是指班傑明・格雷迪，那個助理牧師？」

「是的。」

「妳認識他？」

「我聽說過他。我當時住在漢菲爾德。喬伊失蹤後，我大概只有跟他談過一次。」

「然後？」

她面有難色。

「我不太喜歡他……」

「為什麼？」

「他就是有點讓人覺得……我也說不上來。但我知道村裡很多姑娘挺喜歡他。」

「這種事經常發生，女孩暗戀牧師。當然，大多數的牧師絕對不會濫用職權。」

她點頭。「格雷迪當然知道自己的外貌優點，而喬伊是個漂亮女孩。」

「這種說法聽起來太浪漫了，」我緊繃道：「他是個處於權力地位的成年人，而她才十五歲。」

她點頭。「沒錯。」

「他有沒有被認為是喬伊失蹤的嫌疑人？」

「不算有。當然，警方有跟他談過。但是喬伊最後一次被目擊時，格雷迪有不在場證明。他當時和馬希牧師為一場禮拜做準備。」

「證人不可能看錯？」

「她的描述與喬伊的母親所說的穿著相符。」

「那個證人是誰？報告上都沒提到。」

「克萊菈．羅希頓。」

我瞪著她。「羅希頓牧師的太太？」

「是的，不過她當時還是克萊菈．威爾森，在中學教書。」

「我知道……我的意思是，她有提過。」我思索片刻。「所以，她認識那兩個女孩和格雷迪？」

「是的。其實，克萊菈和格雷迪一起在沃伯勒格林長大。後來格雷迪離開村子，去上大學和神學院。他回來後，克萊菈經常在禮拜堂幫忙。馬希牧師不開車，所以克萊菈常常幫教會跑腿。」

「妳真的做足功課。」

她微微一笑。「噢，向來如此。」

看她說話的方式，我突然懷疑她是否也對我進行了研究。我緊接著說下去：「那麼，克萊菈有可能幫格雷迪說謊？」

「可是她怎麼知道喬伊那天晚上穿著什麼？」

「也許她是在稍早前看到她，而格雷迪在那個時間點並沒有不在場證明？」

「也許吧。可是說謊、扭曲事實？」

「也許是他指示她那麼做？」

「有可能。我剛剛說過，格雷迪很清楚自己的樣貌優勢。克萊菈當時可能暗戀他，但她那時候滿胖的，個子顯得太高。我好像有她當年的照片。」

她開始站起來，把虛弱的身體從座位上移開。我們談話的時候，我幾乎忘了她的年齡，因為她的頭腦依然無比犀利。她走進走廊。我在原處等候，很難想像美麗優雅的克萊菈原本是個肥胖的大塊頭。但話說回來，歲月本來就會改變我們每個人。變得更好，也可能變得更糟。

瓊恩回來時，手裡拿著兩張舊相片。她遞給我。我接過查看。第一張上面是非常年輕的克萊菈，身形豐潤，一頭黑髮，我幾乎認不出。她的臉色嚴肅，服裝老氣。這顯然是為她工作的學校拍攝的照片。我能想像它被釘在門廳裡，她的名字寫在底下：威爾森小姐。

我把照片放在茶几上，然後看第二張，不禁屏住呼吸。

格雷迪。他坐著面對鏡頭，背脊挺直，雙手交扣在膝上，微笑幾乎帶有嘲弄意味。他的臉龐顯得光滑陰柔，顴骨突出，嘴脣豐滿，高額頭上的金髮往後梳。他是個英俊的男人，但……即使在這些靜態圖片上，某種因素還是讓我覺得毛骨悚然。

「妳有沒有注意到戒指？」瓊恩問。

她俯身向前，用一根扭曲的手指輕敲照片。在她的指示下，我更仔細觀察相片。大多數的牧師不戴首飾，除了十字架之外，但是一枚大型的銀質印戒纏繞在格雷迪的一根手指上。我勉強辨認出戒指上的圖案和拉丁文。我嚥口水，覺得口乾舌燥。

「很不尋常吧？」瓊恩說：「這段拉丁文是聖米迦勒祈禱文的一部分。我是用放大鏡才看出來。妳知道這段文字嗎？」

我點頭。「Sancte Michael Archangele，defende nos in proelio。大天使聖米迦勒，在戰鬥中保衛我們。這是保護性質的祈禱文，為了抵禦黑暗力量。」

我把照片放在咖啡桌上，忍住把雙手按在牛仔褲上摩擦的衝動。

瓊恩好奇地瞪著我。「妳還好嗎，親愛的？」

「是的，我沒事，只是不確定我能做什麼。我是牧師，不是刑警，而且這一切都發生在很久以前。」

「的確。但找出馬修知道什麼，會是個開始。」

她坐回椅子上。我看得出來她這麼做的時候感到疼痛。關節炎，也可能是骨質疏鬆症。我等她坐下。

「妳真的相信有人殺了他？」

她坐定後開口：「我在他死前幾天見過他，他看起來不像有自殺傾向。說真的，他當時似乎有著新的使命感。」

「有自殺傾向的人很擅長隱藏自殺傾向。」

「妳的口氣好像有經驗。」

我遲疑幾秒，然後忍不住說出口：「我丈夫喬納森曾試圖自殺，不只一次。」

「我很遺憾，親愛的。」

「他患有憂鬱症。他好的時候很好，但壞的時候……真的很糟。」

「那一定很辛苦。」

我想起他癱坐在電視機前的漫長時間。他曾因為疑神疑鬼而用大鐵鎚砸爛自己的手機。他有一天被發現赤腳走在公路上。有一些苦惱是你看得到的，可是憂鬱症是一種嚴重的精神疾病，會把你愛的人扭曲得你根本不認識。

「我正打算向他提出離婚的時候，他死了。」我坦承，感覺到那時候的罪惡感。當年就算有上帝支持，我還是無法應付丈夫，尤其因為我有小孩子要照顧，我每天都擔心他的疾病可能會危及我們的女兒。

「他終於結束了自己的生命？」瓊恩溫柔地問。

「不。」我苦笑。「他是被謀殺的，被一個闖進教堂的人殺害。有點諷刺。」

「我的天啊，真悲慘。他們有抓到凶手嗎？」

我想起手套箱裡那封信。

「有，他被判了十八年。」

她把皺巴巴的手放在我的手上。「妳經歷了很多事。」

「我很少跟人們提到喬納森。我猜我有試著把這一切拋在腦後。我甚至已經不再冠夫姓。」

「這個嘛，其實，咱們記者就是擅長從人們身上挖出故事。」

「這倒是。」

而且坦承一個事實，其實就能有效地把注意力從其他事實上移開。

瓊恩靠向椅背，把開襟衫的肩部拉得稍微緊一點。我提醒自己，她已經八十幾歲了，而且我們已經談了一段時間，這對她來說一定很累。

「我該走了，妳累了。」

她揮個手。「我八十五了，時時刻刻都覺得累。有沒有人跟妳提過莎芙蓉・溫特？」

「那個作家？有，亞倫說過她和弗萊徹牧師是朋友。」

「妳如果想更瞭解馬修，該去跟她談談。她跟馬修很親密。」

「戀愛的那種親密？」

「他從沒這麼說過，但我總覺得他的人生裡有個很重要的人。」

有意思。我口袋裡的手機發出震動。我原本不想理會，但還是查看，發現是杜爾金打來的。

「抱歉，妳介不介意我——」

「不介意，妳去吧。在戶外的訊號可能會比較好。」

「謝謝妳。」

我站起身，走過廚房，來到屋外的花園。

「喂？」

「潔克。妳有沒有收到我的訊息？」

「抱歉，我一直沒檢查語音信箱。」

杜爾金聽上去很緊張，不像平時那樣如沙蟲般光滑。這立刻讓我也跟著緊張。

「出了什麼事嗎？」

他長嘆一聲。「其實，我有一些令人不安的消息，我覺得應該最先通知妳。」

「好。」

「妳知道布萊德利牧師嗎？」

「知道，我的接替者。他怎麼了？」

「他昨晚遭到襲擊，在聖安妮教堂。」

「他還好嗎？」

一陣停頓。這種停頓後面只會出現可怕的消息。

「很遺憾，他死了。」

第二十九章

他把頭靠在火車的窗戶上。火車的顛簸讓他感到平靜，冰涼的玻璃緩解了他頭顱裡的抽痛。

前往倫敦的車程需要將近兩個小時，然後他需要換乘另一班火車去薩塞克斯。從那裡，他得搭公車或走路。

他很幸運，那個胖牧師的皮夾裡有很多現金，讓他不僅能買火車票，而且還剩下一點錢。他昨晚在那間教堂過夜。那裡很乾淨，而且不會很冷。裡頭甚至有一間小廁所，讓他能洗掉血跡。

那個胖牧師很快就說出他想知道的事情。他不太記得，自己當時為什麼覺得有必要一直痛毆對方。也許是因為牧師看著他的方式；那個人溫柔地告訴他，他原諒了他的罪過。也許這有點讓他想起母親。

我就是這麼愛你。

「請出示車票。」

他嚇一跳，抬起頭，下意識地握緊拳頭。戰或逃。動手或逃命。不，他提醒自己，他的車票就在口袋裡。沒事的。他有權利坐在這班火車上。他只需表現得正常，保持頭腦清醒，記住自己為什麼要這麼做，否則一切都白費了。

檢票員持續逼近。他坐直身子，拿著車票，盡量不讓手發抖。

「早安，先生。」

「早安。」

他遞出車票。檢票員剪了票，正要歸還的時候停頓一下。

他感到驚慌。怎麼了？他是不是說錯還是做錯什麼？難道檢票員看到他臉上的罪惡感，還是手上的血跡？

檢票員面露微笑，歸還車票。「祝您旅途愉快，牧師。」

啊。當然。

他放鬆身子，摸摸頸部的白色項圈。

他叫那個胖牧師脫衣服的時候，那人已經知道自己將有何命運。他看到那人棕色大眼裡的恐懼、內衣上濕漉漉的汗漬。

這套西裝對他來說有點大，但沒大到令人起疑。他回以笑臉。

「願上帝祝福你，先生。」

第三十章

「妳確定今晚不想來？」

芙洛輕蔑地看我一眼。「呃，在酒館玩猜謎？不用了，謝謝。」

「妳一個人在家裡不會有事？」

「這個嘛，只要妳有把我放進嬰兒圍欄裡。」

「很好笑。」

「我不會有事啦，行嗎？」

可是她看起來不像沒事。我女兒把頭埋在一本書裡，臉色蒼白，心事重重，顯然不開心。

我在她身旁的沙發上坐下。「聽著，我會努力弄點錢，好讓妳修理相機。也許我能申請一張信用卡。」

「妳不是說過信用卡是魔鬼的陰謀？」

「這個嘛，很多事都是魔鬼的陰謀，但我還是照做不誤。」

「別擔心這個，媽，問題不是相機。」

「那妳究竟有什麼心事？」

「沒什麼，好嗎？」她從沙發上站起。「我要上樓了。」

「晚飯怎麼辦？」

「我晚點自己弄些東西吃。」

「芙洛？」

「媽，別問了，好嗎？我不是妳的教堂會眾之一。妳如果想知道哪裡有問題，看看周圍就知道了。」

她氣沖沖上樓，甩上臥室門，整間小屋為之震動。

好吧。她有此反應，可能是我活該。我癱坐在沙發上，揉揉頭部。我覺得腦袋隱隱作痛。我現在最不想做的，就是去參加酒館猜謎。但話說回來，我真的很想喝一杯。我一直想到布萊德利牧師。遭到襲擊。死了。

杜爾金告訴我，警方正朝著有人入侵的方向調查，可能是領取免費食物的流浪漢之一。布萊德利的皮夾和衣服都被拿走了。

但我有個不祥預感。聖安妮教堂就是我前一間侍奉的教堂。難道他在找我？而布萊德利牧師妨礙了他？

不。我在胡思亂想，自己嚇自己。那是十四年前的事了。他之所以被提前釋放，一定是因為他表現出悔意，證明自己已經變了一個人。他哪有理由現在來找我？

但我知道答案。是我丟下他。我再也沒回去。

我站起來。夠了。也許最好的做法是給芙洛一些空間，出去幾個小時，轉移自己的注意力。我慢慢爬上樓，洗澡更衣。我面對斜放牆邊的全身鏡，審視自己。牛仔褲、黑色上衣、馬丁鞋。我開始把頭髮紮成馬尾，但改變主意，把頭髮塞到耳朵後面。我抓起我的連帽衫。現在還很悶熱，但晚點走路回家的時候可能會很涼。

我輕敲芙洛的門。「好了，我要走了。」

沒反應。我嘆氣。「我愛妳喔。」

我在原地等候，一個模糊嗓音傳來：

「別喝得太醉。」

我綻放笑容，覺得有點安下心來。她只是典型的青少年叛逆，遲早會過去的，也許這一切遲早都會過去。但話說回來，採取一點保險措施也不會有害處。我走回自己的房間，打開衣櫃，拿出破舊的皮箱。我打開箱子，拿出骨柄刀。我瞪著刀上的鏽斑，然後拿著刀走向床邊，把刀藏在床墊底下。

如果他找到我們，我會做好準備。

※　※　※

大麥草堆酒館裡燈火通明。我已經很久沒上過酒館了。我沒那麼常喝酒，頂多就是在家裡偶爾喝紅酒。身為牧師，最好別被人看到在酒吧裡灌龍舌蘭酒。此外，我也不喜歡失控的感覺，迷失自我，不確定自己會說什麼。

我來到門前。現在是七點三十七分。我猶豫一下，摸摸脖子上的狗項圈。這是一種緊張的抽搐，一種安撫、安慰的動作。我是可以不戴狗項圈，有些場合也確實不會戴，但是狗項圈有個妙用，就是能當作盾牌。人們會看到狗項圈，卻不會清楚看著戴著它的那個人。

我推門而入，酒館氣味撲鼻而來。麥香、食物、舊家具、陳年的汗水味。笑聲和玻璃杯碰撞聲。後側廚房裡有人喊些什麼。我走進酒館，迅速打量周圍。這是我的習慣，就跟觸摸我的狗項圈一樣。評估環境，判斷誰是你的對手，誰是你的朋友。尋找出口。

這間酒館很舒適，橫梁低矮。我的左邊是吧檯和一小塊座位區，右邊是一座目前沒點燃的大型壁爐，以及更多的桌椅和幾張破舊的皮沙發。牆壁是磚砌的，裝飾著許多「幽默」的牌匾。

金錢買不到快樂，但買得到啤酒。

酒精可能沒辦法解決你的問題，但是水也沒辦法。

這裡歡迎狗，容忍兒童。

壁爐周圍掛著銅鍋和鐵器，連同成堆的柴薪。大多數的顧客年齡較大，幾個人有愛犬相伴。這裡就是那種酒館。

我的左邊有一群年輕男性，他們聚在吧檯周圍跟一名服務人員交談，他是個矮胖的年輕人，有兩隻黑眼睛和一個腫脹的鼻子。我走進時，他抬頭看一眼，然後對其他小伙子說了些什麼。他們發笑。我假裝沒看見，但還是忍不住咬牙。

「潔克，在這兒！」

我轉向羅希頓的嗓音。他在角落一張圓桌旁向我揮手。克萊菈坐在他旁邊，但我沒看到麥克・薩德斯的影子。我擠到他們身邊，途中跨過幾隻狗。羅希頓面前是一品脫的大杯啤酒，克萊菈面前是一杯紅酒。我一來到桌邊，羅希頓就站起來，用一個溫暖的擁抱包圍我。

「很高興妳來了。我能幫妳點什麼？」

「呃。」我原本想點健怡可樂，但決定豁出去。「麻煩一杯紅酒，梅貝克或是卡本內蘇維濃，如果他們有。」

「沒問題。」

他快步離去，我拉出一張空凳子，在克萊菈對面坐下。她今晚放下頭髮，肩上披著一件閃閃發亮的雪白披肩。我想起瓊恩給我看過的那些老照片。老氣的克萊菈。英俊的格雷迪。

她當年有沒有可能幫他撒了謊？

「那麼，妳好嗎？」她語氣溫暖。

「噢，我很好。」

「妳的婚禮諮詢進行得如何？」

「都是變性手術或是假鬍鬚能解決的小問題。」

她發笑。「他們會回心轉意的。有些人只是想法比較狹隘。」

「我知道。這不是我第一次處理這種事。」

「當然。」

羅希頓拿著一大杯紅酒回來，麥克・薩德斯跟在他身旁。

「看看我在吧檯遇到誰！」

他眉開眼笑，把我的酒放在我面前。

「卡本內蘇維濃。我知道妳見過麥克，所以不用介紹了。」

「的確不用。」我禮貌微笑。「你那輛車怎麼樣了？」

「回到四輪狀態了。謝謝妳的幫忙。」

「別客氣。還有，我為我那天說的——」

「別在意。」他在我旁邊的凳子上坐下，把一杯柳橙汁放在桌上。「那麼，妳最擅長的領域是什麼？」

我茫然地瞪著他。「噢，你是指猜謎。」

「克萊菈是咱們的通識專家，」羅希頓說：「我很懂運動。」

「你熟悉哪些領域？」我問麥克。

「電視和電影。」

「好。」我啜飲我的葡萄酒。「這個嘛，我喜歡閱讀。」
「很好，看來妳熟悉書籍。」
「我可能有點生疏了。」
羅希頓咯咯笑。「別擔心，這只是一點樂趣。」
麥克和克萊菈面面相覷。
「怎麼了？」
「別相信他說的『這只是一點樂趣』，」麥克說：「猜謎之夜是嚴肅的大事。」
「你害我開始擔心了。」
「別擔心，」克萊菈說：「這只是事關生與……」
她停頓，目光轉向門口。我轉身察看。兩個人進來，帶來一陣涼爽夜風。賽門和艾瑪・哈珀。我瞥向麥克。他神情嚴肅，下巴緊繃，眼裡的悲痛幾乎觸手可及。他低下頭，突然專心看著桌上的問答卷。
「那麼，隊伍名稱，」羅希頓急忙道：「既然我們現在有個新成員，我認為我們應該取個新名字。」
「一點也沒錯，」克萊菈附和：「嶄新的開始。」
他們倆滿懷期望地看著我。這是我討厭酒館猜謎的原因之一。
「呃……」
「四劍客。」羅希頓提議。
「聖三一。」克萊菈說。
「聖三一的意思是三。」我提醒她。

「啊。」

「啟示錄四騎士。」麥克提議。瘟疫、戰爭、飢荒和死亡。

我面露微笑。「聽起來不錯。」

※　※　※

我們輸了。輸得很慘，輸得在意料之內。獲勝的團體是幾個神情嚴肅的男人，他們穿著雨靴和油布夾克，（頗具諷刺意味地）自稱「快樂農夫」，雖然我覺得他們之所以獲勝，大概是因為一大堆謎題竟然都跟拖拉機有關。

但令我意外的是，我真的樂在其中。羅希頓和克萊菈是很有意思的夥伴，麥克有一種乾巴巴的幽默感。我開始稍微放鬆。

「輪到我請客。」麥克站起身。

「我要一品脫的老母雞麥酒。」羅希頓說。克萊菈瞪他一眼。「好吧，半品脫就好。」

麥克瞥向我。「再來一杯一樣的？」

我思索幾秒。我已經喝了一大杯紅酒，也許我該改喝汽水或……

「好。」我聽見自己這樣回答。

他點個頭，走向吧檯。我意識到我想上廁所。

「我去一下洗手間。」我從座位起身。

廁所在吧檯後面，是個斜頂房間，裡頭有兩個馬桶、一個小型洗臉盆和鏡子。我沖水的時候，聽到洗手間的門打開。我走出隔間，看到艾瑪•哈珀就在我面前。出於某種原因，我總覺得她是跟著我進來這裡。我跟她對彼此露出那種在廁所裡碰到某人時的尷尬微笑。

「哈囉。」

「嗨。」

我打開水龍頭洗手，期待艾瑪走進其中一個隔間，但她沒這麼做。她來到我身旁站著，對著鏡子撫平頭髮。近距離下，在刺眼的日光燈下，她的皮膚有種閃閃發亮的緊繃感——拉皮？填充物？——而且她的鼻梁像動過整容手術一樣稜角分明。雖然燈光也沒有把我麵團般的膚色襯托得更漂亮。我關掉水龍頭，伸手去拿擦手紙。

「我沒想到會在這兒遇到妳。」她說話有些含糊不清。

「克萊菈邀請我來的，為了猜謎。」

「妳有樂在其中嗎？」

「有，」我把擦手紙揉成一團，丟進垃圾桶。「雖然我不是很喜歡猜謎。」

「我也是，但這算是這個村子的傳統。」她露出歪斜的微笑。「賽門很注重傳統。這裡每個人都是。」

「妳不是本地人？」

「我？不是。我和賽門是在布萊頓的大學認識。我們在那裡住了幾年，結婚後搬回來這裡。」

「噢，為什麼？」

「農場。他父親當時要退休了，他要賽門接手。」

「原來如此。而妳對此沒意見？」

「我沒多少選擇。我當時懷了蘿西——而賽門的心願都必須如願以償。」

我很難不注意到她臉上的苦悶。酒精向來是能讓人說出真心話的強力血清。

「那妳呢？」她問。

「噢，我正在適應這裡。」

她從口袋裡掏出一支唇膏，開始塗抹。「你似乎和麥克處得很好。」

「我試著跟我所有的教友相處融洽。」我保持嗓音平穩。

「我猜妳已經聽說了他女兒的事？」

「是的，我也深感遺憾。失去孩子是一大悲劇，對任何人來說都是。」

她在鏡子上盯著我。她的瞳孔縮小，拿著唇膏的手微微顫抖。也許她不是只喝了幾杯酒。也許還嗑了藥？

「那件事不是我的錯。」

「我知道。」

「是嗎？」

「那聽起來是個很悲慘的意外。」

「我那天下午根本不該幫忙看著塔菈，我那麼做是幫麥克一個忙。他打電話給我，哀求我去學校接她。」

「為什麼？」

她微微一笑，比較像是冷笑。

「因為他喝醉了，醉得沒法開車，而且那也不是第一次發生。」

我想起麥克說過他不再喝酒。他今晚喝的是柳橙汁。「所以，他有過酗酒問題？」

「他曾經是個酒鬼，嚴重得讓菲歐娜當時考慮離開他。她給了他最後一次機會。他如果搞砸，她就會帶著塔菈離開。他無法忍受失去塔菈。」

這其中的諷刺像利爪一樣刮過我的咽喉。

「所以，妳答應幫他隱瞞？」

「我只是試著幫忙。我知道我不該叫蘿西看著兩個小女孩，可是我只是離開幾分鐘……」

「妳不能責怪自己。」

不過，那樣離開家門，叫一個孩子看著兩個小孩子，這麼做確實草率。蘿西當時頂多十三歲。但我提醒自己，我有多少次因為忙碌或分心，而讓芙洛離開我的視線？沒人是完美的。而且我們都以為壞事不會發生在我們身上。壞事只會發生在別人身上，對吧？

她搖頭。「當媽媽的真的很努力確保孩子安全，但他們在任何一刻都可能被奪走。」

「妳不可能預見後來發生的事。」

「但我應該預見。」她以更銳利的眼神看著我。「妳相信邪惡力量的存在嗎，牧師？」

我遲疑幾秒。「我相信邪惡行為的存在。」

「妳不相信有人生來邪惡？」

我很想說不。我想對她說，我們每個人生來就是一塊空白的畫布。殺人犯、強姦犯和戀童癖是所在環境的產物，而不是因為某種靈魂中的黑暗。然而，我探訪過許多獄中罪犯，有些人是可怕的環境和教養的受害者，幾乎各個都遭受過虐待。可是另一些人？他們來自良好家庭，有慈愛的父母，但他們依然選擇殺戮、折磨和致殘。

「我認為每個人都有行善和行惡的能力，」我說：「但對某些人來說，其中一方高過另一方。」

她點頭，咬住嘴唇。我仔細看著她，似乎能看到什麼。就在那張光滑皎潔的表面下，被肉毒桿菌和藥物勉強遮掩。

「艾瑪，」我說：「如果妳有什麼想談的，隨時可以來禮拜堂。我很樂意——」

廁所門突然被推開。一名穿著粗花呢衣物和雨靴的老婦蹣跚走進，朝我們點個頭，然後走進一個隔間。

「艾瑪？」

她露出微笑，又牢牢戴上面具。「謝謝妳陪我聊天，牧師。我們真的必須找個時間讓女孩們聚在一起。掰。」

然後她離開了，留下一股香水味和傷痛的氣息。

我嘆口氣，回頭看著鏡子裡的自己。我的臉孔有時候讓我吃驚。眼睛底下的眼袋，下巴周圍的沉重感。如果艾瑪選擇用注射針和手術刀來掩飾自己，我則是做了相反的舉動。我放棄了照顧自己的外表。我讓歲月抹去了曾經的我，我躲在魚尾紋和中年面貌後面。

我再次想著她剛剛說過的話。妳相信邪惡力量的存在嗎？有些人是不是生下來就是壞人？先天與後天。一個人如果本性邪惡，之後還能改變嗎？還是他們頂多只能否認自己的本性，隱藏內心的黑暗，試著適應人群，表現得就跟一般人一樣？我沒有答案，但我確實好奇她究竟在指誰。

我回到酒吧，在原位坐下。麥克把我的葡萄酒推過桌面給我。

「妳的酒。」

「謝了。」

「妳離開了很久。」

「上廁所要排隊。」

他點個頭，拿起自己的柳橙汁。我現在明白他為何滴酒不沾。贖罪。他為女兒的死自責，就算那不是他的錯。那只是一場沒人預料得到的悲劇，正如所有悲劇。這就是為什麼悲劇如此令人難以忍受。我們被迫接受人生充滿隨機性，而且往往殘酷。我們想辦法找個人責怪。我們無法接受事情無緣無故發生、不是每件事都在我們的掌控之中。我們把自己變成了各自宇宙中的小小天神，完全缺乏上帝的憐憫、智慧或恩典。

我拿起葡萄酒，喝下一大口。

「那麼，告訴我，潔克？」羅希頓開口，打斷我的思緒。「我們剛剛在討論重要的神學問題。」

「噢。是嗎？」

「是的。誰是大銀幕上最棒的惡魔？艾爾・帕西諾還是傑克・尼克遜？」

我微笑。「誰說惡魔必須是男的？」

第三十一章

「如果我是妳，我會遠離瑞格理，如果妳懂得保護自己。」

操他媽的蘿西。那女孩是個婊子兼惡霸，但也是個騙子？芙洛相當確定蘿西‧哈珀有辦法把黑的說成白的。但她提出關於瑞格理的警告時，臉上有某種情緒。芙洛不喜歡那種情緒。

芙洛已經在網路上找到這個故事，它登上了當地的頭條新聞。芬道學院的體育館被人蓄意縱火。火勢摧毀了體育館大廳，但沒波及學校的其他區域。消防員救出了一名被困在儲藏室的女孩。

一名學生因涉嫌縱火而被捕。報導沒提到這個學生是否被起訴。被指控的縱火犯和女孩都沒有被點名。那個人可能根本不是瑞格理。而且就算是他，但如果他沒有被指控，就表示他們顯然沒有足夠的證據。這一切可能都只是謠言，而謠言這種東西在學校就會像野火一樣蔓延。

最壞的情況是，瑞格理真的有縱火。沒錯，這確實很糟。但這並不表示他知道儲藏室裡有人。也許那只是一場意外。

但在另一方面，她對他究竟瞭解多少？

「我如果真想謀殺妳，就不會告訴妳這裡有口井。」

她回到家後，試著把這件事從腦海中拋開，用一本書轉移自己的注意力——克里夫‧巴克的一部舊作。但這麼做沒用。這個煩惱依然存在，就像搔不到的癢處。然後媽媽走進客廳，喋喋不休地說著在酒館舉行的愚蠢猜謎。她再也控制不住自己。她大發雷霆。她不該把氣出在媽媽身上。這不是媽媽的錯，不算是。

她躺在自己的床上。這整件事爛透了。而且最爛的是？最令她心煩的不是縱火案，而是蘿西說她曾幫瑞格理口交。比起他可能差點燒死一個女孩的事實，她更在意的是蘿西吸過他的老二。她在吃醋。這太蠢了。她跟他只相處過幾個鐘頭。但她覺得他不一樣。他是她在這裡唯一交到的朋友。但現在她發現他是個縱火犯，還是個會讓像蘿西那種婊子幫他口交的王八蛋。

臥室門傳來輕柔的敲門聲。

「好了，我要走了。」

她沒回應。怒氣占據了她的咽喉。

「我愛妳喔。」

這不是媽媽的錯。

「別喝得太醉。」她生硬地回一句。

她聽見媽媽回到自己的房間，然後慢慢下樓。前門砰一聲關上，家裡只剩芙洛一個人。

她翻個身，再次試著集中精神看書。但就算開著窗，這個小房間裡還是太熱，而且小屋裡的幽閉寂靜令人心神不寧。她發現自己感到緊張，她在等待著什麼來打破這個狀態，就算她知道家裡只有她一個人。最可怕的聲音是什麼？是空蕩蕩的房子裡樓梯吱嘎作響。不存在的雙腳發出輕柔的踏步聲。也許來自一個無頭無臂的燃燒女孩。

別鬧了，大腦！她伸手拿起耳機戴上，選了一些吵雜的龐克音樂來轉移注意力。弗蘭克・卡特與響尾蛇。

聽完了大半張專輯，看完了書中幾個章節後，她的胃開始咆哮。她雖然跟媽媽說她不餓，但她其實飢腸轆轆。她今天一整天只吃了半個瑪芬蛋糕。

她把兩條腿甩到床下，起身下床，推開臥室門。她輕輕下樓。雖然外頭天色尚未全黑，而且家裡所有燈都亮著，但這間小屋似乎總是充滿陰影。大概是因為格局。光線似乎就是沒辦法觸及每個歪斜角落。

儘管屋裡很熱，她卻還是發抖。她又看太多恐怖小說了。她接下來會看到該死的小丑。她走進廚房，打開冰箱，掃視裡頭的東西。媽媽是有去買菜，但冰箱裡似乎還是沒多少東西。烹飪和家政並不是媽媽的強項。媽媽已經盡了最大努力，但她永遠無法成為電視上那些圍著圍裙、在廚房裡轉來轉去、端出大餐的媽媽。

看到冰箱裡有些雞蛋、乳酪和甜椒，她覺得應該能做個歐姆蛋。她抓起食材，關上冰箱，把食材倒在桌上。然後她走到水槽邊，從瀝水架裡拿出一把菜刀。

窗外某個東西引起她的注意，有個東西一閃而過，灰色墓碑之間有個白影。從這個角度，她勉強辨認出禮拜堂左側的一片狹窄墓地，然後是禮拜堂本身。她瞇眼查看。那個影子又出現了。是個人影。一個女孩？那個影子從墓地迅速移向禮拜堂。芙洛本能地轉身，尋找相機，這才想起它壞了。她回過頭的時候，那女孩不見了。她可能從頭到尾根本不存在。

她考慮該怎麼辦。她很想去追上那個人，但她也很清楚，在黃昏時分跟隨一個幽靈般的女孩進入一個無人的禮拜堂，這基本上算是典型的「愚蠢的電影女主角」。如果她再搭配拉提胸罩和熱褲，只會讓這幅畫面變得更老哏。

儘管如此，她還是忍不住一直想著那個女孩。她抓起手機，走向前門，手裡依然拿著刀：一把小而鋒利的切菜刀。她考慮過把刀放回去，但還是把它塞進牛仔褲的後口袋裡，以防萬一。

室外並沒有比室內涼爽到哪裡去。空氣感覺厚重，夾雜著熱氣。她拍打幾隻蠓蟲。媽媽總是叫這種蟲「打雷蒼蠅」。這種蟲子的出現，意味著暴風雨即將到來。在城市裡，路燈這時候會剛剛開始綻放光芒。但在這裡，除了小屋窗戶裡的微弱燈火，只有漸暗夜色帶來的柔和灰色，天空一片銀色和炭灰。

她凝視禮拜堂。它在今晚看起來有點像鬼魂，來自昔日的幽靈。她走過崎嶇不平的小路，走向禮拜堂門口。前門敞開。媽媽不是晚上都會給這裡上鎖？

她不確定該怎麼辦。她是可以打電話給媽媽，但媽媽一定會小題大作、趕著回來。空氣槍事件發生後，媽媽已經很緊繃了。芙洛不想再讓媽媽有理由把自己當成小孩子。更何況，門看起來正常，不像有人強行闖入。而且誰會闖進禮拜堂？裡頭有什麼好偷？發霉的舊窗簾？祭壇旁邊的假花？媽媽大概只是忘了上鎖。她們搬來這裡後，媽媽一直有很多事要煩惱。

芙洛把門稍微推得更開。禮拜堂裡更陰暗。她在前廳停步，讓眼睛適應。然後她走過中殿，環視周圍。塵土飛揚的微弱光線從高窗射進室內。祭壇兩側的長椅就像陰暗的崇拜者。長椅看起來沒人。整個中殿看起來沒人。當然，她看不到樓上。

她沿著走道又走了幾步。她走到半路，呼吸平穩，這時一聲沉重的撞擊聲撼動整個建築。她嚇一跳，轉過身。前門被甩上。她眨眨眼。灰塵在半空中打轉。

然後她看到她。那個人站在走道盡頭，一身白衣，一頭黑髮。不是她之前看到的那個女孩。這個女孩的腦袋和雙臂健在。芙洛覺得胳臂寒毛倒豎，心跳稍微加快。她急忙拿出手機。她這次一定要拍到相片。

女孩開始慢慢走向她，低著頭，糾結的黑髮遮住臉龐。她穿著一件骯髒的白色罩衫，光著腳。她很瘦小，但不是孩童。

「妳還好嗎？」

女孩依然沉默不語。

「別擔心。我不會傷害妳。」

她還是沒吭聲。

「我叫芙洛。妳叫什——」

女孩抬頭。

芙洛不禁尖叫。女孩的臉就像一張發黑燒焦的皮肉面具，融化得露出骨頭和小顆牙齒，眼睛部位只剩空蕩蕩的黑坑。芙洛蹣跚後退，嚇得無法呼吸。

不不不。不可能。

在她的驚恐注視下，女孩的頭髮冒出火花，著火引燃，手腳前端噴出更多火焰，貪婪地沿著四肢爬行，皮肉被燒得焦黑剝落，就像燒焦的紙。

這是惡夢。感覺太過真實的惡夢。她只是必須醒來而已。

女孩持續逼近，伸出著火的雙手。芙洛能感覺到熱氣，能聞到皮肉燒焦的惡臭，能聽到女孩的皮膚被燒得嘶嘶作響。

太過真實。

她再後退一步，背脊撞到祭壇。少女還在前進。芙洛頭皮發麻，汗水浸濕腋下。這不是夢。她必須離開這裡。

她盲目地向右飛奔，撞到破碎的鋪路石周圍的臨時屏障。她差點摔倒，恢復平衡後跳過障礙物。她的腳踩在地板上……但直接陷進去。

她發出尖叫。她的一條腿傳來劇痛。她的手機從手裡飛了出去。

耶穌基督啊。她的一條腿被困住了，抽不回來。她驚慌地掃視周圍。這間禮拜堂和她周圍的環境，在她的視線中顯得模糊。在震驚和疼痛中，她意識到熱氣、氣味和那個女孩都消失了。這裡只有她一個人。

她低頭查看。她的左腿有一半陷進禮拜堂地板。原本搖搖欲墜的石塊想必鬆開了，她的膝蓋現在卡在破裂的石板之間。她試著掙脫，又一道強烈的痛楚沿這條腿傳來。她的手機偏偏就在觸手可及的範圍外。當然。雖然這裡大概也沒有手機訊號，但她還是拚命試著碰到手機，以意志力命令自己的指尖再長幾吋。這麼做沒用，她和手機之間的距離絲毫沒有拉近。

她強忍抽泣。媽媽至少要再過半小時才會回來。如果她回家後沒檢查芙洛的房間？不。她一定會檢查。她當然會這麼做。然後她一定會檢查禮拜堂吧？可是如果她不這麼做？如果她以為芙洛就躺在床上睡覺？別想了，她告訴自己。別驚慌。一定會有人來……等等！

她聽到某個聲響。禮拜堂的門吱嘎作響？腳步聲。沒錯，絕對是腳步聲。她試著轉身查看。她現在卡在地板上，從這個角度看不見是誰進來。但那個人一定是媽媽，她想必提早回家了。她大感安心。

她正要求救時，那個人影在長椅的盡頭出現，進入她的視野。她吞下原本想說出的話語。她抬頭，感到驚恐萬分。

「芙洛。」

她急忙從後口袋掏出刀子。「別過來，離我遠一點。」

第三十二章

羅希頓喝光酒杯裡的啤酒，遺憾地掃視左右。「今晚真的很愉快，但我們最好回去了。」

克萊菈站起。「我真的很高興妳有來，潔克。妳是新血。」

「是啊，我覺得今晚是我們表現最好的一次。」羅希頓附和，聳肩穿上一件老舊的藍色風衣。

「如果今晚是我們表現最好的一次，那我可真不想知道表現最差的那次是什麼模樣。」我說。

羅希頓發笑。「我們對那種事閉口不提。」

「我今晚玩得很開心。」我發現自己言之由衷。今晚的活動和夥伴都令人愉快。

「那就好。我很高興聽妳這麼說，咱們回頭見。」

目送羅希頓和克萊菈離去後，我拿起連帽衫。

「妳要走了嗎？」麥克問。

我遲疑。我是該回去了。我喝了兩杯葡萄酒，這在平時來說已經是我的極限，而且芙洛正在等我。但在另一方面，我覺得微醺又舒適，況且現在才九點半，再喝一杯應該不會怎樣吧。

「這個嘛……」

「我可以載妳回去。」

「那我再喝一小杯。」

「好。」

我把連帽衫放回凳子上，他慢慢走向吧檯。我注意到艾瑪和賽門·哈珀已經離開了，也再次想起廁所裡的談話。艾瑪當時顯然已經喝了一杯，也許還嗑了其他東西。我當然不會為此評斷她。罪惡感有點像悲痛，都是靈魂的癌症，都會從內部掏空你。但是，雖然你可以學會忍受悲痛，但罪惡感只會隨著歲月流逝而增生，把腫瘤般的觸角蔓延出去。如此一來，誰不會想嗑藥？

麥克從吧檯回來，給我一杯紅酒，給他自己一杯黑咖啡。

「沒有卡本內蘇維濃了，希望妳能接受梅洛酒。」

「沒問題。」我點頭。「你可以說我是原始人，但在喝下第一杯之後，我總是覺得哪種葡萄酒其實味道都一樣。」

他微笑。「我已經很久沒喝酒了，但我同意妳的看法。」

我舉起酒杯。「那麼，敬我們未受教育的味蕾。」

他舉起咖啡杯。「當然，我現在已經變成一個吹毛求疵的咖啡控。」

「你那杯味道如何？」

他啜飲一口。「還不賴。味道有點淡，但煮的人很努力了，畢竟我有看到他把即溶咖啡粉從罐子裡舀出來。」

我發笑。我們啜飲各自的飲料。一陣尷尬的停頓，然後我們倆同時開口。

「所以——」

「妳先。」他說。

「這個嘛，我想為幾天前不太順利的初次見面道歉。我這個人有時候就是口無遮攔。」

「這對身為牧師來說想必是個問題。」
「我目前為止運氣還算不錯。」
他做個敲鈸的動作，然後更好奇地看著我。「別誤會我的意思，我也不想顯得冒昧，但妳看起來不太像牧師。」
「因為我是女人？」
「不，不。」他臉紅。
「我只是開玩笑。」
「噢。我的意思是，妳看起來有點……沒那麼呆板。」
我咯咯笑。「呆板？這還是頭一回聽說。」
「我的意思是，一般人應該能看出某個人是不是牧師，就算沒戴牧師項圈，例如羅希頓牧師。可是妳比較……正常。老天。」他把頭埋在雙手裡。
「那麼，」我說：「我最好先拿走你的鏟子，省得你繼續給自己挖坑。」我啜飲一口酒。「我確實明白你的意思。」
「妳明白？」
「我見過很多牧師，有男有女。你說得沒錯，他們大多有點……呆板。上教堂的人，大多本來就有宗教背景，而且很多來自上流社會。他們在教會之外沒有太多的人生經驗。也因此，他們會跟日常生活有點脫節。」
「這跟妳的背景不一樣？」
「嗯。」我遲疑。「我的童年並不美好。我的母親是……嗯……我覺得『精神不穩定』算是最好的描述。我的家並不溫暖，我一有機會就離開了。我曾經露宿，曾經乞討。我原本很可能成為統計數字之一。後來，有個湊巧是牧師的好人幫了我。他讓我明白，你能為上帝做很多好事，幫助無家可歸者、迷路者、受虐待者。」

「妳可以透過其他方式做到這一點──為慈善機構、社服機構工作。」

「的確，但對我來說，這也是為了一種歸屬感。我以前從未真正有過歸屬感。上帝需要我，結果事實證明，我也需要祂。」

他盯著我，我不禁垂下眼睛，喝下一大口酒。我很少對人吐露這麼多。但這依然是經過修剪的版本，刪去了所有凌亂的部分。實話和謊話之間唯一真正的區別，是你把它重複說了多少次。

「我以前是無神論者。」他說。

「以前是？」

「嗯，徹頭徹尾。我相信上帝並不存在，宗教是萬惡之源，我們都只是動物，人死了就是死了，天堂和地獄只是我們一廂情願，諸如此類。」

「是什麼改變了你的想法？」

他臉上多了一層陰影。「我有過一個孩子，一個美麗的女兒……結果我失去了她。」

「我深感遺憾。」我再次這麼說。

「我突然意識到，這些豪語、自鳴得意、聰明的信念，全是胡說八道。因為我的女兒不只是血與肉，而是帶給我喜樂的一團自相矛盾。她的好心腸，她的好奇心，她的夢想，她的生命力和活力……那一切不可能就那麼消失，彷彿毫無意義，彷彿她毫無意義。我必須相信她的靈魂仍然存在於某處。如果我不這麼相信，我就活不下去。」

他變得哽咽。他低下頭。我本能地伸手握住他的胳臂。

「你女兒的靈魂還活著，你剛剛說的每一句話都讓我感覺到她，一種包圍著我們的奇妙能量。她就是這樣活下去，在你心中。」

他抬起頭，看著我的眼睛。我在他的眼睛裡看到一些東西，有那麼幾秒，我覺得自己赤身裸體、暴露無遺。然後他眨眨眼。

「謝謝妳。」

他用顫抖的手端起咖啡。

「抱歉，我只是還是會痛——」

「我能理解。」

這種痛是不會消失的。疼痛也許會變得不再那麼尖銳，不再那麼時常出現，但它一定存在，直到他最終不再記得沒有這份痛楚的人生是什麼樣子。

「那麼，」他試著冷靜下來。「我說出了心裡話。妳呢？」

「我？」

「我那天察覺到妳的敵意——妳很討厭記者？」

「噢，其實沒什麼。」

「真的嗎？」

「滴啊滴。妳別想奪走我的露碧。」

也許是因為喝了酒，也許因為我覺得我欠他什麼，但我發現自己開口：「在我的上一個教堂，發生了一件可怕的事。有個小女孩死了。媒體對我很不友善。」

手上沾滿鮮血的牧師。

他低下頭，然後有點不好意思地說：「我知道。」

我瞪著他。「你知道？」

「我有Google過妳。抱歉。我一下子就找到妳以前那間教堂的消息。此外，我今早在我的信箱裡發現了這個。」他從口袋裡拿出一張摺起來的紙，放在桌上。「剛剛其他人都在的時候，我不想提起這件事。」

我拿起紙張攤開。這是我在禮拜堂裡的樹枝娃娃身上發現的同一張剪報的複印本。有人在這張紙的底端用電腦打上文字：

遮掩自己罪過的，必不亨通；承認離棄罪過的，必蒙憐恤。（箴言第二十八章第十三節）

酒在我的胃裡發酸。我看著麥克。

「你知不知道這可能是誰寄來的？」

「不知道，但我總覺得應該不只我一個人收到。」

我嚥口水。棒透了。

「我原本打算通知警察，但我覺得最好先讓妳知道。」

「謝謝你。我不太想驚動警察。」

「好。」

「我只是實在不希望事情再次鬧大。搬來這裡，這原本應該是讓我能放下過去的機會。」

「我明白。這方面還順利嗎？」

我微微一笑。「不算順利。」

「想談談嗎？」

我看著他。我發現我其實想談談。

第三十三章

「芙洛？」

瑞格理拉近距離，臉色蒼白。

「別過來！」她試著在受損的粗糙石面上向後爬，但她的腿仍然被緊緊卡住。

「放輕鬆點，別動，否則只會傷到自己。」

「你在這裡做什麼？」

「我剛剛在外頭，聽到妳尖叫。」

「你在墓地鬼鬼祟祟做什麼？」

「我沒有鬼鬼祟祟。」

「那你為什麼在這裡？」

「我是來見妳。」

「你就不能打電話？」

「妳根本沒給我妳的號碼。」

「噢。」

「妳幹麼朝我揮刀子？」

「因為我……很害怕。」

「害怕我？」

她想起蘿西的話語：「遠離瑞格理。」但她究竟相信誰？

她慢慢放下刀子。「不是。」

他四處走動，然後在她身邊蹲下。「發生什麼事？」

「我……我以為這裡有人，然後我……跌倒了，我的腳卡在地板裡。」

「我靠。」他稍微拉扯石塊。「這下面一定是空心的，難怪這裡被封鎖起來。」

她試著點頭，但腦袋裡隱隱作痛。她覺得疲憊不堪，而且非常、非常冷。她開始發抖。

「來。」瑞格理抽搐地脫下連帽衫，遞給她。她感激地套在自己頭上。

「謝了。」

「接下來，把那把刀子給我。」

「什麼？為什麼？」

「我要試著用它來移動這塊鋪路石。」

芙洛猶豫了一下，然後把刀子遞給他。

「說起來，妳怎麼會有刀子？」

「我以為這裡可能有個入侵者。」

「真的有嗎？」

他把刀子塞進石板底下，來回扭動。她想起那個渾身是火、伸出雙臂的女孩。

「沒有。」

他聳個肩。「我以前也隨身攜帶小刀。」

「什麼？」

「為了防身。」

石板稍微移動。她退縮一下。

「誰會欺負你？」

「就是一些孩子，在學校。」

「你帶刀子上學？」

「那樣很蠢，我知道。可是妳不明白我當時過著什麼樣的日子，經歷過什麼樣的事情。」

刀子在石頭上刮擦，雖然很靠近她的腿，但她相當確定石板鬆動了。

「是在你前一所學校？」

他繃緊身子。「誰跟妳說的？」

「蘿西——」

「想也是。」

「她說你想殺掉一個女孩。」

「那是謊話。」

「所以你沒放火燒學校？」

一陣沉默。唯一的聲響是刀子刮過石頭。她心想，他不打算回答。

他嘆氣，回頭看著她。「其實，我是有試著燒掉學校。」他微微一笑。「那麼，現在妳知道了。我是瘋子。」

「為什麼？」

「大概是天生吧。」

「不，我的意思是，你為什麼想燒掉學校？」

兩人四目交會。她心想，他的眼睛真的很特別，奇特的銀綠色，好像有種催眠作用。

「因為我討厭那個地方。我討厭它的一切。那些老師，還有其他學生、氣味、規矩。我痛恨他們怎樣對待任何一個不符合他們模子的人。學校都很會說他們怎樣處理欺凌行為，但他們只是出一張嘴。他們只在乎正常的好孩子，那些學生拉高了學校的平均成績。

「有一次，一群孩子在操場上包圍我。他們逼我脫掉衣服，在泥濘中爬行。然後他們逼我吃蚯蚓。我回到學校，滿身泥巴，赤身裸體，妳知道老師們做了什麼嗎？他們哈哈大笑。」

「老天。」

「即使我媽去學校抱怨，事情也沒多大改變。沒有一天是好日子，一天都沒有。他們天天折磨我，每天程度不一樣而已。」

「我很遺憾。」

「我受夠了，所以我……我想毀掉那個地方。」

「那麼，那個女孩是怎麼回事？」

「我不知道她當時在那裡。」

「所以究竟發生了什麼事？」

「有人通知消防隊，他們救出了她。我對這件事充滿罪惡感。我絕對、絕對不會傷害任何人。」

「那你後來怎麼了？」

「我被輕判。我媽花錢請了一些時髦的心理學家，他們對我進行諮商、監督。我們搬家了，我轉了學。雖然這裡的狀況也沒好到哪裡去。」他繼續處理石塊。「快好了。」

一塊石板裂開。她的腿終於重獲自由，雖然疼痛難耐。她小心翼翼地把腿抽出來。她的牛仔褲被扯破，她在破爛布料中看到腿上有一條很深的傷口，還有瘀傷。她扭扭腳，痛得要命，但不算太嚴重。

「謝謝你。」她對瑞格理說。

「妳最好把傷口清理乾淨。」

「我也該打電話給我媽。」

他環顧四周，從地板上拿起她的手機。「不確定妳的手機還能不能用，看起來摔得很慘。」

他把她的手機遞給她。兩人手指互觸。她突然意識到彼此坐得很近，真的很近。她嚥口水，然後想起蘿西說過的話。

「瑞格理——還有件事……」

但他看著她身後。「我靠。妳看到這個沒有？」

他看著她的腿剛剛陷入其中的坑洞。

「什麼？」她問。

「這個洞真的很深。妳很幸運，沒整個人掉進去。」

她僵硬地轉過身，來到他身旁。兩人看著地板上的鋸齒狀坑洞。她看不清楚洞裡，但看得出來瑞格理說得沒錯。這個洞很深，似乎深得不合理？難道這間教堂底下有什麼東西？某種地窖？

「你的手機有手電筒功能嗎？」她問。

瑞格理拿出自己的手機，把光線對準坑洞。

「我的老天爺！」

芙洛驚呼。「那該不會是——」

兩人面面相覷，然後低頭看著洞裡。

好幾口棺材。

第三十四章

我第一次見到露碧，是她的姨媽帶她去受洗的時候。她當時才剛滿五歲，胖乎乎的臉頰，還有我見過最大的棕色眼睛。我不知道她來自什麼背景，至少當時不知道，但她的來歷逐漸透過其他教友傳開。教會是個緊密相連的社群，教友們知道彼此做些什麼，這有點像小村莊。

露碧的母親死於用藥過量，父親早已不知去向。她母親的姊姊挺身而出，領養了她。梅達琳姨媽是個體型龐大、個性快活的女人，一直沒能生下自己的孩子。她跟她朋友黛米一起住，那人是個身形瘦削的黑人女士，兩人一胖一瘦的身型形成強烈對比。

我跟這兩人並不熟。她們在領養露碧之前是去另一家教堂，但後來決定加入我的會眾。這兩個女人每個星期天都會帶露碧來聖安妮教堂做家庭禮拜，偶爾也會在星期四晚上參加兒童美術課。

琳娜（梅達琳的暱稱）很健談，總是笑個不停。黛米更文靜，更內向。但這兩人似乎是一對忠誠的情侶，就算我有時候覺得琳娜好像比黛米更想要孩子。儘管如此，我沒看到任何警訊，至少一開始沒有。又或許，也許我有看到，只是假裝沒看見。我們每個人都是這樣。

我記得在洗禮上，琳娜說她因為完成了這件事而鬆了一口氣。她這句話聽來古怪，所以我問她為什麼。

「她母親不信上帝，」她告訴我。「如果露碧沒受洗而突然死去，靈魂就會留在煉獄裡。」

我當時禮貌而溫和地說，上帝歡迎所有孩子，包括沒受洗的孩子。她用怪異的眼神看著我，說：「不，牧師。他們會永遠在人間流浪。我希望我的露碧上天堂。」

我沒把她這句話當一回事。我真不該這麼做。我早該知道「虔誠」和「狂熱」之間只有一線之差。但話說回來，我的許多會眾都比我更「舊約」。我盡我所能更新他們的觀點，鼓勵他們更常想著愛和寬容，而不是想著地獄之火和詛咒，但他們的觀點並不表示他們是壞人。

也許第一個出現的明顯警訊，就是露碧帶著一大塊額頭瘀傷來到美術課。她摔倒了，琳娜這樣告訴我。幼兒確實會摔倒，而且經常發生。這我知道。芙洛在露碧那個年紀的時候，總是滿身瘀青。我記得芙洛有次跑進客廳，在地毯上絆了一下，頭撞到壁爐。她頭上立刻長出一個蛋形的腫塊，我驚慌失措地開車送她去急診室。意外確實會發生。

但露碧似乎越來越常發生意外。撞傷、擦傷，後來有一條胳臂骨折。她從花園裡的攀爬架上摔下來，琳娜解釋。她以令人放心的笑意表達了所有合理、可信的解釋。

我知道她們住哪。琳娜有次邀請我去她家喝茶。她住在一棟小小的廉價排屋裡，就在聖安妮教堂附近。我造訪的時候，屋裡整整齊齊。露碧的玩具堆放在粉紅塑膠箱裡。我知道我如果不請自來，就等於越界，可是我越來越感到不安，再也沒辦法對這件事視而不見。我給露碧買了一些甜點，然後告訴自己我只是想讓自己安心。

我來到琳娜家門前的時候，家裡似乎沒人在。房子也不像我幾個月前第一次造訪時那麼整齊乾淨，就算從外面看來也是。雖然窗簾被拉上，但我能透過倒塌的柵欄縫隙看到花園裡雜草叢生。舊玩具被丟棄在草叢中，垃圾箱滿溢而出。更令我不安的是，花園裡沒有攀爬架。

當時是我第一次向杜爾金提到我的擔憂。他的反應是面露微笑（仁慈的那種）。

「我不確定雜草叢生的花園算是不正當行為的證據。」

「攀爬架呢？」

「也許她指的是公園裡的攀爬架。」
「她清楚說過是後院裡的攀爬架。」
「也許她說錯了。」
「問題還不只是瘀傷。我確定露碧越來越瘦。」
「孩童會經歷所謂的成長期變化。」
「我很擔心她。」
「潔克，如果真的有什麼問題，孩子的學校一定會注意到吧？而且既然她被領養，社服部門就一定會上門檢查。」
「大概吧，可是——」
「我知道妳向來特別在乎妳教區裡年輕人的福祉，這點確實令人欽佩。但沒有任何一個父母是完美的，我相信就連妳也不是完美的。難道芙洛從沒發生過意外？」
她當然有，但我還是氣得發抖。
「你們不要論斷人，免得你們被論斷。」杜爾金丟出聖經經文。
「當然。」
下地獄吧你，我當時心想。
那天下午，我打電話給露碧的學校，想約時間跟她的老師談談。但我無法如願以償，因為露碧在幾星期前就被帶離了那所學校。校長告訴我，她的阿姨們現在在家教育她。琳娜從沒提過這件事，露碧從沒提過這件事。但後來，我覺得露碧似乎變得更沉默寡言。她不再是剛來教會時那個胖嘟嘟、笑嘻嘻的孩子。
我腦海裡的警鈴瘋狂大作，但我還是試著幫她們找藉口，也許琳娜和黛米日子過得不順，畢竟帶孩子真的很辛苦。某次禮拜結束後，我試著把琳娜拉到一邊談話。

「露碧一切都好嗎？」

她對我燦爛一笑。「當然，牧師。妳一定要再來我家喝茶唷。」

「我很樂意。」雖然我知道彼此都不是真心話。然後我一派輕鬆地問道：「她在學校還好嗎？」

她的臉色變得陰沉。「牧師，我得承認，我們忽視了她。露碧在學校被人欺負，而我們是後來才知情。有個孩子傷害她，搶走她的午餐。我們真該早點採取行動，我們也為此自責。但現在我們在家教育她，如此一來就能好好照顧她。」

她再次對我微笑，笑得大方又真誠。雖然她的說詞很合理，但我打從心底知道，她在對我睜眼說瞎話。

我給社服部打了一個匿名電話，然後等候，但什麼也沒發生。露碧繼續每星期都會上教堂，每次都顯得更瘦。我沒辦法跟她談話，因為琳娜或黛米總是在她身邊。我注意到琳娜穿著新衣服，黛米的細瘦脖子上戴著一條新的金項鏈。

我再次打電話給社服部，也再次等候。後來有一天，上美術課的時候，琳娜去上廁所，我趁機來到露碧身旁蹲下。

「嘿，親愛的，妳好嗎？」

她一直盯著自己的圖畫：大片的膠水和亮粉。「還好。」

「家裡一切都好嗎？妳吃得還好嗎？」

「嗯。」

「妳確定嗎？」

她抬頭，黑眼睛裡充滿恐懼、無助和絕望。

「我是壞孩子。魔鬼在我心裡，必須被趕出去。」

然後她痛哭失聲。

「露碧——」

「妳在做什麼？」

我從眼角看到一抹紅色織物。琳娜氣沖沖走來，把我趕到一邊。

「妳說了什麼？妳為什麼惹孩子哭？」

「我很擔心她，琳娜。」

她抓住露碧的胳臂，把孩子從座位上拖起來，瞪著我，眼裡充滿恨意。「是妳，對不對？是妳打電話叫那些人來檢查我們。是妳給我們找麻煩，妳這白人賤貨。」

我目瞪口呆地看著她，驚呆無語。

「我是個好女人，我努力好好扶養這個孩子，妳卻站在那裡散布關於我們的謊言。我愛這個孩子，我做的每件事都是為她好，妳聽見沒有？」

我試著保持冷靜，我知道周圍每個人都在瞪著我們。「我有聽見。可是她看起來不太好，琳娜。」

「妳是這麼想？妳覺得我們這種人不懂得養育孩子？因為我們不像你們白人這麼完美？」

「不，我不是這麼想。」

「妳好大的膽子。妳別想奪走我的露碧，聽見沒有？任何人都別想奪走我的露碧。」

她拖著露碧氣沖沖離去。

我當時真該報警。我真該踹開社服部的門，叫他們認真聽我說話。我真該追上她。我真該做些什麼。但我什麼也沒做，因為我害怕。我害怕其他父母投給我的眼神。我害怕她在某種程度上說的可能是真的。我特別嚴厲地評斷琳娜和黛米，是不是因為她們的膚色，而我沒意識到自己有這種想法？我是不是犯了一個可怕的錯誤？

之後的那一星期，我都沒見到露碧。我開車經過她家，看起來沒人居住。也許她們搬走了。我失去她了。

隔週的星期日，我照例來到教堂。我喜歡早點來教堂做準備，享受一些安靜的沉思時間。在二月初，早晨的天色要到八點左右才會變亮。我打開門鎖，走進去，立刻知道出了問題。

教堂裡感覺不對勁，有種氣味，金屬味，一種令人作嘔的濃烈味道。我打開燈，走到中殿中間。我能看到祭壇下方的臺階上躺著某個東西。我聽見某種聲響，水滴聲，緩慢又規律。滴，滴，滴。

也不知道為什麼，我的腿就是帶我往前走。我必須親眼查看，我必須知道真相，就算我全身每一條纖維都告訴我我不想看到那是什麼、我不想知道答案。

她躺在那裡，癱倒在祭壇底下。她赤身裸體，瘦得每一根肋骨都像自行車輻條一樣突出，四肢纖細得就像脆弱的火柴棒。她依然抓著一個破舊的玩具兔。她睜大眼睛，責備地盯著我。她的咽喉被割開，看起來就像充滿嘲諷意味的鮮紅微笑。

「滴啊滴。妳別想奪走我的露碧。」

琳娜和黛米在M1高速公路上的托丁頓休息站被捕。她們一直拿政府為露碧提供的補助金中飽私囊，給自己買高級貨，把錢存下來度假。露碧則是挨餓、挨打，後來被獻祭。這是琳娜給出的藉口。

「那孩子被魔鬼附身，」她後來告訴警方：「我必須驅逐惡魔。現在她的靈魂會上天堂。」

時至今日，我還是不知道她是否真的相信自己的說詞，還是那只是為了用精神錯亂的藉口來為自己在法庭上開脫。總之，各大報社都為此全員出動。因為琳娜那些胡言亂語，教會成了萬人焦點。我被描述成「讓這一切在自己眼皮底下發生的牧師」。社群責怪我，媒體責怪我。最重要的是，我責怪我自己。手上沾滿鮮血的牧師。

※　※　※

麥克同情地看著我。

「可是那不是妳的錯。妳已經竭盡全力幫助那個小女孩。」

「還不夠。」

「有時候我們做什麼都不夠。」他低頭看著自己的咖啡。「我猜賽門和克萊菈有跟妳說塔菈是怎麼死的。」

「他們跟我說那是意外。」

他搖頭。「要不是因為我，那場意外根本不會發生。我那天應該去學校接她放學的，但我喝醉了，沒辦法開車，所以我拜託艾瑪幫我看著她。塔菈原本根本不該出現在他們家。」

「可是那種事件在其他時候也可能發生。那場意外並不是你造成的，而是就那麼發生了。接受『沒人該被責怪』、『悲劇就那麼發生了』，這對我們來說確實難以接受，但我們必須接受，否則就永遠沒辦法往前走。」

「而妳有這樣接受露碧的事嗎？」

「還沒有。」我苦笑。「就像我剛剛說的，這對我們來說確實難以接受。」
「如果我們永遠無法接受呢？」
「人生會繼續前進，我們只是必須選擇要不要跟著一起前進。」
「如果我們做不到？」
「麥克——」
我放在桌上的手機發出震動。我瞥向螢幕，是個我不認得的號碼。我皺眉。只有少數人有我的號碼，而他們的號碼都存在我的通訊錄裡。我從不收到陌生號碼的來電。
麥克朝手機點個頭。「妳不接？」
我的一手懸在手機上，然後我抓起手機，按鈕接聽。
「喂？」
線路另一頭傳來呼吸聲。我繃緊身子。
「媽？」
「芙洛？怎麼回事？這是誰的電話？」
「瑞格理的。」
聽見他的名字，我差點氣得頭髮倒豎，但我確實再次聽見他的名字。
「妳為什麼用瑞格理的電話打來？」
「說來話長。聽著，媽，妳能不能回來？」
「為什麼？發生什麼事？妳還好嗎？」
「是的，我沒事——雖然我有稍微傷到腿，但別擔心。有個東西妳得看看，在禮拜堂裡。」
一大堆疑問在我的舌頭上翻滾。她怎麼弄傷腿的？瑞格理為什麼在那裡？他們這麼晚在禮拜堂做什麼?但我盡可能維持語調平靜、態度冷靜。

「我這就回去。」

我把手機放回口袋。麥克納悶地看著我。

「出了麻煩?」

「我女兒。我得回家去。」

「我載妳一程。」

「謝謝你。」

我站起身，意識到兩條腿在發抖。我抓住桌子邊緣。剛剛那個奇怪的電話號碼出現時，我有一種可怕的預感，我以為可能是他。我以為他找到我了，正如他之前曾經找到我。

殺害我丈夫的那個男人。

我的弟弟。雅各。

第三十五章

他把頭埋在稻草上。在生鏽的鐵皮屋頂的無數破洞上方，是閃閃發光的繁星。穀倉又冷又髒，散發著牛糞味。他曾在更惡劣的地方過夜。她離他很近，近得他幾乎能感覺到她。

這使得他的困境更令他沮喪。他的腳踝劇烈抽痛，他猜應該只是扭傷，沒骨折，但這依然是個問題。他的項圈骯髒，衣服破爛。這也是個問題。而且他沒錢。她也許近在咫尺，卻也遠在天邊。他感覺怒氣攀升。他走了這麼遠的路，計畫得這麼縝密。

※　※　※

他的火車準時抵達聖潘克拉斯車站。他下了車，進入大批人群當中。他早就料到諾丁漢很繁忙。在這裡，他逼自己別回到火車上、蜷縮在座位上。

雖然監獄裡擠滿人，但每個人大部分的時間都是在自己的牢房裡度過。就算在獄中的食堂和休閒區，人群的流動也是有序的，近距離接觸受到限制。事實上，意外接觸可能會導致鼻梁骨折或更嚴重的下場。

相較之下，車站則是一片混亂。一堆人蜂擁向前，行李箱的滾輪在平臺上隆隆作響。說話聲飄向高聳的拱形屋頂，反彈而回。火車剎車的尖嘯聲，還有機器人般的響亮廣播的回音。

他咬緊牙關，強迫自己緩慢而從容地從人群中走向檢票口。來到這裡後，他一時之間不知道該如何是好。在諾丁漢的時候，閘門是開著的。他現在該怎麼做？

「您需要協助嗎，先生？」

他嚇一跳。一個身形嬌小、穿著車站制服的黑髮女子盯著他。

「呃，是的，抱歉。我不常旅行。」

「您的票？」她友善地問道。

他掏出車票，遞給她。她看了一眼，然後打開閘門。「這邊請，牧師。」

「謝謝妳。願神祝福妳。」

他加入搭乘電扶梯的人群。一個告示牌要他在電扶梯上站在右側。他遵照指示。他很擅長遵照指示。

售票處的人員很樂於助人。當然。只要穿上制服——任何制服——就能贏得尊敬。牧師項圈散發威嚴。所以他的姊姊喜歡這玩意兒？還是因為匿名性？一個人如果戴著牧師項圈，就不再是人，而是牧師。

他心不在焉地心想：他們是否已經發現了那個斷氣的牧師？

他登上開往薩塞克斯的火車時，已經將近傍晚。這班車小很多，只坐滿一半。他靠在椅背上，凝視窗外，火車嘎嘎作響地離開擁擠的倫敦大都會，穿過寬闊的郊區，進入空曠的鄉間。他感到心裡一陣刺痛，一種奇怪的嚮往。他已經很久沒見過田野、牲畜和晴空。

一個半小時後，火車駛入比奇蓋特站。這裡只有一面遮棚，狹窄月臺上只有一張長椅。只有他一個人在這裡下車。羊群在鐵軌旁的田野裡吃草。如果說倫敦的喧鬧令人失去方向感，那麼這裡如此龐大的空間，如此的靜謐，也以某種方式令人不知所措。他環視周圍，把空氣吸進體內，抬頭望天。如此浩瀚的天空。

車站外一個白色木牌告訴他，從這裡到查博克弗特有十哩路。這裡沒有公車站，他身上的錢也只剩五十便士左右。他拉拉領子，開始行走。

道路狹窄又曲折。這裡沒有像樣的人行道，所以他走在柏油路上，一聽到車輛靠近就跳到路邊。幸好路上沒什麼車。這條路簡直就像遭到遺棄。

走了一小時後，天色開始變暗。他沒有手錶——他在監獄裡從不覺得需要手錶——但很擅長猜測時間。他猜現在大概八點左右。他稍微加快腳步。他不想走夜路。

他走過一個特別曲折的彎道時，聽到一輛汽車駛近。聲響吵雜，車速很快，比其他車輛都快。他轉過身，看到汽車水箱罩的閃光，聽到車子拐彎時剎車尖嘯。他往後跳，但腳踝扭了一下，他因此跌進溝裡。那輛四驅車並沒有停下來。他甚至不確定那名司機有沒有看到他。

他躺在原處，倒在泥濘惡臭的水溝裡。他落地而撞到的側身傳來疼痛。更糟的是，他的腳踝感到熾熱劇痛。他匆忙坐起身，勉強爬到水溝的邊緣。但他試著撐身站起時，腳踝再次劇痛，他屈膝跪下。他沒辦法走路。怎麼辦？透過樹籬的縫隙，他看到遠處有一間農舍，緊鄰的田野有一間破舊的穀倉。這能湊合。

他開始往那裡爬去。

※ ※ ※

他現在閉上眼睛，真希望有什麼東西能減輕疼痛。也許他的腳踝真的斷了。他坐起身，拉起褲管。狀況看來不妙。腳踝腫得比剛剛更厲害，突起的皮膚布滿黑青紅的瘀色。他痛得呻吟，倒回草堆上。

※　※　※

既然腳踝受傷，他就走不了多遠的路。而且他現在這副狼狽樣，就算戴著牧師項圈，也不會有人願意讓他搭便車。他需要把自己清理乾淨。他需要止痛藥。他轉身，從穀倉牆上的大洞凝視外頭。在田野另一頭，農舍的窗戶透出溫暖的燈火。

你戴著牧師項圈。跟他們說你遇上意外。他們會讓你進屋。

然後呢？我不會再傷害任何人。

可是他們會有止痛藥。酒精。說不定也有現金。

不行。他們也可能有孩子。他們是無辜的。他不能傷害無辜之人。

沒有任何人稱得上完全無辜。

他的腳踝傳來痛楚。他試著不予理會，但這麼做沒什麼用。他坐起身。他回頭看著農舍。止痛藥。酒精。也許他不需要傷害他們，至少不用嚴重傷害他們，只要把他們綁起來就行，拿走他需要的東西。否則他要怎麼見到她？

他逼自己站起來。

第三十六章

我屈膝跪地，把手電筒對準大約跟足球一樣寬的洞口。這是教堂底下的墓穴。我能辨認出拱形牆壁的曲線。在我左邊是一個看起來像石階的物體。還有棺材，一共有三口，歪斜地堆疊在一個角落。棺木看起來腐爛扭曲。其中一口的蓋子已經裂開，我能勉強看到從裡頭探出來的猙獰骷髏。

「我能看看嗎？」麥克問。

他陪我來到小教堂，就算我跟他說無此必要、我不需要保鑣。我照料了芙洛的腿傷後——擦傷得十分嚴重，但幸好骨頭沒斷——要她和瑞格理留在小屋裡吃餅乾、喝牛奶。我猜，他們應該沒辦法拿一包巧克力口味的霍布諾布餅乾對自己造成太大傷害。

芙洛說她以為看到有人進入禮拜堂，所以她進去查看，結果跌倒了，腳踩破老舊的鋪路板。而湊巧路過的瑞格理（村裡每個人似乎都常常湊巧路過）聽到她的尖叫聲，因此上前搭救。這個說詞的漏洞比禮拜堂地板的坑洞還大，但我暫時不急著偵訊。

我把手電筒遞給麥克。「請便。」

他跪在地上，凝視洞口。「哇。這真是滿大的發現。妳覺得這裡有多久歷史了？」

我思索片刻。「羅希頓說過，原本那間教堂被一場大火燒毀。這間禮拜堂是蓋在它的原址上，想必因此封住了墓穴的入口。」

但話說回來，為什麼要封住一座古老的墓穴？私人墓穴象徵著埋葬於此的家族的聲望，其後代應該會想保留這種聲望。

麥克繼續觀察鋪路板。「我不確定。這看起來像是最近才完工的。妳看，這塊石頭遠比地板其他部分更薄也更新，而且水泥也顯然比較新。這是補上去的。」

「原來你是石板地板專家？」

「我這個人多才多藝。」

「看來謙虛不是你的才藝之一。」

他咧嘴笑。「其實，我去年為報紙寫了一篇關於教堂修復的報導。」

我挑起一眉。「你每天一定過得充實忙碌。」

「一針見血。」

我盯著地板上的洞，腦海還在翻騰。如果他是對的，地板在某個時候被修復過，那麼為什麼沒人注意到禮拜堂底下有個巨大的墓穴？

「妳打算怎麼做？」麥克問。

我雖然現在就想找根撬胎棒來看清楚底下，但我擔心這麼做會害我被此處的靈體討厭，而且我指的不是上帝。

「我認為，我需要找個合格的石匠，請他們小心搬開石板，這樣我們才能調查。」

「這個嘛，這我能幫忙——」

他拿出手機。「我還留著我報導過的那個石匠的號碼。」

「真方便。」

「其實，我們有幾次在訪談後一起去喝酒。」

「噢。」

我試著掩飾驚訝。因為他跟女人結過婚，所以我以為他一定是異性戀。

「她是這一行的高手。」他補充道。

「了解。」

代名詞是「她」。妳真夠蠢的，潔克。我應該比誰都清楚，人就是喜歡太早下定論。

「妳的手機能用 AirDrop 嗎？」

「呃，可以。」

我掏出手機，它因為收到麥克的訊息而發出提示音。我按鈕接收。

「謝了。」

「妳覺得底下是什麼？」他問。

「這個嘛，像這種教堂底下的墓穴，一般是為村裡有錢有勢的人建造的。」

「原來如此。類似私人墳墓，遠離所有農民。」

「一點也沒錯。」

我們倆都回頭看著墓穴。

「所以，問題其實不是底下是『什麼』，而是『誰』？」

※　※　※

我坐在芙洛的床邊，我上次這麼做是在她小時候。她靠在枕頭上，纏著繃帶的腿從羽絨被底下伸出來。她臉色蒼白，眼裡有陰影。

「妳在生我的氣嗎？」

「我沒在生氣，」我說：「至少不再是。我只是擔心妳。我想確保妳平安。」

「我知道，媽，可是妳沒辦法時時刻刻都保護我。禮拜堂裡發生的事只是個意外。」

「了解。」我更仔細打量她。「那麼，妳是追著誰跑進禮拜堂裡？」

她一臉猶豫。果然。我就知道她對我有所隱瞞。

「好吧。先向我保證，妳不會覺得我是瘋子。」

「我保證。」

「我當時以為看到一個女孩，就像在墓地那次。」

「同一個女孩。」

「不，這個女孩有頭和胳臂——可是她全身著火燒傷。真的很恐怖。」

我只是瞪著她。焚身少女。

「我沒在唬爛。」

「我知道。」我嘆口氣。「妳確定沒人跟妳提過焚身少女的故事？也許是瑞格理？」

「為什麼這麼問？妳認為有人跟我說了一些事，而我的腦袋自己想像出這些幻覺？」

「我只是在尋找合理的解釋。我從不相信這世上有鬼。」

「我也不信。」

「可是我相信妳。」

我沒補充說明的是，我也相信過去幾星期給我們造成了心靈創傷。諾丁漢那些麻煩事，還有我們突然搬來這裡。芙洛從沒給過我任何理由擔心她的心理健康，她的身心總是非常平衡。但話說回來，喬納森生前也很會演戲。而且有些專業人士認為，心理健康問題有遺傳性。

「那麼，我們接下來要怎麼做？」芙洛問。

「我不知道。」

「驅魔儀式？我的意思是，妳有驅魔道具。」

我露出苦笑。「如果有失落的靈魂被困在地球上，用暴力和憤怒的方式趕走祂們，對祂們來說應該不是最好的待遇吧，妳不覺得？」

「的確。」

「根據民間傳說，焚身少女會出現在那些遇上麻煩的人面前。」

「所以，妳認為我遇上麻煩？」

我意有所指地看著她的腿。

「這只是意外。」她重複。

「兩天內第二次。」

「又來了。我猜妳要把事情怪在瑞格理頭上？」

「妳這兩次都遇到他，而且都發生了壞事。」

「他今晚救了我。」

「我也很慶幸他有發現妳。」

「可是？」

「如果他就是妳看到進入禮拜堂的那個人？」

「他不是那個人。」

「好吧，可是妳對他究竟瞭解多少？」

「他跟他媽住在村子邊緣。」

「而且？」

「這個嘛，我又沒好好審問過他。」

「我還是很想見見他媽。」

「我跟他又沒在約會。」

我挑眉。

「我跟他不是那樣。」

「那他知道妳這麼想嗎？」

「當然。那妳跟那個叫麥克的傢伙又是怎麼回事？」

「絕對不是那種關係。」

「妳有這樣告訴他嗎？

「好了，夠了，小姐。」我站起。「我們明天早上再討論這件事。」

她轉身要關燈，但暫停動作。「媽，妳覺得墓穴裡那些是誰的遺體？」

「我毫無頭緒。我們只能等到明天再說。妳先休息吧。妳覺得妳睡得著嗎？」

她打呵欠。「焚身少女只會騷擾禮拜堂吧？」

「應該是。」

「那我應該不會有事。」

「晚安。我對妳的愛多到能往返月亮。」

這是我在她小時候跟她常有的對話。

「我對妳的愛多到能往返全宇宙。」

「我對妳的愛多到能往返宇宙外頭。」

「我對妳的愛多到能往返宇宙大爆炸的那一刻。」

我綻放笑容，走出她的房間，來到浴室，洗了臉，刷了牙，準備上床就寢。我覺得疲憊卻也緊繃，好像我在某個東西的尖端上搖晃，某種壞事。這種感覺像眩暈一樣席捲我。

某種邪惡力量正在逼近。

我觸摸掛在脖子上的銀鏈。然後我走進臥室，跪在床邊，但我沒禱告，而是把手伸進床墊底下。我的手指摸索周圍，只碰到木製條板。我皺眉，抬起床墊，難以置信地盯著底下。

那把刀不見了。

第三十七章

禱告不該是自私的。我的老前輩布雷克這樣教過我。上帝不是你的管家。祂並不任憑你差遣。你當然可以向祂尋求指引，但如果你需要幫助，就必須學會幫助自己。

我向來試著遵循他的建議，連同他的另一項重要的聖經級教導：只要睡個好覺，喝杯濃咖啡，抽根菸，一切都會變得更好。

我穿好衣服，下樓，泡了一杯特濃咖啡，拿出菸草罐頭和捲菸紙。然後我把這些東西拿上樓，打開我的臥室窗戶，坐在窗臺上。坐在這種地方抽菸，既不安全也不衛生，但我需要思考，也需要打幾個電話，而只有這裡能讓我在思考的同時打電話。

我捲了一支菸，凝視馬路後方的田野。沾染露珠的青草閃閃發光。朦朧藍天中的太陽宛如銀盤。它雖然美，但沒能舒緩我的心情。

那把刀不見了。我在起床後再次檢查過。那把刀不在床墊底下，不在我的衣櫃裡，也不在皮箱裡。它怎麼可能不見？誰拿走了？這個嘛，昨晚這棟屋子裡基本上只有兩個人：芙洛和瑞格理。

難道是芙洛發現了？她拿走它，就像之前偷藏我的菸草？也許是為了我的安全著想？因為她擔心我？但她怎麼可能發現那把刀子？她搜我床墊底下做什麼？

我昨晚的第一直覺是立刻找她對質，但還是改變了主意，因為那時候很晚了，我跟她都累了，而且她如果沒拿走刀子，這就會導致我們之間出現更令人不自在的討論。我為什麼要把刀子藏在床墊下？而且今天還有誰進過屋子，有機會四處鬼鬼祟祟？瑞格理？

這次搬家應該是個能讓我們擺脫問題的機會，能逃避過去，能從頭來過。但我只發現更多的擔憂、沒有答案的疑問。我覺得自己就像走進一個水坑，發現裡頭是流沙，我越是想把自己拖出來，就越快陷進泥潭裡。

那封監獄釋放信仍然在我車上的手套箱裡。布萊德利牧師之死還在我的腦海中打轉。雖然我一直試著告訴自己這兩件事之間沒有關聯，但我還是感到懷疑。而且，某人留給我的神祕物品是怎麼回事？更別提那份剪報？是誰留下的？那個人想傳達什麼訊息？

我更用力抽口菸，拿出手機。好吧，待辦事項上的第一項：打電話給石匠，請他們找出禮拜堂底下究竟有什麼，而且為什麼似乎沒人知道墓穴的存在。現在剛過八點半，石匠可能還沒開始營業，但值得一試。我按鈕撥號，有點希望被轉進語音信箱，但令我驚訝的是，一個明亮的女性嗓音接聽：

「喂，這裡是TPK。」

「噢，妳好。我是查博克弗特村的布魯克斯牧師。」

「嗨。」

「禮拜堂裡有一處地板損壞，不知道能不能麻煩妳來看看？」

「好的，沒問題。是什麼樣的損壞？缺角還是破裂？」

「比較像是地板上出現一個大洞，底下有個隱藏的墓穴。」

「哇——這聽起來很有意思！其實今早有客戶取消了原本的約定，所以如果妳方便，我大概半小時就能到妳那裡？」

「這樣再好不過。謝謝妳。」

「等會兒見。」

我放下手機。搞定了一項。接下來，我不能繼續為了讓手機訊號出現三條小槓而冒著摔死或摔殘的風險。我得打電話給英國電信，然後……

「樓上那位，妳好啊！」

我嚇一跳，在窗臺上搖搖晃晃，抓住窗框。

「耶穌啊！」

我查看下方。一名光頭男子站在窗下，身上似乎是英國電信的制服。我剛剛忙著講電話，沒注意到有一輛廂型車到來。

「我在找一位布魯克斯牧師？妳是布魯克斯太太嗎？」

我微笑。上帝啊，謝謝祢。

「其實，我就是潔克•布魯克斯牧師。」

「噢，那好。我是法蘭克，來自英國電信。」

「而你，說真的，就是我的祈禱成真。」

※　※　※

英國電信的法蘭克在客廳牆上忙著接線、鑽孔時，我淋浴更衣。我正要下樓時，芙洛把她蓬頭垢面的腦袋從她臥室裡探出來。

「那是什麼噪音？」

「那個噪音象徵著我們重返文明社會。」

「網路？」

「沒錯。」
「哈利路亞。」
我打量她幾秒。那把小刀。
「妳的腿怎麼樣了？」
「有點痠，但沒大礙。」
「要不要喝茶還是咖啡？」
「咖啡比較好。」
「好。我等會兒拿一杯上來。」
她狐疑地瞪著我。「妳幹麼對我這麼好？」
「因為我愛妳。」
「而且？」
「我還需要別的理由嗎？」我綻放關愛的笑容。
「妳今天怪怪的。」說完，她又消失在臥室裡。
我走下樓，給她泡了杯奶香四溢的咖啡，放了一匙砂糖。我把頭探進客廳，查看法蘭克。
「狀況如何？」
「快搞定了，親愛的。然後我只需要去房子外面，檢查一小段路外的線路連接。」
我禮貌地微笑，逼自己別因為被人叫「親愛的」而不高興。
「謝了。你無法想像我們多麼高興又有網路可用。」
「這其實滿有意思的，我從沒想過牧師也要上網。」
「這個嘛，森寶利超市的網購服務不接收祈禱下單。」

他瞪著我，然後尷尬地哈哈笑。「噢，的確，這個笑話好笑。」他環視周圍。「其實，我還記得以前住在這裡的那個人。」

想也是。畢竟是小村莊。就連英國電信的員工也是本地人。

「弗萊徹牧師？」

「是啊，他是個好人。可惜發生了那種事。」

「是的，非常令人難過。」

「說真的，我當時還以為那就是句點。」

「什麼的句點？」

「這裡啊，這間禮拜堂。」

「為什麼？」

「這個嘛，他們曾一度要出售它。」

這對我來說是新聞。「真的嗎？」

「是啊。那個老牧師——馬希——退休後，禮拜堂關閉了一年多。後來，羅希頓牧師為了保住它而發起活動。他們得到了一大筆捐款，決定保持禮拜堂開放。」

「這個嘛，這真的很幸運。那個慷慨解囊的捐款人是誰？」

「本地人，賽門・哈珀。沒想到他是虔誠的類型，但我猜重點是這個村子的歷史吧？」

「的確。」我說。

「好了。」他站起身。「我去路上看看，很快回來。」

「好。」

我拿著芙洛的咖啡上樓，陷入沉思。所以，賽門・哈珀捐了一大筆錢給教會。羅希頓有說過那個家族為了教會「做了很多」。他顯然是指出錢這件事。但我不禁好奇：為什麼？為了讓他自己臉上增光？還是為了別的目的？

我敲敲芙洛的門。

「進來。」

我走進。她癱在床上，戴著耳機。我把咖啡放在她的床頭櫃上。

她咕噥：「謝了。」

我等候。她注意到我在原地逗留，於是拿掉耳機。

「怎麼了？」

那把小刀。

「我只是有件事想問妳，關於昨晚？」

「……喔？」

「妳昨晚跟瑞格理在屋裡的時候，從頭到尾都沒分開嗎？」

「是的，為什麼這麼問？」

她回答得太快了。她在說謊。

「所以，他沒上廁所之類的？」

「也許吧。妳問這麼做啥？」

我聳個肩。「他沒把馬桶坐墊放下。」

「這是犯罪嗎？」

「在這個屋裡是。」

她瞇起眼睛。「妳到底為什麼問這個？」

我遲疑。我不想在沒有證據的情況下指控瑞格理，也不想又跟女兒吵架。幸好，前門的敲門聲救了我。法蘭克。

「我最好去應門。」我說。

「請便。」她戴上耳機。

我還是得到了答案。看來我得再跟年輕的盧卡斯・瑞格理談談。我小跑下樓，打開門，以為會看到法蘭克的光頭在陽光下閃閃發亮。但站在門口臺階上的是一名短髮的年輕女子，T恤袖口的胳臂上有著骷髏紋身。她有點眼熟。

「我們又見面了。」她說。

我恍然大悟。她就是我在村公所見過的年輕女子。克絲蒂？

「噢，嗨。我能如何幫妳？」

「我正想問我能如何幫妳呢。」她拿起一個大型工具箱，其中一側寫著「TPK石匠」。

她露齒而笑。「妳說有個隱藏墓穴？」

第三十八章

他們沒有孩子。

但他們確實有一隻狗，是隻棕白相間的小　犬，牠時而坐在男子的腳邊，盯著他正在吃的培根三明治，時而激動地用爪子抓著客廳門。

「別鬧。」他對狗說，然後扔給牠一小塊肥培根。

狗看著門，嗚咽幾聲，然後小跑過來，吃掉培根。

人類最好的朋友，他心想。才怪。狗的忠誠始於食物，也終於食物。但說真的，這只犬可能不太明白，牠的主人以後再也不會帶牠去散步了。

他瞥向門扉。他不是有意這麼做，但別無選擇。他到達農場時，腳踝已經痛得幾乎動彈不得。就算他能說服屋主讓他進去，也完全無力壓制對方。他唯一能做的，只有先發制人。他在屋外的一個小棚子裡，發現嵌在原木上的一把斧頭。他能透過露臺的門看到裡頭的住戶。門根本沒鎖。屋主是老人，太缺乏防人之心，忽略了可能潛伏在屋外的威脅，就算這裡是荒涼之地。

他下手得很快，血腥又俐落。那兩人原本背對著他，都坐著看電視。他一揮斧頭，幾乎將老婦的白髮腦袋徹底砍下。她的丈夫，同樣蒼白瘦弱，正要站起來，但被他用斧子劈開了胸腔。他揮出的最後一擊，幾乎把老翁的頭殼劈成兩半。　犬歇斯底里地狂吠，他拿著滴血的斧頭轉向牠時，牠已經逃跑，躲進牠的板條箱裡。

他盯著破舊地毯上血淋淋的雙屍。不到兩分鐘，這兩人的生命就遭到扼殺。但他的邏輯是，他們很老了，已經活了一輩子，他大概只是讓他們的壽命提前幾年結束而已。他並不覺得內疚。這麼做是必要的。

他來到樓上，在洗手間裡尋找止痛藥。挑老人下手的另一個好處，是家中藥櫃裡塞滿了藥物。他吞下四片可待因藥片，然後回到樓下尋找酒精。他在廚房的櫥櫃裡找到兩瓶雪利酒，還有一瓶像樣的白蘭地。他打開白蘭地，大灌幾口。最後，他躺在他們的寬敞雙人床上，閉上眼睛。

他作了夢。夢見很久以前的一棟屋子。夢見他的姊姊。他哭泣時，她會來到他的床上，蜷縮在他身邊，摟著他，唱那首關於明天的歌給他聽，直到她在某個晚上離開他，一去不回。

※　※　※

他吃完三明治，伸手要拿茶杯，但改變心意，拿起先前打開的雪利酒。他大灌一口，品嚐流過喉嚨的灼燒甜味。

他的腳踝仍然是黑紅色，而且比之前腫脹得更厲害。皮膚看似裂開，他越來越相信腳踝真的斷了，但是藥片和酒精讓他幾乎沒注意到疼痛。

不過，他知道自己渾身散發臭味。他覺得該洗個澡。然後，他要開老夫婦的豐田車去查博克弗特村看看。他已經把車鑰匙放在餐桌上。他已經很久沒開車了，但這是一輛新車，他希望它是自動排檔。老人應該都是開自排車吧？

他再次拿起雪利酒的時候……渾身緊繃。他似乎聽見什麼聲響。某輛車的引擎聲，輪胎壓過碎石車道。犬從廚房裡跑出來，穿過拱門來到門廳，拚命吠叫。他從椅子上站起來，

跟上　犬。木門旁邊有一扇小窗。他窺視窗外。

果不其然，一輛銀色的尼桑汽車停在車道上，車身上寫著「凱希清潔公司」。怎麼辦？他是可以不開門，但她應該有鑰匙。而且該死的狗正在狂吠連連。媽的。

他看著一個身形苗條的女子下車，看起來三十多歲，一頭深金色的頭髮。他看向客廳，那把斧頭還嵌在老翁的頭上。他瘸拐走進廚房，拉開餐具抽屜，選了一把鋒利的麵包刀，然後走回前門，心跳急促。

他窺視窗外。女子來到後車廂，拿出一個亨利胡佛吸塵器，連同一箱清潔用具。她提著箱子來到前門。他的手握緊了刀。她把箱子放在門口的臺階上，然後走回車旁，關上後車廂，拿起吸塵器，然後停了下來，似乎想起什麼。她打開後門，拿出一件印有公司標誌的紫色束腰外衣，套在身上的T恤上。他瞪眼凝視。汽車的後座上有一個嬰兒座椅。

她鎖了車，喀啦作響地踩過碎石地，走向前門。他低頭看著自己手裡的刀，然後看著前門。他看到上頭有一條防盜門鏈，於是迅速將它扣上，然後他後退。門鈴響起。　犬拚命抓門，瘋狂吠叫。他聽見她說：

「哈囉，小糖果，妳還好嗎？」

她再次按門鈴。他爬上樓梯，坐在樓梯平臺上，遠離女子的視線範圍。他聽見她把鑰匙插進鎖孔、推開門。門被門鏈拉住。

「哈囉——蘿茲、喬夫？你們扣上了門鏈？」

小狗抓撓門縫。

「嘿，小糖果。放輕鬆，親愛的。」

她又試著推門。他聽到她嘖了一聲。她為什麼不離開？她在做什麼？他獲得了答案——

屋裡突然響起手機鈴聲，響了五聲後停止。他聽見她的嗓音從外頭傳來：

「喂，我是凱希。我已經來到府上，可是進不去，門被扣上了門鏈。你們的車還在這裡。你們還好嗎？回個電話給我。我先走了，但我可以晚點再來。先這樣。掰。」

他等候。

「掰啦，小糖果。把鼻子縮回去喔。」

她關上門，他聽著她吱嘎吱嘎地踩過碎石、走向她的車。幾秒後，他聽到汽車開走。他安心地嘆口氣。

他走進廚房，拿起豐田車鑰匙。廚房和屋子的一側之間有一扇門。他輕輕打開這扇門，在農舍周圍蹣跚走動。

你不能開走這輛車。

為什麼？

因為警察在發現屍體後，最先尋找的就是這輛車。

他的心往下沉。當然。在這一刻，沒有人知道他是誰、是什麼模樣。但如果他開走這輛車，警察就會尋找它。車子可不容易藏匿，就算放火燒毀也一樣。

他環顧四周，然後他看到了：一輛腳踏車，斜靠在木棚上。他快步上前，抬腿跨過鞍座。雖然腳踝有傷，但他勉強能踩踏板。　犬在屋裡狂吠嚎叫——聲音大到足以讓一小群寒鴉從屋頂上站起來，發出嘎叫聲。他真該殺掉那隻狗。

他凝視著農舍，若有所思。然後他騎著車離開車道，輪胎激起碎石。狗的嚎叫聲在他身後迴盪。

第三十九章

「我以為妳在村公所工作？」

我們從小屋走到禮拜堂。我請芙洛轉告法蘭克上哪能找到我。

「其實我只是在咖啡館幫忙，」克絲蒂說：「我奶奶生前很喜歡咖啡早晨，所以我想在這方面幫點忙。青年俱樂部也是。我還是青少年的時候很喜歡去那裡。」

「真不錯。而石匠才是妳的正職工作？」

「算是。我跟我爸和我哥一起經營這家公司。我們有時候忙著處理一個大案子，其他時候閒得發慌。」

「了解。總之，我很高興妳現在正好閒得發慌。」

我打開禮拜堂的門，走進去。

克絲蒂環視周圍。「我總是覺得這個地方有點陰森詭異。」她瞥向我。「抱歉。無意冒犯。」

「別在意。」我微笑。「妳說的是事實。」

我們走過教堂中殿的走道，凝視著地板上的洞。克絲蒂倒吸一口涼氣。

「哇哦。好吧，這裡真是一團亂。」

「的確。」

「而且我指的不只是坑洞，雖然那確實是一團亂。」她屈膝跪地。「我指的是這一塊的砌石工程。試著修理這一處的那人做得真的很差勁。」

她打開工具箱，拿出一把鑿子，戳了戳搖搖欲墜的石塊。「草率無章。石材是便宜貨，是現代產品，但不是真材實料，而且水泥混合得不好。」她皺眉。「還有，我懷疑他們究竟知不知道自己在做什麼。看起來，這一處的地板底下的木材已經腐爛了。他們不該試著在腐爛的地基上鋪石板。地板一定會再次塌陷。幸好沒有人整個掉進去。」

「我差點整個掉進去。」

我們倆都轉身。芙洛站在門口，一瘸一拐地朝我們走來。「我的腳直接穿過地板。」

「我靠，」克絲蒂說：「妳還好嗎？」

「嗯。幸好只是擦傷了腿。」

「妳很幸運。這整塊地板隨時可能崩塌。」

芙洛在旁邊的長椅上坐下。

「法蘭克離開了嗎？」我問她。

「嗯。他說網路大概一小時後應該就能用。」

「喔，很好。」

克絲蒂坐在地板上。「那麼，我們首先要做的，是搬走這些廉價石板。」

「然後我們就能下去？我想看看那些棺材。」

「我需要確保這麼做安全。妳絕對不會希望整個天花板塌陷在妳頭上。」她把手電筒對準洞裡。「我能看到一些臺階，所以我猜原來的入口就在我們的左手邊。我還是搞不懂這裡為什麼被鋪平。」

「我也是。」我說：「妳覺得這裡大概是多久以前被鋪平？」

「看起來應該是最近幾個月。」

幾個月？也就是弗萊徹還在這裡的時候。我突然想到箱子裡的建築平面圖。是他發現了墓穴？也許他發現了能進入墓穴的路？但為什麼要用石板和水泥把這裡封起來？

「接下來……」克絲蒂從工具箱裡拿出一把錘子和另一把鑿子，連同護目鏡和防塵面罩。「妳們最好後退點。我要動工了。」

鑿石聲在空蕩蕩的禮拜堂裡迴響。這陣聲響撼動我的身子，簡直就像有人拿鑿子敲打我的骨頭。我瞥向芙洛。她眉頭緊皺，用手指塞住耳朵。

克絲蒂再次用錘子敲打鑿子，然後拉起一塊鋪路石板。「應該快好了，」她說：「這東西脆弱得就像紙漿。」

可惜敲擊聲聽起來不像紙漿。她在鋪路石的另一個角落上用錘子敲打鑿子時，我忍不住皺眉。這一次，整塊地板瓦解，掉進變得更寬的洞裡。我聽到石塊砸進底下的墓穴。

克絲蒂拉下面罩，查看自己的工作成果。「接下來，如果我掀起這塊更舊的石板，應該就能揭露階梯的頂部。」

她彎下腰，開始舉起石塊。我上前幫忙。

「小心，」她說：「我們可不想損壞這塊石頭。」

在我們的扭動下，石塊脫離了鬆散的水泥。

「一，二，三……」克絲蒂說：「抬。」

我們抬起石塊——我感覺背痛——把它放在一邊。

「哇哦。」芙洛咕噥，湊得更近。

我們凝視坑洞。搬走鋪路板後，我們發現了一條陡峭崎嶇的階梯，向下進入拱形地道。

克絲蒂立刻蹲下，用手電筒檢查地道的頂部。「地基的其餘部分看起來還行，只有這一塊腐爛。」

「了解，」我從口袋裡掏出手電筒。「我先下去。芙洛，我覺得妳最好留在上面。」
「才不要。」她雙臂抱胸。「我們一起下去。」
跟她吵也只是浪費時間。我熟悉她的眼神。是我發明了那種眼神。
「好吧。我們一起下去。」
我打開手電筒，小心翼翼走下石階。階面的寬度只能勉強容下我的半隻腳，旁邊也沒有任何扶手能保持平衡，只有光滑微濕的弧形牆壁。我猜這裡原本一定裝了一扇地板門。
「小心腳下。」我對緊緊跟在我後面的芙洛和克絲蒂說。
手電筒照亮前方大約四、五步。我的肩頭擦過磚塊。我接近底部時，墓穴變得寬敞。我站直身子，用手電筒掃射周圍。我聽見克絲蒂吹口哨。這個地下空間又小又窄。我們頭上的天花板呈弧形。墓穴其中一側的拱頂下，放著三具棺材。
芙洛咕噥。「氣氛有夠吸血鬼。」
我微微感到一陣寒意。這當然荒謬。我可是牧師，本來就很常面對死人和棺材。但在這裡，在地底下，在黑暗中……
「看來這裡是墓穴。」克絲蒂說。
「這類地下空間大多都是墓穴，」我說：「基本上就是為村莊或城鎮的重要人物準備的精美墳墓。」
好奇心現在戰勝了幽閉恐懼症。我走到棺材前，用手電筒對準它們。它們都有點發霉、變形，但只有最上面那具已經徹底裂開，露出裡頭的人。
也許裡頭的人曾試圖挖出一條出路？
我把這個毫無用處的雜念推到一邊，試著集中精神。每個棺材的頂部都有一塊輕微腐蝕的黃銅牌匾，上面刻著死者的名字：

詹姆士・奧斯華・哈珀，1531–1569。伊莎貝爾・哈珀，1531–1570。最後是安德魯・約翰・哈珀，1533–1575。

哈珀家族的墓穴。但我總覺得不對勁，覺得哪裡怪怪的。

「這不合理。」我說。

「為什麼？」芙洛問：「妳剛才說有錢人家的棺材都放在墓穴裡？」

「是的，但據說哈珀家族是薩塞克斯殉教者，因為拒絕放棄他們的宗教而被燒死在火刑柱上。」

「沒錯，」克絲蒂說：「他們的名字就在紀念碑上。我們去年才將紀念碑修復完畢。」

這就是為什麼我覺得不對勁。紀念碑上的名字。同一批名字。如果那幾個哈珀成員是燒死在火刑柱上，又怎麼會被埋葬在這裡？

「查博克弗特村的大掃蕩是什麼時候發生的？」

「噢，我們在學校學過，」克絲蒂說：「查博克弗特新教徒掃蕩，是發生在一五五六年的九月十七日晚上。」

我指向棺材上的牌匾。「那為什麼他們的死亡日期不一樣——晚了超過十年？」

我們都瞪著棺材。

「所以，妳認為他們其實並不是以殉教者的身分被燒死？」芙洛問。

「看起來不像。」

看起來比較像有人決定改寫歷史。這麼做也非常容易。十六世紀的歷史紀錄保存得很差。羅希頓不是說過，大多數的教區紀錄都毀於大火？

歷史是由殘酷者寫下。

「可是每個人都知道哈珀家族是薩塞克斯殉教者，」克絲蒂說：「這算是大事。如果這不是事實……」她欲言又止。

如果這不是事實，那麼哈珀家族之名將被永久玷汙。這甚至可能意味著，就是他們為了自保而背叛了焚身少女。這對小村莊來說絕對是大事。賽門・哈珀知不知道他的家族名聲是建立在謊言上？所以他「捐錢」給教會？為了隱藏這個謊言？但如果是這樣，這就表示教會*之中一定有人同謀*，幫忙掩蓋這件事。

我瞪著詹姆士・奧斯華・哈珀的顱骨，狀況好得令人驚訝。我皺眉，然後把手電筒對準棺材裡頭。*怎麼搞的？*

「克絲蒂，妳能不能把妳的手電筒照過來？」

「沒問題。」

「怎麼了？」芙洛問。

我沒答覆，只是把手電筒咬在嘴裡，用雙手拉扯破損棺材的破裂木塊。

「媽，」芙洛顯得擔憂。「妳在做什麼？」

我呻吟出力，再次拉扯。一聲木頭斷裂聲迴響，整個木棺蓋為之脫落。我蹣跚後退，緊抓著破損的棺蓋。棺材向一側傾斜，一具骷髏身軀從中滾出。

芙洛大叫一聲。就連克絲蒂也咕噥：「哇靠！」

我瞪著地上的遺體，然後回頭看著棺材，裡頭躺著一具腐壞得更嚴重的棕色骷髏。我看到了。第二顆顱骨。棺材裡有第二具遺體。

「什——為什麼會有兩個？」克絲蒂驚呼。

好問題。我蹲在第一具骷髏旁邊。這具只有稍微發黃，身上是黑色的牧師法衣和白色項圈，一縷縷金髮依然緊貼著頭皮。然後我注意到別的東西。

一根手指上有一枚厚實的銀質印戒。

我上前輕輕抬起骷髏的手指，更仔細觀察。戒指正面刻著一位手持十字架和劍的聖徒，圓面周圍刻著拉丁文字：

Sancte Michael Archangele，defende nos in proelio。

大天使聖米迦勒，在戰鬥中保衛我們。

我感到一陣暈眩。我往後歪斜，一屁股坐在地上。

「媽？」芙洛的嗓音聽來模糊。「妳還好嗎？妳發現了什麼？」

我點頭，但我並不好。

我覺得我們發現了失蹤的助理牧師。班傑明・格雷迪。

她的窗戶傳來嘎啦聲。骷髏指甲刮過玻璃。

梅樂從床上坐起，迷迷糊糊地眨著眼睛。她的房間充滿陰影。月光在窗外搖曳。

吱嘎，喀啦。吱嘎，喀啦。

不是手指。而是小石子。石頭。

她走過房間，拉開窗簾，向外張望。看到站在窗下的身影時，她瞪大眼睛。喬伊。她一把拉開窗戶。

「妳怎麼跑來了？」

「我需要見妳。」

「在大半夜？」

「只有這個辦法。拜託。」

她考慮一會兒，然後點點頭。

「在那裡等著。」

她抓起睡袍，躡手躡腳地走出房間。她能聽到隔壁房間裡的鼾聲。媽媽喝完茶後喝光了兩瓶酒，現在應該睡死了。儘管如此，梅樂還是下意識地屏住呼吸，慢慢走下樓梯，走出後門。夜風穿過她薄薄的睡衣，感覺涼爽。

「怎麼回事？」

喬伊開始大聲啜泣。「真的對不起，我讓妳失望了。」

梅樂緊張地回頭瞥向房子。「別哭。跟我來。」

她們走到院子的盡頭，在井附近的破牆上坐下。

「我真的笨死了，」喬伊啜泣。「我以為他是好人，但他其實是魔鬼。」

「誰？妳在說誰？」

喬伊只是搖頭。「妳還記不記得我們之前討論過的？逃家？」

梅樂記得。但她們最近很少討論這件事。她們最近很少見到彼此。

「我以為妳改變了心意。」

「沒有。妳還想離開嗎？」

她想到媽媽。媽媽的狀況變得更嚴重了。那天晚上，媽媽確信梅樂被附身，需要驅魔。

梅樂看到浴缸裡裝滿冰水，就跑到樹林裡躲了起來。

「是的。」她態度堅定。

「什麼時候？」

她思索片刻。「明天晚上。收拾行李。在這裡跟我會合。」

「錢怎麼辦？」

「我知道我媽在哪裡藏了一些錢。」

「我們要去哪？」

梅樂微笑。「去一個永遠不會被他們找到的地方。」

第四十章

他感覺花了很長時間才從農舍騎車到查博克弗特的郊區，就算一個破舊的白色告示牌告訴他距離只有五哩。

他的頭因雪利酒而抽痛（嚴格來說是因為停止喝雪利酒而抽痛），他的腳踝感覺就像著火。他好幾次停下來喘氣，徒勞地揉揉腳踝。發炎的區域正在擴散。紫紅色皮膚從襪子底下凸起，瘀色沿小腿往上延伸。但他必須繼續前進。

他一度在某個階梯附近休息。他看到階梯另一邊是給羊喝水的水槽。他爬過階梯，把臉伸進水槽裡喝水。水呈棕色，帶有酸味，但相對冰涼，而且稍微能解渴。

他沿一道長彎騎行，終於看到了。一段距離外的白色禮拜堂。一定就是了。他感到興奮。這麼近。然後他看到停在外面的一排警車，身著制服的警察，路邊的警戒線。

怎麼回事？他們為什麼在這裡？她出了什麼事嗎？

他低下頭，繼續騎車。拉開了安全距離後，他跳下車，用腳架立著車子，蹲在旁邊，假裝修理鏈條，同時偷偷觀察禮拜堂。

然後他看到她。這是他十四年來第一次看到她，她和一個老婦人、一名高個子的男子，還有一個十幾歲的女孩一起走向小屋。她的女兒。他激動不已。震驚。那個女兒長得真像她小的時候。安心。她在這裡，而且看起來很平安。困惑。*為什麼這裡一堆警察？*

不可能跟他在農舍做的事有關。警察不可能這麼快就發現屍體。但他有種不祥預感。他搞砸了。他真該留在那個穀倉裡，遠離人們。如此一來，就不會有人受到傷害。現在唯一對他有利的是，沒人知道他是誰、他長什麼樣子，可是這點遲早會改變。而且他衣服又破又髒，腳踝嚴重紅腫，不可能不引起注意。他需要另外找個地方躲起來，打理自己，而且想辦法。

何必？她如果愛你，就不會在乎你是什麼模樣。你在怕什麼？

沒什麼。他什麼也不怕。他只希望自己沒白來一趟。一定沒有。不過……

……她可能會再次拒絕你。再次離開你？

不。他做過壞事。他犯過錯。但經過這麼多年，她一定原諒了他，正如他原諒了她。

他重新騎上自行車，再次騎行。這一次，他來到村子另一邊才停下來。這條路空無一人，兩邊只有田野和牛隻。他左邊有一道柵門，布滿鏽斑，用掛鎖鎖著。一條帶有車轍、雜草叢生的小路遠離馬路，消失在更多糾結灌木叢中。在散亂的樹枝上方，能勉強看到一個老舊的屋頂尖端。

他推著自行車來到門口。考慮幾秒後，他把車子丟到一邊，然後沿著小路進去。

每個城市、村莊和郊區都有廢棄建築。他在街頭流浪的時候學到這一點。出於某種原因，沒人處理這種地方，嚴格來說是沒人想處理這種地方。

就算在最富裕的社區，也會有一處空置的住宅，未曾售出。可能是因為法律問題或繁文縟節，也可能因為某些建築物就是不想被人居住。它們的牆壁吸收了太多痛苦和悲慘，多得滿溢而出，滲過每一塊破裂磚塊和扭曲地板。無人居住，也無法居住。不可進入。這裡不歡迎你。別過來。

就像這個地方。

他凝視著這棟廢棄的房子。漆黑的窗子瞪著他，下垂的屋頂就像怒目而視的眉毛。門扉隨著一聲無聲尖叫打開。

他踏過長長的草葉，朝屋子走去。他從門口窺視屋內，然後走進去。小屋裡陰森黑暗。即使日正當中，陽光也無法伸及室內。屋裡陰影太深，黑暗緊緊占據室內每一寸空間。

但他不在意。他也不在意這裡的怪味、地板上的扁罐頭和菸蒂，或是二樓牆上的怪異塗鴉。

他綻放笑容。

他回到家了。

第四十一章

「很難百分之百肯定，但它看起來確實像同一枚戒指。」

穿著便衣的戴瑞克警探把照片放回廚房餐桌上，然後摘下眼鏡。他五十多歲，身形高大，面容和藹。他看起來比較適合種菜，而不是調查謀殺案。

「所以，真的是他？格雷迪？」瓊恩端著咖啡，看著他，眼睛明亮。

我報警後就立刻打電話給她。她堅持直接開車過來。「我上一次感到這麼興奮，是有人駕駛馬車撞上我的屋子。」

戴瑞克對瓊恩微笑。「格雷迪可能有把戒指給了別人，或是被偷——」

她輕蔑地嗤之以鼻。我強忍笑意。有時候，我真希望自己能更老一點，這樣我就能毫不在意地做出不禮貌的舉動。

他承認：「那具遺體很可能就是班傑明‧格雷迪。但在鑑識小組能仔細分析骸骨和衣物之前，我們無法肯定。」

我望向窗外。一名穿制服的警察看守著禮拜堂的入口，另一名警察站在人行道上，靠近墓地的柵門。警方已經在路邊拉起了警戒線。稍早前，我看到鑑識小組和一名攜帶小型照明設備的攝影師一起進入禮拜堂。我想像他們放置標記，拍照，收集證據。我猜這間禮拜堂上一次這麼繁忙的時候，是在殉教事件期間。芙洛站在墓地，看著正在發生的一切，用手機偷拍下來。

「格雷迪是在三十年前失蹤，」瓊恩說下去：「一九九〇年五月。在那不久前，梅樂和喬伊這兩名本地少女也失蹤了。你知道這件事嗎？」
「我知道這個案子。」
「你們也正在禮拜堂裡尋找其他人的遺體嗎？」
「墓穴裡的其他遺體似乎來自更古老的年代。」
「這個案子會重新調查嗎？」她追問。
「除非我們獲得新證據——」
「教堂墓穴有個死牧師，你還需要多少證據？」
這一次換我忍不住噗哧一笑，結果咖啡從鼻孔裡噴出來。
戴瑞克臉上的笑容更為緊繃。「就目前來說，揣測無濟於事。但是，我們會需要過去三十年間曾在這裡工作，或曾進入禮拜堂的每個人的姓名。」
「教會紀錄在辦公室的檔案櫃裡，」我說：「不過我不確定那些紀錄有沒有那麼久遠。」
「從一九八〇年代到五年前，馬希牧師一直是這裡的牧師，」瓊恩說：「他雖然患有嚴重的亨丁頓舞蹈症，但他可能有留下一些文件。」
「他兒子亞倫是教會委員，」我補充道：「應該能幫忙。」我停頓。「而且羅希頓牧師在鄰村的沃伯勒格林當了將近三十年的牧師。」
戴瑞克把這些情報都記錄下來。「謝謝。我們會跟他們兩位談談。」他闔起筆記簿，轉向我。「這次發現想必令各位非常震驚。」
「一點也沒錯。」
「而且妳才剛上任一星期！」
「這一星期確實……發生了很多事。」

「那麼，妳如果想到別的線索，這是我的名片。」

他把名片遞給我，我收進口袋。「謝謝你。」

我送他出小屋，目送他大步走向禮拜堂。我環視墓地，忍不住咒罵。路邊那名警官似乎被幾個好奇的村民攔住了。與此同時，一輛破舊的MG車停在警車後面，一個熟悉的身影站在人行道上用手機拍照。

我沿小徑走向麥克・薩德斯。他對我微笑揮手。

「你跑來這裡做什麼？」我粗魯地質問。

他收起笑意。「呃，來做我的工作。教堂墓穴裡藏了一具屍體？這對本地報紙來說是大新聞。」

「是誰跟你說了屍體的事？」我問：「不，等等，讓我猜猜——克絲蒂？」

他至少還懂得臉紅。「她是好像有提到過。抱歉——她不知道這件事必須保密。」

「嗯哼。」

他好奇地看著我。「哪裡有問題嗎？」

「你的意思是——除了這一切之外？」我指向警戒線。

「抱歉，蠢問題。」

我嘆氣。我這樣對他並不公平，他只是在盡本份。可是，警察、媒體……這給我喚起了不好的回憶。

「聽著——這一切只是讓我暫時有點難以消化。」

「我能想像。他們知道那具遺體是誰嗎？」

「不知道。」

「所以那不是班傑明・格雷迪，在三十年前失蹤的助理牧師？」
我瞪著他。「無可奉告。」
「他是不是被謀殺的？」
「你在訪談我嗎？」
「不是。這個嘛——」
我雙臂抱胸。「我真的什麼也不知道。所以，也許你拍了照片就該回去了。好嗎？」
他的臉色變得封閉。「好。」
我轉過身，跺著腳走過小徑，回到小屋。我把剛剛的局面處理得很糟，但我在這一刻不在乎。我進入廚房的時候，瓊恩抬頭：「一切還好嗎？」
「嗯，還好。」我擠出笑容。「要不要再來一杯咖啡？」
她搖頭。「不，我該走了。妳在這兒已經有很多事要煩。」
「妳不用——」
「如果我吃到八十五歲有學到什麼教訓，就是不要叨擾人家太久。」
她緩緩起身，然後望向窗外。
「我把格雷迪想錯了。」她喃喃自語。
「怎麼說？」
「這些年來，我一直以為他跟女孩們的失蹤有關。但如果他早就死了，也就應該沒有嫌疑了，不是嗎？」
「應該吧。」
她轉過身，一臉愁煩。「可是有人早就知道格雷迪躺在地底。那個人很可能是教會裡的某個人。」她把枯瘦的一手放在我的手上。「小心點，潔克。」

※　※　※

「妳覺得他發生了什麼事？」

芙洛的視線從她那碗義大利麵上方投向我。現在剛過晚上七點，警察和鑑識小組在一個多小時前已經完成了在禮拜堂的工作。犯罪現場的警戒線依然掛在禮拜堂門上，我被告知把門鎖好。

我用叉子戳起一塊青花菜。「誰？」

她慢慢翻個白眼。「那個遺體。墓穴裡。格雷迪？」

我思索片刻才答覆。「這個嘛，我認為這是警察的工作。」

「妳不會感到好奇？」

「當然會。」

「他是不是被謀殺的？」

「這個嘛，他不是自己爬進那口棺材。」

「我的意思是，怎麼會有人謀殺牧師——」她突然住口，以震驚的眼神看著我。「抱歉，媽。我不是故意——」

我勉強微微一笑。「沒關係啦。至於妳的問題，我只能說人殺人是出於各種理由，有些我們能理解，有些不能。」

一陣漫長沉默。芙洛把碗裡的麵條推來推去。「如果有人做了壞事，是不是表示這個人從頭到尾是個壞人？」

「這個嘛，這就是為什麼耶穌強調我們要寬恕人。」

「我不是在討論耶穌或上帝，而是在問妳怎麼想。」

我放下叉子。「我認為做壞事不等於當壞人。我認為我們每個人都有能力做壞事、行惡。這取決於情況，還有我們被逼到什麼程度。可是如果你感到內疚，如果你尋求寬恕和救贖，這就表明你不是壞人。我們都應該被給予能改變的機會，彌補我們的過錯。」

「就連殺了爸爸的那人也是？」

我們只有在她七歲時討論過喬納森的遭遇一次。當時，一個朋友的母親剛死於癌症。芙洛想知道她父親是不是也是死於疾病。我雖然很想撒謊，很想說他是病死，但還是盡我所能地回答了她的疑問，而這件事似乎就此結束。喬納森死時，芙洛還太小，所以不太記得他，我猜這就是為什麼她對他的死沒有多大的感受。但我承認，我有時候不禁會好奇——甚至害怕——她有一天會開始問更多問題。

「是的，」我小心翼翼地說：「就連他也是。」

「所以妳去監獄裡探望他？為了原諒他？」

我遲疑幾秒。「犯錯的人必須想要寬恕，必須想要改變。殺了妳爸爸的那個人，他做不到。」

「妳說過他有毒癮。」

「是的。」

「所以，他如果戒了毒，或許就能改變。」

「或許吧。妳為什麼現在問這個？妳在想什麼？」

「也沒什麼……」

「妳知道妳有什麼煩惱都能告訴我。」

「我知道。」

「這是不是關於瑞格理？」

她在心中豎起屏障。「妳為什麼這麼說？」

「我只是好奇——」

「又來了。妳是不是不喜歡他？」

「我在這方面還沒做出決定。」

「因為他有肌張力不全症？」

「不是。」

「妳覺得他不正常、不夠好。」

「不是。別誣賴我。」

「他昨晚救了我。」

因為他當時在禮拜堂周圍鬼鬼祟祟，我很想這麼說，但沒說出口。我又想到不知去向的骨柄刀。

「芙洛，我原本不確定是否該提這件事，但昨晚我的房間裡少了個東西。」

「什麼東西？」

「驅魔道具的那把小刀。昨晚家裡只有妳和瑞格理在。」

她瞪大眼睛。「妳認為是瑞格理拿走的？」

「這個嘛，我猜不是妳拿的？」

「不是。但能偷走它的人，也不是只有他一個。妳昨天整晚不在家。我被卡在禮拜堂裡，小屋沒上鎖，任何人都可能走進來。」

她說得有道理。「可是怎麼會有人會闖進來偷刀子？」

「那瑞格理又怎麼會偷走刀子？」

「我不知道。」

她瞪著我。她臉上充滿傷痛和困惑，我的心也痛。唉，十五歲的時候真的很辛苦。你會想相信這個世界非黑即白。但長大後才意識到，大多數的人都是在黑白之間的灰色地帶，都被卡在這裡，跌跌撞撞。

「芙洛——」

「不是他拿的，好嗎？他覺得帶刀子很蠢。好嗎？」

不，不好。但我無法證明，至少現在沒辦法。

「好。」

她把椅子從桌前往後推。「我回房去了。」

「妳還沒吃完。」

「我不餓。」

我無助地看著她氣沖沖走出廚房。樓梯吱嘎作響，然後我聽到樓上傳來甩門聲。棒透了。我沮喪地抓抓頭髮。我和芙洛平時其實很少吵架，但來到這裡後，一切似乎都很不順利，我的人生分崩離析。我拿起碗，把沒吃完的麵條刮進垃圾桶，然後把碗堆在水槽裡。

我需要抽根菸。我拿出菸草罐，在餐桌前迅速捲根菸，然後打開後門。我踏出屋外，但立刻猛然後退。

門階上有東西。又出現兩個樹枝娃娃。比之前的都大，而且做成坐姿，腿往前伸，雙臂抱胸。其中一個娃娃的頭部被植入幾縷金髮，另一個是黑髮。而且這兩個娃娃在動。它們微微橫向挪移，彷彿蠢蠢欲動。

怎麼回事？

我彎腰去撿，心跳急促。我這麼做的時候，一個又肥又白的東西從其中一個娃娃裡鑽出來，掉到地板上。

「我靠！」

我嚇得尖叫，丟下人偶，用牛仔褲擦擦手。

兩個娃娃爬滿了蛆。

第四十二章

臥室裡又熱又悶。我躺在床單上，赤身裸體。汗水流過我的頸項和乳房之間。我試著轉身，想躺在更涼爽的位置。但沒辦法。我的手腕和腳踝被綁在床柱上。我被俘虜了。我是囚犯。而且有人正在逼近。

我能聽到那人的腳步聲，正在慢慢上樓，越來越近。我驚慌失措。我試圖掙脫束縛，但徒勞無功。我看著門的把手轉動。門打開了。一個穿著深色衣物的人影走進，脖子上閃過一道白光，一隻手上有個綻放銀光的尖銳物。一把刀。

我聽見這個人呢喃：「Sancte Michael Archangele，defende nos in proelio。」

大天使聖米迦勒，在戰鬥中保衛我們。

我抬頭求饒。求求你，不要。求求你放我走。這個人俯身靠來。我在黑暗中看見這個人的臉，也立刻被恐懼席捲，因為這個人根本沒有臉，只有一大團扭來扭去的蛆蟲……

「啊啊啊！」

我驚醒，身上黏著床單，汗流浹背，失去方向感。我翻個身。時鐘顯示現在是清晨五點三十三分。我穿上慢跑褲，輕輕下樓。我沒拿出菸草罐，而是拿起沉重的鐵鑰匙，打開門，走過短短的小徑，前往禮拜堂。太陽在朦朧天空中就像一面微微發光的銀盤。溫暖的空氣撫摸我赤裸的雙臂。我能聞到茉莉花、淡淡的堆肥味，還有乾草味。這把我拉回到很久以前的另一個早晨。在那天早上，我站在路邊，害怕又孤獨，不知道該去哪裡。

警察叫我不要讓任何人進入禮拜堂，但沒說這是否包括我在內。我用鑰匙開了鎖，推開沉重的門扉。裡頭涼爽得令人欣慰。我走過中殿，坐在靠近盡頭的長椅上。墓穴的入口就像一張黑暗大嘴。警戒線仍然掛在邊緣。我瞪著坑洞。班傑明・格雷迪的長眠之處。他怎麼會在這裡？而且是誰知道他在這裡？

遮掩自己罪過的，必不亨通；承認離棄罪過的，必蒙憐恤。

我轉身走向祭壇，低頭禱告。過了一會兒，我覺得比較平靜，也比較有精神。信心並不是用之不竭的資源。信心也可能耗盡。每個牧師有時候都必須充值信心。最後，我站起身，在胸前畫個十字架，然後走出禮拜堂。

我知道我該怎麼做。

※ ※ ※

「巧克力盒」這種描述，搞不好就是為羅希頓家的小屋發明的。溫暖的紅磚在正午陽光下微微閃爍。屋頂鋪著整齊的茅草。小型鉛窗閃閃發亮，牆上的藤本植物綻放鮮花。這棟小屋緊鄰沃伯勒格林村的教堂，另一邊是一條小溪，它經過一家名叫「黑鴨」的本地酒館。

我能理解羅希頓為什麼深愛這個地方，也能理解他為什麼會為了保護他在這裡的舒適生活而採取一切手段。

他開門時，平時愉悅的臉龐變得陰沉，就連鬈髮也顯得扁塌。看到我的時候，他並不顯得驚訝。

「進來吧。克萊菈剛剛出門散步。」

他帶我走進屋子後側一個陽光斑斕的寬敞廚房。落地窗通往一個開滿鮮豔花朵的廣闊花園。一陣涼風吹來，讓我暫時擺脫了正午的熱氣。

「咖啡？」

「不用了，謝謝。」

他在我對面的桌位坐下，露出苦笑。「在妳開口問之前，我已經跟警察談過了……我欠妳一個道歉。」

「你早就知道墓穴的事？」

「是的。但正如我跟警察說的，我根本不知道裡頭有那具屍體。這點——」他搖頭。「令我震驚無語。」

「你是多久以前知道的？」

他長嘆一聲。「馬希牧師在我開始任職時跟我說過。他說他們是在前一年發現了墓穴，當時他們在搬運一些損壞的石板。但他們不會公開這件事，因為這會損害哈珀家族的聲譽。」

「因為他們的祖先其實不是殉教者？」

他點頭。「這對妳來說可能很奇怪，但對查博克弗特來說意義重大。就算在現在，有殉教者血統的居民還是深受尊重。沒有這種血統，則被視為低人一等。」

「但是真相一定比一個家族的自負心態更重要吧？」

「我當時好像也是這麼說。但馬希牧師問我，我知不知道是誰出錢修理禮拜堂的屋頂？是誰贊助教堂的慶祝活動？是誰支付了兒童團契的用具和設備？」

「哈珀家。」

他點頭。「他們每年都會捐不少錢給教會，就為了保存歷史。」

「所以，你同意幫忙掩飾？」

他又長嘆一聲。「我同意的是不揭穿。」

但是隱瞞真相一樣等同說謊。不過我不禁心想，我哪有資格評斷他們？

「還有誰知道？」我問。

「直到最近，只有我、亞倫和賽門・哈珀。」他停頓。「不過，弗萊徹牧師後來開始研究禮拜堂的歷史。」

「他找到一份建築平面圖的副本？」

「是的。他對禮拜堂有個墓穴的可能性感到非常興奮。某天早上，亞倫走進教堂，發現弗萊徹牧師打開了一半的地板，揭開了古老的入口。」

「而你做了什麼？」

「這個嘛，我試著說服他別把這件事洩漏出去。但他覺得墓穴和棺材是重要的歷史發現。所以，我拜託賽門・哈珀去跟他談。不管他說了什麼，顯然有發揮作用。弗萊徹答應不說出去，而且在不久後遞出了辭呈。」

「就這樣？」

「是的。我安排了一個我認識的瓦工封住入口。我以為事情就這麼結束了。」

「後來弗萊徹自殺了？」

「是的，很不幸的。」

「你還是覺得他是自殺？」

「是的，我是這麼相信。」他的語氣堅定，近乎惱怒。「妳不可能真的以為有人因為墓穴而殺了他吧？」

「如果他們知道裡頭藏著什麼，就有可能。也許他們擔心他太接近真相。」

羅希頓搖頭。「我熟悉這個村子，熟悉村民，這裡沒人幹得出謀殺這種事。」

「墓穴裡那具屍體就是反證。」我在他反駁前說下去：「你認為馬希早就知道那具屍體在墓穴裡嗎？」

「警察也問過我同樣問題，我是這麼回答他們的：馬希是個正直的人，非常虔誠，怎麼可能掩蓋謀殺案？」

的確。我思索事件的前後順序。馬希想必是在梅樂和喬伊失蹤時發現墓穴，而且格雷迪當時（據說）離開了村子。墓穴被封起之前的某個時間點，格雷迪的屍體被藏在裡頭。這個機會應該很短暫。如果教會之外沒有任何人知道禮拜堂裡有個墓穴，可疑人士的名單就很短。

「瓊恩跟我說過梅樂和喬伊的失蹤案，」我說：「據說班傑明・格雷迪差不多是在同一時間離開村子，只不過我們現在知道他根本沒離開。這兩件事有沒有可能有關聯？」

「我看不出來。那兩個女孩是逃家。」

「她們真的是逃家嗎？」

「潔克，拜託妳，別再這麼想。」他提高嗓門，臉龐越來越紅。「馬修就是犯了這個毛病。瓊恩給這個故事加油添醋，結果他信以為真，無可自拔。妳我都知道他後來有什麼下場。」

我盯著他，不確定他這番話是不是間接的威脅。

他深吸一口氣，試著擠出笑容，但那個「快樂牧師」的外表已經不再有效。「我明白妳為何感興趣，妳自然會有很多事情想問，但我們必須把調查工作交給警方。在這種時候，我們必須團結起來，為了教會也為了村子。」

「也為了哈珀家？」

「不管妳喜不喜歡，查博克弗特這種村子就是需要哈珀這種家族。他們的生意提供了許多工作機會，他們捐錢給慈善——」

「我明白，但為了討好一個家庭，你等於掩蓋了一起犯罪案。」

可能不只一起。

羅希頓狠狠瞪著我。「潔克，妳就從來沒有試著隱藏一些小真相，好讓自己或其他人的日子更好過？」

「這件事的重點不是我。」我站起來。「我該走了。」

他作勢要起身。

「不用送了，」我說：「我自己能出去。」

我走出小屋，回到炎熱明亮的陽光下。我把車停在一棵林蔭濃密的樹下，就在羅希頓家的車道上。即便如此，我爬上駕駛座時，還是覺得就像爬進微波爐。我搖下車窗，覺得炎熱、惱火，更糟的是覺得失望。我原本喜歡羅希頓，我很希望能信賴他，但我錯了。

我正要開車離去時，看到克萊菈走在一段距離外。她穿著短褲和登山靴，一邊肩上掛著一個大號帆布托特包。她在小屋的柵門前停步，胸口起伏，眼睛通紅。她在哭。我的本能要我去安慰她，但另一個聲音叫我不要這麼做。她是刻意在小屋外頭停步。她不想被她丈夫看見。

當然，她這麼難過，可能有上百種理由。但考慮到最近在禮拜堂的發現，我只能想到一個理由。格雷迪。而且那種眼淚不是為一個只是朋友的人而流。

在我的窺視下，她擦擦眼睛，整理一下雪白的頭髮，推開柵門。她這麼做的時候，帆布包從她肩上滑落，袋口敞開。

裡頭是成捆的樹枝。

第四十三章

芙洛把硬紙板固定在浴室的窗戶上。媽媽出門了，所以她決定趁自己獨占小屋的時候沖洗第二個膠卷。

她以為這或許能讓她轉移注意力，但發現沒多大幫助。也許她不該感到驚訝。她之前被燃燒的幽靈嚇壞了，差點掉進禮拜堂地板底下摔死，後來在墓穴裡發現一堆古老的骷髏和一個被謀殺的牧師。這裡簡直就像以女巫傳奇著稱的波士頓塞林鎮。

她小心翼翼地從浴缸上爬下來——她的左腿還有些僵硬——把放著底片的托盤放在馬桶座和地板上。她有點希望能趕緊搬離這個地方，回到諾丁漢，重拾正常生活。但她也有點享受這裡的陰森詭異。在墓穴裡發現骷髏，總好過在教堂門階上發現用過的注射針頭。也或許，只是或許，還有另一個理由讓她想留下來。那個理由有著一頭黑髮、一雙綠眼。瑞格理。

她喜歡他。而且，雖然她當然不是等著被英雄拯救的公主，但他昨晚確實救了她。但她真的能信賴一個承認試圖燒毀學校的男孩嗎？他那種舉動也太誇張了。而且刀子的事情是怎麼回事？她雖然跟媽媽說絕對不是他偷的，但其實心中也暗藏懷疑。她不禁為此擔憂，就像心裡有一根倒刺。也許這就是為什麼她昨晚很氣媽媽，因為她不想承認媽媽有可能是對的。

今天早上，她們倆在吃早餐時，勉強維持了一種不自在的休戰狀態。說真的，媽媽顯得疲憊，芙洛也覺得有點慚愧。芙洛不喜歡母女之間氣氛緊張，但媽媽真的一直在找瑞格理麻煩。芙洛搞不懂，為什麼媽媽就不能給他一個機會。也許不管芙洛喜歡哪個男生，媽媽都會是同樣態度。但她總覺得還有別的原因。這個地方就是有某種影響力。

芙洛真希望有個能商量這一切的對象。她考慮過傳訊息給凱莉，但意識到根本不知道該說什麼好。這裡的狀況跟諾丁漢完全不一樣，感覺就像兩個不同的世界。

幾天前，她終於有時間在咖啡館裡用 Snapchat 給朋友們發訊息，卻發現自己對他們熱衷的話題感到莫名冷淡。那些話題顯得無關緊要，甚至無趣。而且她總覺得，他們對她描述的查博克弗特村也是同樣感想。里昂甚至懶得假裝對她的話題感興趣，而是忙著跟她大談八卦：有個十一年級的女生懷孕了、他們的化學老師被發現在公園裡吸大麻、兩個她幾乎不認識的女孩是同性情侶。到頭來，她覺得自己傳訊息給他們是浪費時間。她並沒有覺得跟他們更親近，反而比以往更疏遠。

她嘆口氣，擺好相關設備，然後停頓下來。她好像聽見什麼聲響。某種敲擊聲。又出現了。有人在敲前門。

老天。這一次又是什麼狀況？

她跨過地板上的托盤，打開門，走下樓，躡手躡腳走進客廳，在窗簾之間窺視。一個熟悉的瘦削黑衣人站在外頭，輪流用單腳支撐體重。她考慮片刻，然後來到玄關，打開前門。

「我已經開始在想，我如果對著鏡子說你的名字三次，你就會出現。」

瑞格理咧嘴笑。「很好笑。」

「你跑來這兒做什麼？」

「只是想看看妳過得怎樣。而且我覺得妳應該會想借用這個。」他拿出一支舊型 iPhone。「這是備用機。妳只要把妳的ＳＩＭ卡插進去就能用。」

「噢，謝了。」

「我昨晚已經清空了手機裡的東西。」

「為了湮滅證據？」
「其實，這是我媽的舊手機，所以……」
「她不介意我借來用？」
「其實我沒跟她說。不過她不會注意到啦，這支一直放在抽屜裡。」他抽搐一下，撥開遮住眼睛的黑髮。「那麼，妳還好嗎？」
「我很好。謝了。」
「嗯，那就好。」
她遲疑不決。媽媽一定不希望她趁她不在家的時候邀請瑞格理進屋，但他特地為她送來一支手機，留他在外頭吹風會很沒禮貌。更何況……媽媽不在家。
「你想不想進來坐一會兒？」
「這個嘛，我不能待很久，不過只是一會兒的話就沒關係。」
她站到一旁，他走進狹小的門廳。兩人尷尬地面對面。
「我正在忙著沖洗相片。」她說。
「噢，這樣啊。」
「你想不想進來看看？」
「好啊，一定很酷。」
他跟著她上樓。來到樓上後，她停頓。「盡量別碰任何東西，好嗎？」
「好。」
她把門推開一條縫，兩人一起進入浴室。她迅速關上門，打開安全燈。
「所以，這是妳的暗房？」瑞格理問。

「臨時暗房，」她說：「我得找個更好的正式暗房。」
「我覺得這樣已經很棒了。」他環視周圍。
她拿起裝有膠卷的罐子，把膠卷拿出來。
「拿底片出來，不是應該在完全黑暗的環境下？」
「不，這是黑白底片，不會被紅光影響到。如果是彩色底片，我就必須在暗袋裡拿出來。」
「我不知道現在還有人沖洗底片。」
她抽出膠卷裡的底片時，他來到她身旁。
「現在很少人這麼做，這算是一門即將失傳的技藝。現在每個人都希望每個東西能手到擒來。用手機拍照，加個濾鏡效果，輕鬆又簡單，又何必浪費時間用底片？」
「所以，妳為什麼這麼做？」
她剪斷負片。「我喜歡等待答案的感覺。等待的過程、不知道相片拍得怎麼樣、親眼看著影像成形……這有種魅力。跟用手機拍下海量照片，然後存在電腦裡再也不看第二次相比，這個過程更令人滿足。」
她轉身。瑞格理就在她身後，有點太近。
「妳說得沒錯，」他說：「這年頭每個東西都算是拋棄式。沒人懂得細細品味……懂得期待。」
她看著他。紅光給他的臉龐襯托出一種奇特的日本動畫風格，烏黑的頭髮，那雙綠眼比以往更犀利。不會吧，她心想。我們該不會要……然後兩人突然做出了她猜到的舉動。他的嘴貼在她的唇上，感覺很好，很奇怪，也很刺激。他把她按在牆上，接著把彼此交扣的手推到她的頭頂上。她覺得手腕勾到什麼東西。她意識到那是電燈的拉繩開關，但為時已晚。她聽見喀啦聲。

「靠！」

刺眼的日光燈充斥整間浴室。糟糕糟糕糟糕。她轉身拉扯繩索，關掉燈光。雖然燈光只綻放了兩秒鐘……

「負片。」

她推開瑞格理，箭步來到膠卷旁。

她發現大約一半的負片已經徹底發白。媽的。

「對不起——」他結巴。

「負片沒事吧？」

「不，全毀了。」

「我真的很抱歉，我剛剛不該——」

「這不是你的錯。沒關係。」

沒關係才怪。負片毀了，剛剛那一刻——不管那一刻算是什麼——也結束了。

「我該走了。」

「嗯。」

他轉向門口。

「等等，」芙洛說：「聽著，我剛剛並不是不想……我並不是不喜歡你。」

「了解。」他挪動身子，痙攣一下。「那麼，讓我向妳賠罪。」

「怎麼賠？」

「今晚跟我見面。」

「哪裡？」

「林子旁邊那棟屋子。」

「我不確定——」

「為什麼？」

「我該怎麼跟我媽說？」

「跟她說我們要去青年俱樂部。」

她陷入沉思。瑞格理的手機發出震動。他把它從口袋裡掏出來，一瞥螢幕。

「我媽打來的。我得走了。」

「嗯。」

「那麼，我今晚會見到妳？」

「應該吧。」

「七點整。」

「嗯。」

「妳相信我，對吧？」

「相——相信。可是如果我們碰上喪屍——」

他露齒而笑。「我會帶鏟子。」

※　※　※

她對底片的狀況判斷錯誤，其實只毀了一半，她能挽救剩下的另一半。她開始把它們滑到放大鏡底下，然後浸入顯影液。其實，剛剛的意外可能給一些照片帶來了很酷的效果。有時候，一個缺陷反而讓某個東西變得更美。

「遠離瑞格理。」

但她做不到。有時候，人就是別無選擇。

終於完工後，她小跑來到樓下的廚房，覺得口渴。她抓起一個玻璃杯，來到水槽前，打開冷水，然後嚇得大叫、往後跳，心跳加速。

有個男的站在廚房窗外，窺視屋內。

衣衫不整，渾身骯髒，眼睛底下是鬆垮的黑眼圈。一看到她，他立刻後退，轉身要逃。

芙洛想都沒想就放下杯子，衝向門口，打開門鎖，跑到屋外。她四處張望，在陽光下瞇起眼睛，發現他消失在小屋後面的墓地裡。

「喂！」

她追上去，跑過轉角。他在斜坡的半路上，一瘸一拐地穿過墓碑之間。他看起來好像有一隻腳踝受傷，她無法確定，而且他看起來好像穿著牧師的長袍。

她追著他上坡，跟他拉近距離的時候，她的腳被某個從地上冒出來的東西絆到。她急忙揮動雙臂，試圖維持平衡，但她前進的慣性太強，所以她還是摔倒在地。她無法呼吸，受傷的腿傳來痛楚。

「好痛……媽的。」

她在原地躺了片刻，渾身顫抖，試著喘口氣。她終究撐起身子，但那名男子已經越過低矮的石牆，消失在田野裡。她追不上他了。追上又能怎樣？她連手機都沒帶，沒辦法報警。

她這次太魯莽了。但那名男子那樣明目張膽地窺視她家，令她火冒三丈。

她坐在乾燥的草地上，轉身察看剛剛究竟被什麼東西絆倒，發現是幾天前害她差點絆倒的同一塊倒塌墓碑。她那天正想拍攝這塊墓碑時，被無頭無臂的少女轉移了注意力。

她怒瞪墓碑，彷彿這是某人專門為她設下的陷阱，然後她發現別的東西，被長長的草葉遮蔽大半。她伸手把它撿起來，是一張裱在骷髏相框裡的照片，一個十幾歲少女和一個更年輕的男孩。她覺得眼熟，但說不出在哪見過。然後她想起來了。這是她在那棟廢棄舊屋裡發現的同一張照片。她皺眉。這是那個流浪漢丟下的？他從那棟屋子裡偷來的？也許他剛剛在廚房窗外窺視，就是為了進入她的小屋裡行竊？

她盯著這張照片，發現另一個特點，她現在才發現的特點。雖然有點怪，可是……她感到不寒而慄。

相片中的少女長得很像她。

第四十四章

艾瑪・哈珀似乎並不高興見到我。我總覺得她知道自己那晚在酒館裡說得太多，而且她不記得自己究竟說了什麼。

當然，我其實根本不該來這裡。羅希頓所謂的「團結」應該不是這個意思。但我開車離開羅希頓的小屋時，突然想到一件事。弗萊徹花了很多時間和精力，調查禮拜堂的歷史和失蹤的少女。但是賽門・哈珀只說了一個字，弗萊徹就默默答應守口如瓶，後來還辭了職。我很好奇，賽門・哈珀究竟對他說了什麼。

「很抱歉打擾妳。」我說。

她拉著只打開一半的門，隨時準備把門板甩在我臉上。「抱歉，現在不太適合，我正在忙——」

「其實，我想找賽門談談。」

「賽門？噢，這個嘛，他在農場。」

「我能不能自己去找他？」

「有沒有什麼是我能幫妳的？」

「跟禮拜堂有關。墓穴？」

她茫然地看著我。看來賽門完全沒跟他老婆提到祕密墓穴的事。

「噢，這個嘛，既然跟教會有關，那妳最好直接跟賽門談。我先打個電話給他，看他現在在哪，是不是快回來了。」她東張西望。「我的手機好像在樓上。妳進來吧。」

她快步上樓。我走進寬敞的門廳。隔著左邊的玻璃門，我看到波比坐在溫室地板上玩著玩偶。我進來的時候，她沒抬頭。我再一次覺得她看起來很嚴肅卻也莫名稚氣，因為十歲的孩子通常已經棄玩偶、抱 iPad。

我來到她身旁蹲下。

「嗨。」

她沒抬頭。

「妳在玩什麼？」

她稍微聳個肩。

「這些是妳最喜歡的娃娃？」

她點頭。

「它們叫什麼名字？」

「波比和塔菈。」

塔菈。已經離世的那個小女孩。

「它們是朋友嗎？」

「最好的朋友。」

「原來如此。它們常常一起玩嗎？」

「天天。」

「妳有其他朋友嗎？」

「沒有。沒人想跟我玩。」

「為什麼？」

「他們怕會跟塔菈一樣死掉。」
我瞪著她，感到一陣寒意。
「布魯克斯牧師？」
我嚇一跳，然後站直身子。艾瑪出現在走廊裡。「賽門就在羊棚。妳可以去那裡找他，或是在這兒等。」
「我去找他。羊棚就在轉角處？」
「是的。」
「謝了。」我走向門口，然後停步。一把空氣槍斜靠在傘架上。「那是空氣槍？」
「噢，沒錯。那是湯姆的。」
「湯姆？」
「蘿西的堂弟。他們現在在樓上玩XBOX。」
「他喜歡射擊是吧？」
「射擊是鄉村的生活方式之一。」
我皮笑肉不笑。「看來如此。」

※　※　※

我走過泥濘小路，離開農舍，生著悶氣。那把空氣槍可能只是巧合，但我不這麼認為。這種小村子很少出現這種巧合。就是湯姆朝芙洛開槍。可是那真的是意外嗎？我認為這個家族什麼事都做得出來。我又想到波比。她顯然還沒放下摯友之死造成的打擊。但這棟屋子裡還有別的東西讓我覺得不對勁。這是我的本能反應。但是，說到失能家庭，我確實有些經驗。

羊棚進入我的視線。這是一座用波浪形鐵皮組成的結構，看似歷盡風吹雨打。半空中瀰漫著糞便和腐爛蔬菜的氣味。我走進去。羊棚兩側是一排排羊圈。賽門．哈珀身穿油布夾克和雨靴，正在用草叉把新鮮稻草送進羊圈裡。

「你好？」我喊道。

他把稻草拋進羊圈，接著把草叉斜放在金屬欄杆上，雙手在夾克上抹幾下。

「布魯克斯牧師？什麼風把妳吹來？」

「我想跟你談談禮拜堂的事。」

「禮拜堂怎麼了？」

「我們發現了祕密墓穴。」

「真神奇。」他轉身，拿起草叉。「把它封起來。」

「你說什麼？」

「妳有聽見我說什麼。把它封起來。我會為新地板出錢，還有禮拜堂需要的其他東西。」

「我不能——」

「不，妳能。那個墓穴是我的。他們是我的祖先。」

「而一旦他們被埋葬，就成了教會的財產。」

他又轉身面對我。「那個該死的禮拜堂幾乎全是我的。把墓穴封起來，我會再寫張支票給教區。」

「恕難從命。」

他把草叉刺進稻草堆。「妳究竟有什麼問題？」

「我的問題是，我們發現一具屍體被藏在墓穴裡。那個人似乎是班傑明・格雷迪，在三十年前失蹤時的年輕助理牧師。」

他轉過身。「什麼？」

「你不知道這件事？」

「我當然不知道。看在耶穌的份上！」他抓抓頭。「所以是怎樣？他是被謀殺的？」

「看起來是這樣。」

「棒透了。我猜新聞會大肆報導這件事。」

「大概會。」我意識到我沒想到這點。

「妳有沒有辦法不讓他們提到哈珀這個名字？」

我瞪著他。「發現了一具屍體，你卻只在乎這個？很高興知道你如何排列優先事項。」

「我的優先事項是我的家族和生意。這件事可能會毀了這兩者。」

「你為什麼這麼在乎你的祖先是不是殉教者？那是幾百年前的事了。」

他苦笑。「他們如果是殉教者，就能名垂千古。他們如果是為了自保而棄教的孬種，就不值一提。哈珀這個姓氏將毫無地位。牧師，妳知不知道在鄉下經營生意有多困難？」

「不知道。」

「難如登天。我們之所以成功，是因為我們的名聲。我們家族世世代代都在這裡。人們相信我們。」

「我相信他們以後也會相信你們。」

「妳不瞭解查博克弗特這類村子。妳不可能瞭解。」

「你也不瞭解我。」

「我瞭解妳這種人。」

「我這種人？」

「愛管閒事，喜歡到處打探。」他朝我走近一步。「我知道妳前一間教堂發生的一切，那個黑人小女孩。」

我注意到他刻意強調那個小女孩的膚色。「你收到一份剪報？」

「沒錯。」他冷笑。「妳上一次干涉別人的家務事，造成的下場不太好吧？」

我按捺怒火。「你就是這樣對待弗萊徹牧師？欺凌他？威脅他？所以他同意為墓穴保密？」

他搖頭。「我喜歡馬修，他是個好人，但很頑固。所以我只是向他指出，他自己可能也有些想保護的祕密。」

「例如？」

「一段他不想讓人們知道的關係。」

我想起瓊恩提到的那個作家。

「跟莎芙蓉・溫特？」

他發出令人不愉快的笑聲。「他可能希望人們這麼想。」

「我不明白你的意思？」

「莎芙蓉・溫特不算是弗萊徹的菜，如果妳明白我的意思。」

我相當確定旁邊的羊群明白他的意思。但我被勾起了好奇心。

「那麼，誰是他的菜？」

第四十五章

這棟維多利亞時代的老屋，離禮拜堂大約一哩路。它可能曾經是個漂亮的家，如今花園裡雜草叢生，疏於照料，窗框腐爛，彷彿一陣強風就能吹倒傾斜的煙囪。

我們坐在房子後側的飯廳裡。這裡陰暗擁擠，餐桌被醫療用品的紙箱占據大半。諸多書籍、雜誌和罐頭食品占據了櫥櫃和餐具櫃的空間。而且這裡有種氣味，很像公家機構，在學校食堂或醫院裡能聞到的那種，陳年的煮食味、尿味、糞味。

我盡量試著不可憐亞倫，但這麼做很難。

「如果妳希望我遞出辭呈，」他僵硬地說：「我能理解。」

「我並不希望你辭職，亞倫，不過我希望你跟我說說墓穴的事。」

「抱歉。我當時以為我是在為教會做正確的事。」

「所以你也隱藏了你跟馬修之間的關係？」

他瞪著我。我看到他嚥口水時喉結挪動。

「我不在乎你的性傾向，」我輕聲說：「但我在乎賽門・哈珀利用這點來強迫弗萊徹牧師隱瞞墓穴的祕密。」

「什麼？」

「不知道為什麼，賽門・哈珀發現了你們的關係。馬修辭了職，是因為賽門・哈珀威脅要揭穿這件事。」

他的臉顫抖，他低下頭。「我……我現在才知道。」

「我認為馬修當時想保護你，就算同性關係並沒有什麼好丟臉的。」

「這是罪孽。」

「耶穌在聖經中從沒說過同性戀是罪孽。」

「在舊約——」

「舊約是狗屁，裡頭充滿厭女症、折磨虐待和自相矛盾。耶穌宣揚的是愛，只有愛。」

他露出怪異的笑容。「如果我跟妳說那不是愛呢，牧師。我跟他之間只有性愛。耶穌會怎麼說？」

「我不認為上帝或耶穌會在乎。」

「可是這個村裡很多人會在乎。」

「人們的心胸其實常常比我們認定的更寬闊。」

但話音剛落，我就意識到自己其實並不確定。查博克弗特村的人們心胸並不寬闊。

亞倫搖頭。「我母親去世後，是我父親撫養我長大。他向來是個好家長：善良，有耐心。可是他很保守。他如果知道真相，就絕對不會接受我，我也不能讓他失望。他已經失去了一切，我怎能奪走他唯一剩下的東西——他對孩子感到的驕傲？」

我嘆氣。我明白。人們會為「活在謊言中」而感到內疚，但哪個人從沒向自己的親人隱藏自己的一部分真相？因為我們不想傷害他們，因為我們不想看到他們眼裡的失望。我們常說愛是無條件的，但我們當中很少有人願意對此進行測試。

「亞倫，」我慢慢開口：「很抱歉，我不得不問你這個問題，可是——你覺得你父親知不知道墓穴裡那具屍體？」

他面有難色。我看得出來他陷入兩難。他終於開口：「我如果告訴妳，那我希望妳不要說出去。」

「我向你保證。」

「某天晚上，我大約四歲的時候，我醒來聽到父親回到家中。」

「他從哪裡回來？」

「我不知道。我父親晚上從不出門，所以那次非常不尋常。我悄悄下樓，看到父親在廚房。他脫下所有的衣服——那是我第一次看到他沒穿牧師的法衣——把它們塞進洗衣機，好像不想被我媽看到。而且最古怪的是——他在哭。」

「這是兩名少女和格雷迪失蹤的同一時間點嗎？」

「我不確定日期。」

「你有沒有告訴警察這件事？」

他搖頭。「沒有。因為我熟悉我父親，他不可能傷害任何人。他的一生都獻給了教會、社區和他的家人。他怎麼可能冒那麼大的風險幫忙掩蓋謀殺案？」

這是個好問題，我沒辦法給他答案。

所以我說：「我能不能見他？」

他盯著我一會兒，然後點頭。他帶我走過走廊，來到一扇半開的門前。公家機構的氣味在這裡更為強烈。

「幾年前，我把他搬來樓下，把前廳改造成他的臥室。」

亞倫推開門，我們走進去。

這個房間很大。書櫃占據一堵牆，另一面牆上掛著一個大型十字架。在房間中央，馬希牧師躺在一張病床上。我能聽到用於防止褥瘡的氣墊床發出輕微嘶聲，能聞到來自導尿管的尿液酸味，以及座椅便盆的微弱臭味。這是我在參觀療養院和醫院時熟悉的氣味。

馬希早已不是昔日的模樣，而是蒼白又瘦弱。一頭黑髮已經褪成白色，細如棉花糖。皮膚底下的血管明顯突出。他閉著眼睛，薄如紙的眼瞼在他睡覺時輕輕顫抖。

「他們持續給他注射藥物，」亞倫輕聲說：「他現在常常睡覺。大概只有在這種時候，我才覺得他享有平靜。」

「他有痛楚嗎？」

「不多。他主要是感覺到沮喪和恐懼。他清醒到一定的程度，知道自己的身體正在衰竭，成了血肉之獄。他被困在自己體內，無能為力。」

另一個房間傳來電話鈴聲。亞倫微微鞠躬。「失陪了，那大概是醫院打來的。」

我點頭，然後走向床邊。我站在這裡，低頭看著馬希。我再次想到，我們對疾病和老年是多麼缺乏準備。我們不假思索地走向老年，就像旅鼠走向懸崖邊。我們對生命剛剛開始的嬌小人類溫柔低語，但對他們臨終的模樣感到不寒而慄。

「我很抱歉，」我呢喃：「我真希望你不是處於這種處境。」

他睜開眼睛。我嚇一跳。他的眼睛看著我，睜得很大。他的一隻手從床單上抬起，彎曲的手指指向某處。

「別擔心，」我說：「我是——」

他的喉嚨裡發出咕嚕咕嚕的呻吟聲。他想說話，但聽起來更像呼吸困難。

「呃……呃……」

我後退，雙腿顫抖。門突然打開，亞倫衝了進來。

「發生什麼事？」

「抱歉，」我說：「他醒了，而且開始哭。」

「他很少見到生面孔，大概只是覺得震驚。」

他走到父親身邊，輕輕握住他的胳臂。「別擔心，爸，別擔心。這位是布魯克斯牧師，新來的教區牧師。」

馬希試著抽回胳臂。「呃，呃。」

「我最好在外面等著。」說完，我快步走出門外。我站在走廊裡，冷靜下來，還覺得有點驚魂未定。他的眼神、呼吸困難的哭聲。幾分鐘後，亞倫來到我身旁，把門在身後關上。

「他現在平靜下來了。」

「那就好。很抱歉驚擾了他。」

「那不是妳的錯。」他清清喉嚨。「我很感激妳的探訪和支持。」

我們尷尬地對彼此微笑。

「我該走了。」我說。

亞倫陪我走過走廊。我現在急著逃離這棟屋子，逃離這裡的氣味、陰鬱和回憶。來到門口的時候，亞倫面有難色。

「布魯克斯牧師？」

我困惑地看著他。

「關於家父為何隱藏屍體，我能想到的唯一理由，就是他在保護某人。」

「保護誰？」

他看著我。「這就是最大的問題，不是嗎？」

第四十六章

我們編織出何等錯綜複雜的網子啊。只不過，這不算是事實。與其說是蜘蛛，我們更像是倒楣的蒼蠅，永遠看不到自己不小心進入的黏稠陷阱，直到為時已晚。

我在禮拜堂外面停車，沿著崎嶇不平的小徑走到小屋，在門口停步。我感覺脖子刺痛，出現那種似乎被人監視的怪異感受。我轉過身，打量道路和周圍的田野。沒有車。沒有人。除了遠方的農業機具聲響之外，沒有別的動靜。

也許我只是神經緊繃，緊張兮兮。我的大腦還在處理剛剛被強制接收的一大堆新訊息，改變我對人們做出的假設。但是賽門・哈珀例外。他還是個王八蛋。我也有種奇怪的感覺，覺得我即將得到答案，但不確定我是不是真的想知道答案。

我皺眉，最後一次環顧周圍，然後推開門。

「哈囉？」

無人答覆。我把頭探進客廳。芙洛躺在沙發上，一條腿掛在扶手上，眼睛盯著手機。她抬頭。「嗨。」

「有想我嗎？」

「不算有。」

「真貼心。」

她甩動兩條腿，坐起身。「媽，我為那天晚上的事感到抱歉。」

「我也是。」

我在沙發邊緣坐下。「聽著，我並不想當那種把妳當小孩子的煩人媽媽。」
「妳不是那種媽媽，至少大多數的時候不是。好吧，妳有時候是啦，確實有點像。」
我微笑。「我是媽媽，而且我年紀大了。不管妳相不相信，我也曾經是個少女，做過很多蠢事。」
「例如？」
「我在這方面才不會教妳撇步。」
她咧嘴笑。
「不過，身為媽媽，」我說下去：「我的職責就是盡量確保妳平安。」
「我很平安。我知道妳想保護我，但妳也必須相信我的判斷。」
「我只是……有時候，妳交一些朋友，結果他們害妳惹上麻煩。」
她挑起一眉。「瑞格理沒害我惹上麻煩。是我害自己惹上麻煩，結果他救了我。」
「也許妳是對的。」
「我本來就是對的。拜託，媽，我不希望我們繼續吵這件事。」
我也不想。但我沒辦法告訴她，為什麼一想到她和男孩們攪和，我就滿心恐懼，畢竟到處都有男性掠食者。妳是否聰明、口才好、善良、有才華，這都不重要——一個男人還是能憑著蠻力從妳身上奪走這一切，羞辱妳，虐待妳，把妳變成受害者。
「抱歉，」我說：「我會試著接受瑞格理，好嗎？」
「好。」她坐起來。「因為他邀請我今晚跟他一起去青年俱樂部。」
來了。
「青年俱樂部？」

「是的。」
「跟瑞格理？」
「是的。」
「他什麼時候邀妳的？」
「他稍早前有來找我。」
「他什麼？」
「他來給我一支手機，因為我那支壞了。他很好心。」
而且他挑我不在家的時候跑來。我按捺情緒。
「青年俱樂部在哪？」
「漢菲爾德。」
「你們打算怎麼去？」
「公車。」
「我有疑慮。」
「媽？拜託？」
我不希望她去，但也不想給她別的理由來耍叛逆。
我說：「妳可以去，但有個條件。」
「什麼條件？」
「我想跟他媽確認這件事。」
「妳在『不把我當小孩子』這件事上只堅持了五秒鐘。」
「這個嘛，從法律上來說，妳在十六歲之前就是小孩子。」

她投來足以貫穿鋼板的尖銳眼神。我堅定地瞪回去。「傳訊息給他，要他提供他媽媽的電話號碼。」

「耶穌啊……」

但她還是拿起手機，敲了訊息。

我走進客廳，踢掉腳上的靴子。芙洛的手機叮了一聲。

「我用 AirDrop 傳給妳了。」她說。

我拿出手機，接收了 WhatsApp 上的聯結。角落裡的小照片上，是一名戴著寬大遮陽帽、端著某種雞尾酒的女子。我看不太清楚她的臉孔。

芙洛笑得甜滋滋。「這下滿意了嗎？」

還沒，不過這至少是個開始。我輸入訊息。

「嗨，我是潔克・布魯克斯，芙洛倫絲的媽媽。因為芙洛和盧卡斯似乎成了朋友，所以我覺得最好跟妳認識一下。也許改天一起喝杯咖啡？還有，只是想確認一下，妳允許他們倆今晚去青年俱樂部？」

手機幾乎立刻發出提示音，出現答覆。我拿起來。

「嗨，潔克，謝謝妳的來訊。是的，我剛剛也在想同一件事。盧卡斯有提到青年俱樂部。我相信他們會玩得很開心。要不要我晚點去接他們？」

我覺得擔憂情緒稍微放鬆。我輸入：

「如果妳不介意？」

「當然不介意！XX。」

「所以？」芙洛悶悶不樂地看著我。

「瑞格理的媽媽說她晚點會去接你們」
「所以我能去？」
「可以吧。」
她眉開眼笑，我看了也開心。「謝啦，媽。」
「妳確定不用我送妳過去？」
「不用，別擔心。妳今晚泡個澡之類的吧，好好放鬆。」
我最好能好好放鬆。
「我盡量。」
「噢，我差點忘了，」她說：「今天下午發生了一件怪事——」
「怪事？怎麼個怪法？」
「有個男的在我們家周圍打轉。」
我瞪著她。「男的？什麼樣的男的？」
「看起來像流浪漢。」
「他長什麼樣子？」
「邋遢，黑髮。」
我感覺神經顫抖。可能是雅各，但也可能是任何人。而且他怎麼知道我在這裡？
「他有跟妳說話嗎？」
「沒有。他只是在墓地裡閒逛，然後跑掉了。」
我可能只是想太多。但話說回來，他上次有找到我。
「妳以前見過他嗎？」我問。

「才沒有！」

我壓抑驚慌情緒。「我只是不喜歡有陌生男人在我們家附近逗留。」

「也許他想進教堂，但教堂鎖了門？」

「也許吧。」

她擔心地看著我。「我今晚還是可以出門吧？妳不會因為這件事就小題大作？」

我雖然覺得不妥，但如果食言，對她也不公平。

「妳還是可以出門，但拜託妳務必小心。」

她的表情放鬆。「我會的。謝了，媽。」

我站起來。「我得喝杯咖啡，然後我要煮些晚飯。燉辣肉醬行嗎？」

「嗯。然後我就要準備出門了，我不想錯過公車。」

「好。」

我走進廚房，從櫥櫃裡拿出兩個杯子，因為體內充滿腎上腺素而渾身顫抖。男的。陌生男子。我伸手想把杯子放在流理臺上，但其中一個從我的指間滑落、砸碎，鋸齒狀的陶器碎片飛過破損的油氈地板。

「那是什麼聲音？」芙洛從客廳喊道。

「只是掉了一個馬克杯。別擔心。」

我喘著粗氣，盯著破碎的杯子，想像赤腳在剃刀般的鋒利碎片上跳上跳下。然後我拿起簸箕和刷子。好好放鬆。

※　※　※

芙洛沿著小徑漫步，走向公車站。她穿著緊身牛仔褲、紫色馬丁鞋和寬鬆的背心上衣，看起來真漂亮。她就算穿麻袋也漂亮。我的心為之糾結。瑞格理配不上她。任何人都配不上她，尤其是我。

我慢慢關上門，壓抑著想跟上她、確保她順利上車的衝動。我很擔心她看到的那個男人。就算那個人不是雅各，任何在附近閒逛的陌生男子都是潛在威脅。我試著告訴自己，天色還沒暗下來。公車站就在一棟屋子門口。她最晚十點鐘就回家了。她只是去青年俱樂部，不是去夜店，不是去酒店。而且芙洛懂得怎樣保護自己。她不會有事的。

但我就是無法撫平胃袋裡的緊張不安。她好像太急著拒絕我載她？還是我只是想太多？青年俱樂部會有其他青少年，其他成年人。而且瑞格理的媽媽會去接他們，不是嗎？我其實並沒有跟他媽媽講到話。如果剛剛跟我互傳訊息的人根本不是她？

*唉，看在老天的份上，潔克。抓牢妳的腦袋，別胡思亂想。*或許，我就是不該去「抓」。青少年就像沙子，你越是想緊緊抓住他們，他們就越是從你的指縫間溜走。我必須給她應有的自由，讓她選擇她的朋友，連同男朋友。*可是為什麼偏偏是瑞格理？*

我走進廚房，從流理臺上拿起一瓶紅酒。我在家裡很少喝酒，但今晚需要來一點。我打開酒瓶，倒了半杯。

我的理智之聲試著告訴我，暑假再過兩星期就結束了。等芙洛開學，就會交到新朋友，可能就會覺得跟瑞格理往來有點丟臉。不幸的是，我熟悉我女兒的脾氣。她很忠誠，而且跟我一樣喜歡為敗犬加油。

想到這點，我立刻想到亞倫。是他父親藏匿了格雷迪的屍體？這個可能性似乎最大。馬希有禮拜堂鑰匙，知道墓穴的存在。如果他認為他那麼做是在保護某人，這就有了動機。他也是掩飾格雷迪突然失蹤的最佳人選。但這個說法有點漏洞，我只是暫時想不出來漏洞是什麼。

而且弗萊徹牧師呢？他在很多事情上都心神不寧。他有一段不正當的關係，被哈珀勒索，因為信仰而心中產生矛盾。也許他的死與墓穴中的發現無關。

我拿著酒，來到餐桌旁坐下。還有一個我尚未交談過的人或許能闡明一些事，只聞其名、不見其人的莎芙蓉‧溫特。

我打開古老的筆記型電腦。終於能上網了。「終於」這兩個字也只是相對的，因為網路慢得要命，但俗話說得好：要飯的哪能挑三揀四。我 Google 了莎芙蓉的名字。弗萊徹似乎向她吐露了心事，但我對這位隱居的作家依然一無所知。

網站上的圖片，是她書本背面照片的放大版。有個簡短的作者簡介，對她的描述不算多，還有一個通往她所有作品的連結。五本關於女巫學院的青年小說。網站上還有一個電子郵件連結，我發送了一條簡短訊息，自我介紹，並詢問她是否有時間聊聊。我也順便在推特、臉書和 Instagram 上搜索她的名字，都一無所獲。她不使用社群媒體，這點不尋常，尤其對作家來說。

我若有所思地盯著電腦。我滿確定瓊恩會知道莎芙蓉住在哪裡，但我雖然正在試著接受「這裡的人就是喜歡突然登門造訪」的生活方式，但我總覺得莎芙蓉‧溫特應該是個注重隱私的人。這當然很合理。不過，如果是這樣，搬到鄉下就是個壞主意。

在虛構作品中，一個人如果想躲起來，總是會搬去某個地方的小村莊。這是天大的錯誤。在小村莊一定會發生的事，就是每個人都想知道你在做什麼。你如果想隱姓埋名，就該住在大城市。在城裡，你能拋棄昔日身分，就像零錢丟進水溝裡沖走。改名換姓，換掉原本的衣服，以全新面貌出現，只要你願意。

我蓋上電腦。接下來該做什麼？看電視？看部影片？也許我真該聽從弗芙洛的建議，好好泡個澡，好好放鬆。自從搬來這裡，我很少好好放鬆。我爬上狹窄的樓梯，推開浴室的門。

「啊。」

我現在想起來，芙洛又把浴室當成暗房。我剛剛吃晚飯前上廁所時，不得不移開一些設備。她雖然清掉了其中一些，但其實只是把它們丟進浴缸裡。馬桶頂端還堆著兩疊照片。

我拿起第一疊。這些是她拍攝的禮拜堂和墓地。相片上沒有焚身少女。我把這疊放在一邊，伸手拿起第二疊。我的心臟立刻加速，就像滾過下坡。

第一張照片上是一座看似廢棄的建築。空洞的窗戶就像茫然凝視的黑眼，屋頂上布滿坑洞。光從相片上就看得出來，這不是個好地方。芙洛是什麼時候拍下這些相片？一定是她說她和瑞格理在樹林裡的時候。

我開始瀏覽這些照片，一開始是房子的外部，後來顯然是在內部拍攝。我瞪著廢棄的房間和破損的家具。牆壁布滿塗鴉、異教符號、邪眼、撒旦崇拜的諸多象徵。

我癱坐在蓋起的馬桶上。芙洛在想什麼，竟然在廢棄的老舊建築周圍走動？我知道青少年是什麼心態，但我還是很生氣。我氣芙洛，也氣自己。是我把她帶來這裡。這件事也是我的錯。

我瀏覽剩下的照片。從中間的相片開始，負片看起來過度曝光。這些相片有一部分就像被漂白過。最後一張幾乎是抽象之作。我看得出來這張是從屋裡向外拍，從樓上窗戶向外看。樹林就像深色墨漬，田野就像一團灰色物體。邊緣有一條稍微明顯的白色影子。我瞇眼查看，感覺有什麼東西在胃袋裡展開。

我拿著照片進入我的臥室，從床頭櫃上拿起眼鏡戴上，仔細查看。這不是光線造成的錯覺。有個影子站在樹林和房屋的圍牆之間，宛如鬼影。但這個影子不是鬼魂，而是活生生的人。

而且我知道這個人是誰。

第四十七章

天空呈現描圖紙般的灰色，再過兩小時左右才會暗下來，可是森林已經處於夜間模式。樹木的懸垂樹枝，就像一大片毯子擋住光線。芙洛沿著狹窄的小路行走，打開iPhone的手電筒，又一次懷疑這麼做有多明智——或愚蠢。

當然，她試著告訴自己，走過諾丁漢市中心可能遠比走過這裡的樹林更危險。潛在的強姦犯、殺人犯或搶劫犯更可能出現在繁華的大都市街道上，而不是在偏僻的田野中，但是……就因為一個地方既漂亮又古樸，並不表示壞事不會發生。

她想到廚房窗外那名男子。他是不是還躲在某個地方？不。他可能只是想碰碰運氣，想找間沒上鎖的空屋，尋找能偷的東西。至於那張裱框相片？她還是把它留在墓地裡，跟自己說那只是巧合。相片上的女子只是有點像她。她想太多了。這個鬼地方讓一切都顯得詭異陰森。

她來到跨越小溪的木橋前，過了橋，走到階梯一半時停下腳步。她好像聽到什麼聲音。前方有動靜，更多沙沙作響。一隻鹿從灌木叢裡竄出來，停住，顯然受到驚嚇。

「你好啊。」

這隻鹿用閃閃發光的大眼睛盯著她，然後一甩尾巴，跑過田野。她在原地等候，果不其然，又有三、四隻鹿緊隨其後，又快又輕的步伐幾乎沒接觸地面。

她不禁好奇，是什麼驚嚇到牠們。然後她意識到，大概就是她自己。有時候你是獵人，有時候你是獵物，只取決於觀點。

她把另一條腿踩在階梯上，環顧四周。田野看似無人，但她總覺得自己並不孤單。動物們躲在草叢裡，隱藏的眼睛從茂密樹木中窺視。

她微微顫抖，後悔沒穿連帽衫出門。她穿過長長的草叢，走向那棟老屋，空洞的窗戶就像怒瞪的黑眼。只不過，二樓其中一扇窗閃爍著燈火。她加快腳步，跨過倒塌的牆壁，拿出手機，照亮古井，繞過它。她小跑上樓，來到主臥室。

「瑞格理？」

透過半開的門，她看到牆壁反射著閃爍的火光。天啊。他該不會？

她衝進臥室……然後不禁愣住。

房間裡四周擺放著諸多蠟燭，豎在舊瓶子和罐頭裡。瑞格理坐在一張鋪在髒地板上的毯子上。他準備了薯片、巧克力、一瓶葡萄酒，連同兩個塑膠杯。

他張開雙臂，她看得出來他在努力克制身體顫抖。

「歡迎！」

「哇！你是看了什麼狗屁青春愛情片？」

「很高興看到妳對這裡印象深刻。」

「我是很印象深刻，只是——」

「太肉麻？」

「有點。」

「了解。」

他低下頭。

她急忙說：「可是我喜歡。我的意思是，以前從來沒有人為我燒掉一整棟房子——」她意識到自己說錯話。「抱歉，我不是有意——」

「我知道。」
她在他身旁坐下。「那麼，你要幫我倒杯酒嗎？」
他往一個塑膠杯裡倒了一些葡萄酒，遞給她。
她大灌一口。酒水又苦又溫，但她覺得一陣暖意慢慢在體內擴散。她又灌了一口。
「別拚命灌啊。」
她擦擦嘴。「我沒事。」
他給自己倒了一杯，啜飲一小口，隨即皺眉。「搞不懂怎麼有人喝這種玩意兒。」
「通常是為了把自己灌醉。」
他綻放笑容。「嗯。」他眼中的銀斑閃閃發亮。他再次舉起杯子，但手一陣抽搐，杯裡的酒水因此灑在他的下巴和連帽衫上。
「該死！」他用袖子擦拭。「操他媽的痙攣。有夠煩。」
「嘿，沒關係啦。」
「不，才不是沒關係。我費盡心思為今晚做準備，結果——」
她俯身向前，把嘴壓在他的唇上。他嚐起來像鹽巴和酸酒。他猶豫一下，然後貪婪地回吻她，一手勾住她的脖子，抓住她的頭髮。這次不同於浴室那次，也不同於其他派對的其他男孩，那些吻嚐起來只有伏特加、啤酒和唾液的味道。這次的感覺真實又急切，她第一次感覺到除了輕微反感之外的情緒。慾望。
她讓他把自己推倒在毯子上，她在一時之間想到媽媽會殺了她，還有他們會不會直奔本壘，他有沒有帶保護措施？他的雙手撫過她的乳房，把她的背心往上推。她向下伸手，摸索他的牛仔褲。然後她聽見樓下傳來聲響。她坐起身，推開他。

「那是什麼？」

「什麼？」

聲音又出現了。咚聲。好像有扇門被推開。他們倆面面相覷。

「這裡有別人在？」

「我不知道。妳在這裡等著。」

他站起身，撥開遮眼的頭髮。「我去看看。」

「我跟你一起去。」

「不，妳留下。」

她很想提醒他，懂防身術的人是她，而且她打架絕對比他強。可是她不想害他丟臉。讓他去吧。她可以跟在後面。那個聲音大概也沒什麼，大概是風、鳥或動物造成的。

他掃視周圍，從一個空酒瓶中拿出一支蠟燭。他吹滅火焰，把蠟燭扔到地上，然後握住酒瓶的頸部，拿起瓶子。「以防萬一。」

她點頭，看著他躡手躡腳地走向樓梯平臺。她豎起耳朵。剛剛那是吱嘎聲？說話聲？她站起，開始覺得有點緊張。雖然她其實不認為外頭有個《德州電鋸殺人狂》類型的瘋狂殺人魔，或是戴著《驚聲尖叫》面具的瘋子，或是成群喪屍，或是……老天，別胡思亂想。

「瑞格理？」

她清楚聽見玻璃破碎。她嚇一跳。

「瑞格理？」

她飛快下樓，一次跨越兩階。來到樓下，她打開手機的手電筒，掃視周圍。她沒看到瑞格理。然後她什麼也看不見，因為有人從後面抓住她，把一個麻袋套過她的腦袋。

第四十八章

「希望妳不介意我不請自來?」

瓊恩把兩杯咖啡放在我們面前的廚房餐桌上。

「害我不能讓電視上的《加冕街》陪我度過刺激的一晚?不,親愛的,我不介意。」

我微笑,拿起咖啡。「謝了。」

我在心中經過一番爭論才開車過來,但瓊恩開門看到我的時候,似乎並不感到驚訝。

「那麼,還有沒有關於墓穴裡那具遺體的更多消息?」

「羅希頓牧師早就知道墓穴的存在,但對遺體一無所知。他曾收下哈珀的捐款,答應封起墓穴。」

她嘛起嘴脣,然後嘆口氣。「我其實沒有很驚訝。」

「為什麼?」

「羅希頓牧師不喜歡打破現況。他的第一反應永遠是保護教會,還有他自己。」

我啜飲咖啡。「我認為馬希早就知道格雷迪的屍體,甚至可能就是他把它藏在那裡。」

「原來如此。」

「妳聽起來還是不覺得震驚。」

「這個嘛,不可能有很多人知道墓穴的存在,或能輕易進去。真正的問題是:是什麼因素驅使一個忠誠的牧師隱藏一具屍體——當然,還有誰殺死了格雷迪?」

這才是最重要的問題,也是我無法回答的問題,至少現在還答不出來。

她面露微笑。「妳還有別的事想說？」
「我想讓妳看看這個東西。」
我從口袋裡拿出芙洛在廢棄房子裡拍的照片，攤在桌上。
瓊恩瞪著它們，臉色似乎稍微變得蒼白。
「誰拍的？」
「我女兒，芙洛。」
「這是萊恩家。梅樂以前住在這裡。妳該叫妳女兒遠離這個地方。」
「我沒想到這棟房子一直沒賣掉。」
「這個嘛，從法律上來說，房子至今仍是梅樂母親的。但我認為，過了一段歲月後，人們就能對廢棄房產提出所有權。麥克・薩德斯和他太太原本想要這棟房子，但他們後來失去了女兒，這件事也就不了了之。最近，我認為賽門・哈珀有要求取得這個房產。」
「真的嗎？」
「他從不錯過賺錢的機會。這棟房子在黃金地段，而且土地很大。我猜他的長期目標是拆掉房子，把土地賣給開發商——這也確實可能是最好的做法。」
我把照片滑到一邊，拿出最後一張，上頭是一個人影站在樹林和破牆之間、盯著房子。
我用手指敲敲相片。
「覺不覺得眼熟？」
她瞇眼查看相片，挑起纖細的白眉。「有意思，而且很怪。想接近萊恩家的房子並不容易。賽門・哈珀在道路入口豎起了新的圍籬和柵門，以阻止青少年進入。唯一的另一條路，是穿過禮拜堂後面的樹林和田野。想接近那裡可不簡單。」

我看著照片，跟她有同感。當然，有人在那裡出現，也可能是出於無辜的原因。也許那個人就是對古老建築感興趣？但我總覺得不對勁。

「妳在想什麼？」瓊恩問。

「我也不知道。我總覺得我好像在撿麵包屑，看看能不能拼湊成一整條麵包。」

「還順利嗎？」

「在這一刻——我覺得自己的腦子簡直就像一團漿糊。」

「妳跟莎芙蓉談過沒有？」

我搖頭。「沒有。我有傳訊息給她，但她還沒回覆。」

「她挺神祕的。」

「妳最近有見過她嗎？」

「沒有。她沒來參加馬修的葬禮。我猜她是因為太難過了。」

我大灌一口咖啡。我不認為跟莎芙蓉談談能讓我有什麼進展。另一方面，如果我真的和她談過，那麼至少我能告訴自己我已經追蹤了每一塊麵包屑；如果我還是離薑餅屋很遠，那麼也許我該逃出樹林了。

我看著瓊恩。「妳應該不會湊巧知道她住哪兒吧？」

她再次露出笑容。「這個嘛，妳問得真巧。」

第四十九章

她無法呼吸。頭套被緊緊勒在她的脖子上，布料又粗又厚，瀰漫著乾草和肥料的臭味。她還來不及反擊，某人已經抓住她的雙腕，用一條塑膠繩綁起。她驚慌失措，試著回想起在防身術課堂上學到的東西，但在上課的時候，學生是正面面對襲擊者，而且自己的四肢都能發揮作用。相較之下，你如果遭到伏擊，眼前無法視物，而且呼吸困難，就只能任人宰割。

某人粗暴地把她往前推。

「放開我。」她試著大喊，但麻袋使她的話語變得模糊。

保持冷靜，她告訴自己。記住，你如果無法戰鬥，就試著瞭解襲擊者和你的周遭環境，直到你有機會逃脫。試著弄清楚發生了什麼事。她被推出小屋。這意味著襲擊者大概不打算強姦她，否則何必把她帶出小屋？那麼，這究竟怎麼回事，而且瑞格理在哪？

「往前走。」一個男性嗓音嘶吼。聽來有點耳熟？也許吧。頭上套著麻袋，她很難確定。頭套使得所有聲音都顯得模糊不清。

對方又推了一下，她踉蹌前進。

「你要做什麼？」她喘著粗氣，試著要他再次說話，以證實自己的懷疑。瞭解襲擊者。如此一來，你就更可能跟他們討價還價，或找出他們的弱點。

「妳等著看吧。」

對方又用力一推，她差點被院子裡的糾結雜草絆倒。

「瑞格理！」她隔著麻袋呼喊：「你在哪？」

「芙洛，」一個呼吸不順的嗓音從前方某處傳來，在她的右邊。「我在這裡。」

「閉嘴。」另一個聲音罵道。女性嗓音。她現在清楚知道襲擊者是誰。蘿西和湯姆。她不確定這究竟是讓情況變得更好還是更糟。

「拜託。」她試著保持嗓音鎮定。「這樣已經夠了。你們嚇到我們了。放我們走吧。」

「噢，我們會『放』了你們，放進井裡。」

天啊。耶穌啊。她恐慌得汗流浹背。「你們瘋了嗎？」

「妳嚇到了嗎，女吸血鬼？」蘿西的嗓音變得更近。

「拜託別這麼做。」

「跟妳男朋友說再見吧。」

她聽見扭打聲。一陣掙扎，然後一聲尖叫，聽來驚慌又原始。這個聲音飄至夜空，然後消失。

「瑞格理！」

「解決了一個。」湯姆咯咯笑。

她試著掙扎，穩穩站在原地，對抗身後的強壯身軀。然而，另一雙手抓住她，將她往前推，她沒辦法同時對抗兩個人。她感覺自己的鞋尖碰到井口的石頭。他們真的打算這麼做。

她閉上眼睛，準備承受墜落。

「不——！」

一聲怒吼不知從何而來，聽來憤怒，就像野獸。沉重的腳步重踏地面。

「這誰啊！」

「快逃！」

她被粗暴地推到一邊。她失去平衡而摔倒。她無法伸出雙手，因此重重倒地，頭部的一側摔在泥土地上，摔得她頭暈目眩。她躺在雜草叢生的草地上，呼吸急促，失去方向感。

蘿西和湯姆跑掉了？她試著爬起來，這時又聽到有人接近。乾草被踩得吱嘎作響。對方在她身邊蹲下時，她渾身緊繃。這個人散發一種又熱又濕的熱氣，而且氣味難聞，真的很臭，是汗水、酒精和別的味道，有點令人作嘔的甜膩味和腐臭味。天啊。她這下子要面對更悲慘的命運？

「別動。」

男子嗓音沙啞，帶著一絲北方口音。她感覺他抓住她的手腕。然後啪一聲，她手上的綁帶鬆開了。

「待在這兒別動，數到十，然後拿掉頭套。」

她數到三十，以防萬一。然後她慢慢坐起來，扯掉頭上的麻袋。她覺得渾身虛弱，頭暈反胃，接著俯身嘔吐。然後她環視周圍。院子裡沒人。沒看到蘿西和湯姆，也沒看到救了她的那個人。

她心跳急促。她如果有稍微尿褲子，也不會感到驚訝。恐懼。她這輩子從沒這麼害怕過。她就連目睹焚身少女的時候也沒這麼害怕。她剛剛以為自己會掉進井裡。她以為自己會死。瑞格理。

她急忙來到井口。「瑞格理！」

她自己的嗓音反彈而回。老天。他在底下？他還活著嗎？

她急忙從牛仔褲口袋裡掏出手機，打開手電筒，把光芒對準井底。光線強度不足以一路照亮井底，但她似乎能勉強辨認出一個影子。

然後，她聽到他的聲音，虛弱沙啞：

「芙洛？」

「噢，感謝上帝。你有沒有受傷？」

「我的腳踝完蛋了，除此之外沒有大礙。」

老天。這真的是奇蹟。

「看在耶穌的份上，你原本可能摔斷脖子。那兩個王八蛋真的是瘋子。」

「我知道。發生了什麼事？他們跑哪去了？」

「我也不知道。有個人……嚇跑他們了。也許是流浪漢之類的？」

「靠。」

「聽著，我要去找人來幫忙。你在這兒等著，好嗎？」

「我哪兒也不去。」

她雖然感到害怕，但還是忍不住微笑。

「芙洛？」

「嗯？」

「還有件事。」

「什麼？」

「這底下有個東西，就在我身旁。」

「什麼？蜘蛛？老鼠？」

「不是。我認為這是……一具屍體。」

第五十章

有個朋友跟我說過：如果想好好喝完一杯咖啡，看完一部電影，或享受一夜好眠，就千萬別生小孩。

令你辛苦的不只是孩子剛出生的幾個月，你這時候會站在他們的小床前，豎耳聆聽，確認他們還在呼吸。孩子蹣跚學步的時候，你稍微移開視線，就會發現他們從沙發椅背上跳向一扇敞開的窗戶。孩子上學後，他們的日子充滿友誼、翻臉和初戀。

真正令你擔心的，是他們進入青春期之後；你等他們平安回家，你知道你需要給他們獨立，知道你不能剪斷他們的翅膀；你告訴自己，你聯絡不到他們，是因為他們玩得太開心了，而不是因為他們陳屍於某個小巷。你會不斷祈求你永遠不會收到那通電話……

我口袋裡的手機發出顫音。我剛剛才回到家，已經決定今晚不去拜訪莎芙蓉•溫特。我手裡還拿著車鑰匙。我拿出手機，盯著螢幕。未顯示號碼。又來了？我按鈕接聽。

「喂？」

「喂，請問是布魯克斯牧師嗎？」

一個年輕的男性嗓音，聽來禮貌而且充滿威嚴。是警察。我立刻感到渾身無力。

「是的。」

「我是阿克羅伊警員——」

「發生了什麼事？是不是我女兒出事了？芙洛？」

「請不用驚慌，夫人。」

「我不是驚慌，而是在問一個問題。」

「令嫒很平安，但發生了一起事故。」

「什麼樣的事故？」

「令嫒和她男朋友遭到襲擊。」

「襲擊？我的天啊。她有沒有受傷還是——」

「不，沒有，她沒受傷，只是有點驚魂未定，不過妳最好來接她。」

「我現在就去青年俱樂部——」

「不。」他聽來有點困惑。「他們在萊恩家的房子，在梅庫爾路附近。妳知道地點嗎？」

萊恩家。我死命握著手機，以為外殼隨時會破裂。「我知道。我這就過去。」

※　※　※

我把車開進一條顯然荒廢多年、被壓出車轍的小路，在那棟廢棄房屋外面猛然停車。柵門開著，掛鎖掛在一邊。一批人在這裡忙碌。

屋外停著兩輛警車，和一輛寫著「科學支援」的廂型車。藍光驅散了黑暗。我看到一些人穿制服，還有一些人穿白衣。房屋後面架設了泛光燈。如果只是一起襲擊案，這種場面似乎也太大了點。我的驚慌程度又提升一階。

「不好意思，夫人？」一名穿制服的警察走向我。

「我是潔克・布魯克斯牧師。我在找我女兒，芙洛。」

「噢，是的。我是阿克羅伊警員。她就在那裡。」

他帶我繞過廂型車。芙洛坐在一輛警車的後座上，車門開著，她的雙腿在車外，身上裹著一條銀箔毯子。

「我的天啊，芙洛。」

我跑向她。她站起來擁抱我，眼睛泛淚。「對不起。」

我撫平她的頭髮。「幸好妳平安無事。發生了什麼事？」

她低下頭。我看到她蒼白的臉上寫滿愧疚。

「我和瑞格理——我們安排了今晚在這裡見面。」

瑞格理。該死的瑞格理。我要宰了那小子。

「你們根本沒去青年俱樂部？」

「嗯，對不起。」

我強忍怒火。「我們晚點再討論這件事。妳先繼續說下去。」

「我們在屋裡的二樓，我聽到聲音，瑞格理去查看但沒回來，所以我去找他，結果有人把一個袋子套在我頭上，還綁住我的雙臂。」

「天啊。」我覺得想吐。「妳沒看到是誰？」

她搖頭。

「他們沒對妳做出其他的——」

「沒有，媽。他們沒做出那種事，只有把我推進院子裡。」

「瑞格理當時在哪？」

「他們想必先抓住了他。我聽見一聲尖叫，他們就是在那時候把他推進井裡。他們原本也打算對我做出同樣的事，但有個男的出現了，他突然冒出來，把他們嚇跑了。他鬆開了我的手腕，但我拿掉麻袋後，發現他不見了。」
「所以妳沒看到誰襲擊妳、誰救了妳？」
「嗯。」
「瑞格理呢？」
「他也什麼都沒看到。」
「他現在在哪？」
「他們給他做了檢查，確保他的腳踝沒斷。然後醫護人員送他回家了。」
真可惜。我原本打算扭斷他的脖子。
「而妳不知道是誰襲擊你們？」
她面有難色，扭擰背心上衣的下擺。
「芙洛，」我開口：「妳如果有任何懷疑，就必須告訴警察。你們倆差點被害死。」
「我知道，我也跟他們說了，可是——」她似乎在心中掙扎片刻，然後嘆口氣。「我不確定是他們。」
「誰？」
「蘿西和湯姆。」
「蘿西・哈珀？」
「嗯。」
我感覺心中湧出迅速又猛烈的怒火，以為自己會失控。我努力維持的面具即將破碎，就像火山岩漿從地殼中爆裂而出。我握緊拳頭。
「我要殺了她。」

「妳不是說我們要寬恕？」
「我會寬恕她，然後殺了她。」
「對不起，媽。真的對不起。」
「我知道。」
「妳不生氣？」
「我當然生氣。我很氣妳說謊。我很氣妳跑去我會叫妳不要去的地方。」我嘆氣。「但我真正在乎的，是妳是否平安。我知道有些事是妳不想跟我談的。我知道妳光是跟媽媽提到性事就讓妳覺得尷尬噁心，尤其因為妳媽是牧師——」
「但妳還是有提到這種事。」
「但是我只是想讓妳知道，只要妳願意開口，我隨時奉陪，我也永遠不會批評和——」
「我懂，媽。但我鄭重聲明，我跟他來這裡不是為了做那件事。這只是一場約會。」
「約會？」
「是的。」
「那你們為什麼不去咖啡廳，不去看電影，不去……青年俱樂部？」
她投給我一個刻薄的眼神。「妳有沒有想過，那些地方對瑞格理來說會有難度？」
「雖然是這樣，但比起樹林中的廢棄房屋，你們還是可以去更安全的地方。妳沒看過《鬼玩人》？」
「沒看過。」
「好吧。也許改天讓妳看看。」
「我跟他只是想獨處。」

「嗯。」

「難道妳希望我不再見他？」

沒錯。

「我沒這麼想，但我確實希望妳對我實話實說，不要再有所隱瞞。」

她瞪著我，我以為她會要求我也凡事對她實話實說，而這只會引發更多爭執。

「好。」她點頭。

「好。」我緊緊抱著她。「而且我真希望妳有提早讓我知道蘿西和湯姆的事。」

「我以為我處理得來。」

「這個嘛，現在可以讓警察去處理他們了。」

「打擾一下？」

我轉身。昨天那位便衣刑警——戴瑞克——站在一旁。「呃……布魯克斯牧師？」

「戴瑞克警探。」我伸出一手，他握住。

「妳們還好嗎？」

「嗯。芙洛只是在跟我說明發生了什麼事。」

「噢，很好。總之，我們已經做了筆錄。我們之後可能需要再問一些問題，但妳現在可以帶芙洛回家了。」

「謝謝你。」

他看著芙洛。「妳跟他都很幸運。在這麼破舊的建築閒逛，這麼做很危險。」

我氣得寒毛倒豎。「你的意思是，我女兒被襲擊是她活該？」

「不，當然不是。我只是想說，這裡不適合孩子們閒逛……雖然應該暫時不會有人跑來這兒，畢竟令嬡的男朋友發現了那種東西。」

我真討厭聽見他把瑞格理說成我女兒的男朋友。

「所以那是真的？」芙洛問。

「鑑識小組是這麼認為。」他面露微笑。「我們可能需要雇用妳和那個年輕人。兩天內發現兩具屍體，這想必破了某種紀錄吧。」

「屍體。」我瞪著戴瑞克。「你在說什麼？」

「令嬡的男朋友——」

「叫他瑞格理！」

「瑞格理掉進井裡的時候，在底下發現了某個東西。」

「什麼？」

「人類的顱骨……我們正在找出剩下的骨頭。」

她等候。她先坐在破損的牆上，然後起身來回踱步。她們約好了八點整見面。她們要偷偷溜出家門，跳上開往漢菲爾德的公車，然後從那裡去布萊頓。到了布萊頓，就能搭火車去任何地方。

她查看手錶。快八點十五分了。烏雲掠過漸暗的天空。時間匆匆而過。她在哪裡？

她終於意識到怎麼回事，心往下沉。

她不會來了。

淚水刺痛她的眼睛。她拿起小背包，開始轉身。一隻貓頭鷹發出啼叫，掩飾了她身後輕柔的草葉沙沙聲。

某人抓住她的頭髮，把她往後拽。

第五十一章

我夢見女孩們。總是女孩們。殘缺不全，慘遭虐待、折磨和殺害。我看到她們的臉孔，令人慘不忍睹的破碎身軀。為什麼我們如此憎恨我們的女孩，以至於歷史充滿她們的尖叫，地上到處都是她們的無名墳墓？

我看著她們走過墓地的潮濕草地：露比帶著她猩紅色的裂口笑容；焚身少女們腳下拖著火痕，皮膚焦脆；還有梅樂和喬伊，手牽手，脖子上的銀項鏈閃閃發光——M與J。一輩子的好朋友。

我站在禮拜堂外，試著祈禱，祈求上帝的憐憫。但是這些少女沒聽見我，我意識到她們看到的不是牧師，而是另一個惡魔。上帝沒賦予她們使命，因為祂已經拋棄了她們。我轉身跑進禮拜堂，把門關上，拉上門栓，擋住她們伸來的手。但她們仍在叫喊，抓撓、敲打木頭。

咚，咚，咚。

我迷迷糊糊地眨開眼睛。眼皮隨即再次闔上。

咚，咚，咚。

我再試一次，用手指撐開眼皮。夢境消逝，少女們的臉龐瓦解，像微風中的灰燼一樣飄散。我瞥向時鐘：早上八點半。算是人類應該起床的時間，勉強算。我打呵欠，爬下床。

「來了。」我朝敲門的人呼喊，匆匆穿上幾件衣服就下樓。

我來到門前，解開門鎖，拉開門。

賽門・哈珀站在門口，面紅耳赤，頭髮凌亂，鼻息散發陳舊的酒味。他用一根布滿老繭的手指指著我。

「希望妳這下開心了！」

「這個嘛，等我真的清醒後，我會給你答案。教堂是早上十點才營業。」

我作勢要關門。他把一隻沾滿泥濘的靴子插進門縫裡。

「能不能麻煩你把腳從我的門裡挪開，哈珀先生？」

「除非妳先聽我要說什麼。」

我交叉雙臂。「說吧。」

「警察昨晚來我家。」

「真的嗎？」

「妳女兒指控蘿西襲擊她。」

「有人拿一個袋子套住我女兒的頭，綁住她的手腕，還把她的朋友推下井。」

「那個人不是蘿西。」

「真的嗎？因為她和她堂弟在這方面有不良紀錄。」

「什麼？」

「幾天前，有人用空氣槍朝芙洛開槍。湯姆有空氣槍吧？」

「我女兒昨天整晚都在家，正如我告訴警方的那樣。」

「看來撒謊真的是你家的傳統。」

他俯身靠向我。「離我家人遠一點。」

「樂意之至。現在，在我報警之前，把你的腳從我門裡挪開。」

他後退一步。「禮拜堂不會再收到我的捐款。沒有我的家族支持這個地方，看妳能堅持多久。」

「我確信墓穴的發現將引發人們的興趣和投資。大家都喜歡精彩的歷史醜聞，不是嗎？」

他的臉變得更紅，然後他面露冷笑。「我知道妳女兒昨晚跟誰在一起。那個扭曲的小怪物，盧卡斯・瑞格理。也許妳應該少擔心我女兒，多擔心他。」

「如果你有重點要說，能不能麻煩你有屁快放？」

「盧卡斯・瑞格理是被他前一所學校退學。」

「所以？」

「他試圖燒掉那所學校，還差點害死一個女孩。」

這令我措手不及。我盡量保持語調穩定。

「我憑什麼該信你？」

他把手伸進口袋，掏出一張皺巴巴的紙，一把遞給我。

「這是什麼？」

「伊涅茲・哈林頓的電話號碼。她是那所學校的前校長。她會告訴妳。」

我繼續交叉雙臂。

「隨妳便。」他得意地笑笑，任憑紙張飄到地上。「但如果我是妳，我會想知道我女兒跟誰上床。」

他轉身，大步走向他的荒原路華休旅車。我動用所有的自制力才沒去追他，跳到他背上，用拳頭把他的腦袋打成肉醬。在我的注視下，他猛踩油門，揚長而去。然後我彎下腰，從地上撿起那張紙。我的雙手發抖。我真應該撕掉這張紙，或是丟進垃圾桶，或是燒掉。

但我沒這麼做，而是把紙塞進口袋裡，回屋裡拿出菸草罐。

※※※

芙洛走進廚房，打著呵欠，伸著懶腰時，我的第二支菸已經抽到一半。她瞪著我。

「妳在抽菸！」

「嗯哼。」

「在我面前。」

「嗯哼。」我看著她的惺忪睡眼。「而妳昨晚打算跟人上床……噢，還有妳差點害死自己。」

她笑得過度燦爛。「要不要喝咖啡？」

「給我黑咖啡。」

我最後吸口菸，接著把它按熄在小屋的牆上。然後我關上門，走進屋裡。那張紙在我口袋裡窸窣作響。芙洛用水壺燒水的時候，我在廚房餐桌旁坐下。

「妳今早覺得如何？」我問。

「還行。昨天那一切感覺像是某種惡夢。」

「的確。」

「妳覺得瑞格理還好嗎？」

「我相信他很好。」

「我該傳簡訊給他。」

「暫時跟他保持一點距離應該比較明智。」

「為什麼？」

「妳覺得呢？」

她投來受傷的眼神，拿起咖啡。「好吧。我回房去了。」

她消失在樓上，我靠向椅背。那張紙條彷彿在我口袋裡燒出一個洞。我急著想打給伊涅茲・哈林頓，約時間談談。但如果她同意見面，我也不想讓芙洛一個人獨處。我很不想說我不信任我女兒，但是，尤其經過昨晚的事件後，我確實不信任我女兒。我啜飲一口咖啡。我的手機響起。麥克・薩德斯。

「喂？」

訊號很差。

「嗨……是……」

「等一下。」

我拿著手機上樓，打開窗戶，探頭出去。

「嗨。聽得見嗎？」

「現在好多了——妳好嗎？」

「我還好。我如果前幾天對你不禮貌，我向你道歉。」

「別在意。我能理解。那時候事情很不順利。」

「現在也沒改善。」

「嗯。」他停頓。「我聽說了昨晚發生的事。」

「你已經聽說了？還真快。」

「這裡的寬頻網路雖然很差勁，但村裡的小道消息傳得就跟閃電一樣快。」

況且他在報社工作。

「芙洛還好嗎？」他問。

「她沒事。我猜你也聽說了井裡的發現？」

「幾具骷髏。聽說了。」

我愣住。「幾具骷髏？複數？」

「啊，其實，這就是為什麼他們通常要我負責報導鄉村節慶和烤豬活動。我的用字不夠委婉。」

「所以，他們發現了不只一具遺體？」

「兩具。」

「警察知道遺體是誰嗎？」

「他們還在檢驗，但很可能就是九〇年代失蹤的那兩個女孩，梅樂和喬伊。」

「的確，」我慢條斯理道：「很可能。」

「如果是這樣，這會成為大新聞。案子會重新展開調查。全國媒體會大肆報導。」

我原本沒想到這點。大批記者蜂擁而至，挖掘往事。

「潔克。妳還在嗎？」麥克問。

「我在。我只是在想這個情況真糟糕。」

「更糟的是，如果她們被謀殺了——這看起來很有可能——這意味著在這裡，在這個村子裡，有人知道她們發生了什麼事。」

「看來是這樣。」

這也意味著，這裡不只一個人在說謊。而且我覺得我已經沒時間去追查真相。我瞥向樓梯。

「麥克，你能不能幫我一個忙？」
「沒問題。輪胎那件事我還沒還妳人情。」
「你能撥出兩小時的時間嗎？」

第五十二章

我已經安排好跟伊涅茲・哈林頓見面，地點是她位於雷威斯市的住處附近，在大街上的一家高級咖啡館。

雷威斯市的一切看起來都很高級，不是手工製作就是客製化製作。這個地方到處都是充滿藝術氣息、穿著花朵圖案連身裙和雨靴的婦女，身邊帶著取了阿波羅、班尼狄克丁和阿瑪雷托這類名字的孩子。

我點了一杯黑咖啡，在咖啡廳角落一張桌邊坐下，覺得自己既顯眼又邋遢。我考慮過拿掉脖子上的牧師項圈，但後來決定這東西能給我更多權威感，尤其因為我要見一位老師。老師總是讓我覺得自己脆弱不堪，彷彿他們隨時會責備我用錯動詞時態，或叫我別再撒謊。考慮到我自己的職業，我知道這種想法有點諷刺。

我已經事先 Google 過伊涅茲・哈林頓，所以知道她長什麼樣子。她的照片上是個五十多歲的方臉女人，灰白的短髮，笑容燦爛。「不說廢話」這四個字，就是專門形容這種臉孔。我掃視進出咖啡店的人。我早到了幾分鐘。然後我注意到她進門。她看起來比相片上老一點，也稍微胖一些。她走向我。

「布魯克斯牧師？」

「是的。請叫我潔克。」

她伸出一手。「伊涅茲。」

我們握手。她的手有力又溫暖。

「謝謝妳來。」我說。
她面露微笑，立刻顯得年輕了好幾歲。「別客氣。」
一名女侍走來。「想喝點什麼？」
「麻煩給我一杯拿鐵。」
她回頭看著我，視線很直接。「其實，我通常不跟任何人討論以前的學生。」
「了解。」
「我這次破例，是因為賽門・哈珀要求我這麼做。」
「他是妳的朋友？」
「不是。我以前有幫他女兒蘿西補英文。他太太艾瑪是我朋友。」
「原來如此。」
「妳女兒芙洛好像跟蘿西是同樣年齡。」
「是的。」
「那妳一定知道，青春期的歲月很難熬。」
「噢，的確。」
「這是一個令人困惑的時期，體內充滿激烈的荷爾蒙分泌。他們有時候可能根本不知道自己為何做出某種舉動。」
女侍端來拿鐵，放在桌上。
「謝謝。」
「我明白妳的意思。在中學教書，一定是個很辛苦的工作。」
「但也充滿成就感。我見過一些劣等生變成最善良可愛的成年人。同樣的，我也見過一些優等生後來完全走上歪路。青春期的我們，並不是真正的我們。」

「我再同意不過。我跟青春期的我完全不一樣。」

「那麼，妳明白我的意思。」

的確。但我也感覺她即將說出「可是」。

「可是，身為師長，偶爾會遇到令人困惑不已的青少年。」

「盧卡斯・瑞格理？」

她點頭，拿起咖啡杯時，我注意到她的手微微顫抖。

「跟我說說他吧？」

「一開始，我替他感到難過。他爸媽在他滿小的時候就死了。他在九歲那年被領養，雖然這對他的幫助其實也不算大。我只是要說，他的出身不算順遂。而且，當然，他有肌張力不全症。」

「嗯，某種神經問題。」

她點頭。「無可避免地，這讓他成了被攻擊的目標。對青少年來說，『差異』就是最大的敵人。有些人對他辱罵、欺凌。」

聽到她說出「無可避免」這幾個字，我有點火大。我認為殘酷行為並非無可避免，而是一種選擇，由家長和環境推波助瀾。但我沒說什麼。

「學校盡其所能地幫助他。我竭盡全力支持他，並與那些惡霸交談，但有些孩子就是不願意自救。」

「什麼意思？」

「盧卡斯簡直就像喜歡邀請其他孩子捉弄他，他會挑起打鬥事件，故意擋在惡霸面前。他想要衝突。」

「我很難相信任何孩子會想被欺負。」

「我原本也是同樣想法。」

「跟我說說縱火事件。」

「盧卡斯和一個叫伊薇的女孩成了朋友。她也有點適應不良，文靜、害羞。他們倆常常在一起。我原本以為這段關係對他們倆都好。」

「後來？」

「她拋棄了他——另一群女孩接納了她。她不想再跟盧卡斯・瑞格理往來。妳也知道女孩子在那個年紀是怎麼回事。」

我其實不知道，因為芙洛從不屬於那種圈子，而且她對朋友們非常忠誠。我以前也跟她一樣。

「盧卡斯很難過，」伊涅茲說下去：「他的行為變得更加古怪。他常常蹺課，惹麻煩。伊薇抱怨說他跟蹤她回家，在她家門外逗留。」

「這跟縱火案有什麼關係？」

「伊薇就是差點死於失火的女孩。」

我愣住。

「那天是星期三。伊薇那天負責在體育課結束後——那天的最後一堂課——收拾一些用具。有人把她關在儲藏室裡。」

「老師在哪？」

「老師不知道她在裡頭，而是以為所有學生都離開了。」

「真有責任感。」

「那個老師確實有錯，但人都會犯錯。後來，盧卡斯闖進學校，在體育館放火。」

「妳確定那是瑞格理做的？」

「有人發現他逃跑，因此起疑，於是調查。幸運的是，火勢沒有蔓延到儲藏室，而且他們聽到伊薇呼救。」

「物證呢？像是火柴、他衣服上的汽油痕跡。」

她嘆氣。「他被盤問的時候，已經回到家了。他很可能已經換了衣服，洗了澡。」

「所以，換句話說，沒有確鑿證據。」

「伊薇跟我說是他做的。她說，在幾天前，他在操場上攔住她，跟她說她會被燒死。」

「孩子有時候嘴巴很壞。」

「是的，而有些孩子是真的壞。」

我瞪著她，震驚不已。「妳剛剛不是說『青春期的我們並不是真正的我們』？」

「大多數的時候是這樣。但有時候，你會遇到某種孩子，他們遭遇的不只是一般的青春期焦慮。問題不在於他們的背景和教養方式，而是他們天生有問題，這是沒辦法解決的。說白了，盧卡斯・瑞格理讓我感到害怕。我很擔心他接下來會做出什麼舉動。」

「所以他被退學？」

「他不是被退學。我們跟他的養母以及伊薇的父母仔細討論後，達成共識：他最好轉學。」

「伊薇呢？」

「她留在原本的學校，但學業一落千丈。她變得孤僻、憂鬱。某天早上，她媽媽去叫她起床，發現她不在房間裡。她在他們家院子後側的一片小樹林裡上吊自殺了。」

「我的天啊。」我感到渾身一陣顫抖。「好悲慘。」

「這一切都沒洩漏出去。那個家庭在事發不久後就搬走了。」

「但妳跟艾瑪・哈珀說了這件事。為什麼？」

「幾個月後，我在漢菲爾德拜訪一個朋友，看到蘿西跟一個男孩在一起。」

「盧卡斯・瑞格理？」

「是的，他們看起來……很要好。」

我皺眉。女王蜂蘿西跟抽搐不停的怪咖瑞格理走在一起？這完全不合理。她和湯姆不是才把他丟進井裡？

「這是什麼時候的事？」

「應該是在他剛轉學後。」

「所以，妳擔心瑞格理可能會傷害蘿西？」

她發笑。「不是。」

「妳的意思是？」

「蘿西・哈珀能照顧自己。我擔心的是他們倆在一起會做出什麼事。」

我消化這句話。「艾瑪做了什麼？」

「我認為她阻止了蘿西跟他往來。」

「就這樣？」

她微微聳個肩。「我後來再也沒見過他們倆在一起，但青少年有時候很狡猾。」的確。

「瑞格理的養母怎麼想？」

「和一般的母親一樣，她也很難看出自己孩子的缺點。說真的，我覺得她有點怪，她每天都忙著寫作。跟她兒子相比，她似乎花更多時間在她虛構的女巫團上。」

有個東西在我的大腦裡慢慢轉動。喀啦。

「抱歉，妳剛說寫作？她是作家？」

「是的，寫青少年讀物，很受學校裡一些孩子歡迎。」

「她叫什麼名字？」

「安妮特・瑞格理，不過妳可能聽說過她的筆名──莎芙蓉・溫特。」

第五十三章

前門旁邊掛著一個牌子。「謝絕傳道士或不請自來的拜訪者。」大概只有決心非常強烈的推銷員才願意來這種地方。我甚至覺得「耶和華見證人」的傳道士也不會願意付出這種努力。

從車道上看不到莎芙蓉・溫特的房子，這裡甚至連個指示牌也沒有。在布有車轍的冗長小路的盡頭，只看得到一個破舊的郵箱。一輛車停在外面，是一輛沾滿灰塵的富豪汽車。看來有人在家。

雖然我絕對是個不請自來的拜訪者，但我還是按了門鈴。沒人應門。可是門前停著一輛車。我回頭看著車子，注意到某個狀況：輪胎周圍長滿雜草，而且看起來有些扁平。原來如此。看來莎芙蓉已經有一陣子沒開車。也許她走路或搭公車。這雖然不算可疑，不過……

我回頭看著房子，看起來不太像疏於照料，草坪有割過，窗簾拉開著，但感覺也不像有人住在這裡。這裡有一種空洞的感覺，很像電影裡那種布景屋，從遠處看像真的，但在近距離下看得出來是假的。我再次按了門鈴，然後輕快地敲門三下。

我後退一步，觀察窗裡有沒有臉孔，窗簾有沒有擺動。也許她根本不在家。然而，有些事困擾著我，關於莎芙蓉・溫特，關於瑞格理，關於這一切。如果她有收到我傳給她的關於弗萊徹牧師的訊息，那她一定知道我是誰，又為何對我不理不睬？為什麼經過昨晚發生的一切後，她未曾跟我聯繫？為什麼在弗萊徹的葬禮後就沒人見過她？已經一個多月了。

我繞過房子側邊。這裡有一道柵門，但沒上鎖。我解開門閂，沿一條狹窄小徑進入後院。我立即注意到，房子後面維護得遠遠不如前面。這裡雜草叢生，後門的小露臺區到處都是菸蒂。看來莎芙蓉是老煙槍。也許她跟我一樣，晚上喜歡站在屋外，稍微吞雲吐霧。也許我跟她原本能當朋友。然後我不禁納悶：我怎麼會出現「原本能」這種想法？

我試著打開後門，發現門上了鎖。想也是。雖然鄉下人比較容易相信人，但大多數並沒有粗心大意到不鎖門的程度，尤其是那些注重隱私、不希望任何人隨意擅闖的人。

我窺視廚房的窗戶。雖然我不算最愛乾淨的人，但這裡令我大開眼界。水槽裡堆滿髒碗盤，每一寸表面都堆著包裝紙、罐頭、披薩盒和外賣容器。

我後退一步，比剛剛更感到不安，然後我再次瞥向一旁的菸蒂。跟前門一樣，後門也裝了耶魯鎖。我們在諾丁漢那棟屋子就是裝了這種鎖。我對耶魯鎖的一項重要瞭解是，這種鎖很容易害人把自己鎖在屋外，尤其如果你經常在屋外抽菸，忘了隨身攜帶鑰匙。把自己鎖在門外一次後，就一定會懂得準備好保險措施。

我掃視周圍，注意到一個上下顛倒的花盆。我把它拿起來，但底下沒有鑰匙。好吧，果然沒這麼容易。我以前是把鑰匙藏在什麼地方？我回到房子的前側，然後跪在汽車的後保險槓旁，查看排氣管。找到了。我用手指把鑰匙勾出來。看起來能打開前門和後門。我打量前門。也許我該再敲敲門。我的意思是，我手上有鑰匙，所以嚴格來說我不是「闖空門」，但我確實是擅闖。

我舉起拳頭，再次敲門。

「不好意思？莎芙蓉？我叫潔克‧布魯克斯，是新來的教區牧師。我能不能跟妳談談？」

無人回應。不過，我好像看到樓上的窗簾微微擺動？我考慮該怎麼做。然後我把鑰匙插進鎖孔，門應聲打開。

「不好意思？有人在家嗎？」

一片寂靜。我試探地走進門廳，立即舉起一隻手摀住鼻子。噁。這裡好臭，一片霉味和酸味，很不乾淨。我往前走幾步。

「莎芙蓉？我的名字是——我的媽啊！」

一個黑色的小影子沿樓梯飛奔而下，鑽過我的雙腿之間。我靠。我的心臟跳進嘴裡。媽的。是一隻該死的貓。因為我的緣故，這隻貓溜出家門了。

我走進廚房。我可能需要找些食物來把貓引誘回家。就近觀察下，廚房看起來更像是有顆炸彈在這裡爆炸。我凝視周圍。水槽裡成堆的碗盤爬滿黴菌。桶子裡的垃圾滿溢到髒兮兮的地板上。貓砂盆裡堆滿糞便。

老天。這種場面應該出現在學生宿舍裡，而不是中年婦女的家，更別提她是個母親。我退出廚房，皺著鼻頭。

客廳在我右手邊。我窺視裡頭，雖然沒廚房那麼糟，但噁心度還是相當高。木地板上散落著披薩盒、髒盤子和空罐。衣物堆在一個角落。一個睡袋皺巴巴地攤在沙發上，周圍散落著椅子，牆上貼著圖畫。這些畫其實畫得不錯，但是主題很怪。畫上栩栩如生地描繪謀殺、肢解、強姦和酷刑。撒旦符號、五角星、利維坦十字架，惡魔和魔鬼。我瞪著它們，覺得渾身起雞皮疙瘩。

這是瑞格理的房間？他在這裡過夜？聞起來很像他。這裡瀰漫著刺鼻的汗味和荷爾蒙味。可是莎芙蓉怎麼會讓他睡在這裡？除非她根本不在家？或是她把他一個人丟在家裡？

我回到門廳，抬頭望向樓梯。我把一隻手放在欄杆上，開始上樓。我的不祥預感變得更強烈。這裡有一股更可怕的氣味，比陳舊的食物、汗味和荷爾蒙味更難聞，幾乎令人無法忍受。我來到樓梯平臺時，用胳臂遮住鼻子。這裡有三個房間。我的左手邊是一間浴室，右手邊是男孩子的房間。我現在明白瑞格理為什麼不睡在這裡，因為這裡臭氣沖天。而這股臭氣來自我前方的房間。門關著。果然。

我告訴自己，我不需要打開它，不需要知道裡頭是什麼。我可以現在就報警，請他們處理。但我實在需要知道答案。我鼓起勇氣，推開門。

「耶穌基督啊。」

我轉身嘔吐。我甚至想都沒想就這麼做，這是本能反應。我彎下腰，口水從嘴裡流出來，就這樣維持了幾分鐘。我試著再次控制我的胃，試著阻止自己尖叫。

最後，我站直身子，轉身面向房間。一具屍體躺在雙人床上，嚴格來說是屍體的殘餘物。大部分的遺骸已經滲進床墊裡，體液積聚在地板上。剩下的就是一堆幾乎無法辨認的爛肉和髒衣服。睡衣。一縷縷糾結的黑色長髮絡。

莎芙蓉·溫特。

她想必死了至少兩個月。死法一目了然。床後的牆壁上沾滿深栗色的斑點和飛濺痕跡。我看到地板上有一把鋒利的刀，同樣被染成赤褐色。

他是趁她睡覺時殺了她，我心想。屠殺了她。他刺了她多少次？

我得離開這裡。我得報警。我得……我身後的地板吱嘎作響。糟糕。我轉身。我慢了幾秒。一個沉重物體猛擊我的顱骨，震得我的脊椎喀啦作響，兩腿彎曲。我感到強烈劇痛。我意識到我有了大麻煩。然後，我眼前一片黑。

第五十四章

媽媽找來了一個保姆。芙洛生著悶氣，躺在床上，耳機裡傳來九寸釘樂團的震耳巨響。麥克・薩德斯在樓下。她猜他在樓下。她沒下去見他，沒跟他打招呼。她何必這麼做？她不希望他在這裡，也不需要他在這裡，不管媽媽怎麼想。

她知道自己讓媽媽失望了，但她還是感到惱火。她恨死這個地方和這個破村。她恨死蘿西和她那個近親亂倫生下的堂弟。她恨死媽媽帶她來這裡，也恨死上帝。

她又傳了訊息給瑞格理，但他還沒回覆。她對此也覺得難受又生氣。他在避著她？他覺得尷尬？也許他媽媽不允許他見她。又或許，他就跟其他男生一樣，一達成目的就冷落女生——雖然他並沒有在她身上達成目的啦，可是她當時確實樂意配合。

她考慮上Snapchat、拿這件事來煩凱莉，但在這一刻，她實在不想透露自己的生活有多糟糕。這就是社群媒體的問題。社群媒體不是為負面訊息而設計的，而是只讓人們展現自己最光鮮亮麗的一面。開著濾鏡擺姿勢，創造出某種虛假的完美人生。可是人生不完美的時候，你該怎麼做？如果一切都讓你覺得糟糕透頂。如果你覺得自己陷入一個深深的黑洞，而且爬不出去。真他媽可笑。

然後她的手機顫動，螢幕上出現一條訊息。她抓起手機。太好了。瑞格理。

「妳好嗎？」

她綻放笑容，傳了訊息：「還好。你的腳踝怎麼樣？」

「還行。」

「那就好。」
「妳有沒有被禁足？」
「沒，可是我媽認為你會帶來厄運！」
「也許她是對的。」
「不，那不是你的錯。」
「我還是覺得內疚，畢竟是我提議去那裡。」
「是我想去的。」
「我真的很喜歡妳。」
「我也喜歡你。」
「妳媽現在在那裡嗎？」
「不在。可是她男朋友在這兒，確保我待在家裡。」
「男朋友？」
「也不算是啦。只是個朋友。」
「了解。那麼，妳忍耐一下。我很快就會見到妳。」
他留下兩顆黑色愛心，結束對話。
她盯著手機，覺得心裡暖暖的。好吧，也許這一切還不算太糟。她坐起身，意識到自己其實餓了。她沒吃早餐和午餐，而現在已經快五點了。
她關掉音樂，爬下床，打開門，輕輕下樓，聽見麥克在廚房講電話。
「兩具屍體。就在鄰村。老天。這個嘛，那裡不算是我的……好吧，嗯，我明白。我就在一段距離外。可是我現在有點事要忙。你問我『在忙什麼』是什麼意思？當然正在寫關於井中雙屍的報導！」

她走進廚房。他坐在桌邊，筆記型電腦攤在他面前，手邊是一杯熱騰騰的咖啡。你還真把這裡當你自己家啊，她心想。

她走進時，他抬頭。「聽著，我晚點再打給你。」他放下手機，對她微笑。「嗨，妳好嗎？」

她瞪著他。她意識到，媽媽的選擇其實不算太糟。他長得還算帥，是年老、歷盡滄桑的那種帥。臉上有鬍渣。黑髮有點長，夾雜灰白。淡藍色的眼睛旁邊有魚尾紋。

「還好。」她從他身旁走向冰箱。「可是我不需要保姆。」

「我相信妳不需要。可是妳媽要我幫忙，而她前幾天幫過我一個忙，我還欠她人情。」

她注意到他瞥向手機。

「我沒害你耽擱什麼吧？」

「沒有，沒有。別擔心。」

「我有聽到你講電話。好像有更多屍體？」

「妳有偷聽？」

「你嗓門很大。」

「原來如此。報社要我去採訪一個新聞。」

「謀殺案？」

「嗯。鄰村死了兩個退休老人。」

「哇。有夠無聊村這下變得精彩萬分。」

「上一次發生這麼多謀殺和混亂，是有人在查博克弗特村園遊會上破壞了得獎的葫蘆瓜。」

她的嘴角稍微失守。「你該去採訪。」

「我跟妳媽保證過會待在這兒。」
「我不會有事的。」
「不行。」
「聽著，你何不傳簡訊問她？」
「我總覺得不妥。」
她從口袋裡掏出手機。「我來問她？」
「不，我自己問她。我又不怕妳媽。」
「真的嗎？」
「好吧，也許有一點點怕。」他拿起自己的手機，傳了訊息。
芙洛從冰箱裡拿出一些乳酪、番茄和奶油，準備做個三明治。她聽見他的手機叮了一聲。
「她怎麼說？」
「她說她正在回來的路上，再十分鐘到，所以我如果需要離開，可以先走一步。」
「那麼，你有答案了。」她回頭瞥向他，看得出來他在考慮。「我能平安度過這十分鐘。」
「好……吧。」他闔起電腦，收進袋子裡。「但我要妳保證妳會鎖好門，別開門讓妳不認識的人進來。」
「我又不是笨蛋。」
「當然不是。」他把包包掛在肩上，抓起外套。「跟妳媽說我晚點會打電話給她，好嗎？」
「好。」
「我出門後，妳把門鎖上。好嗎？」
「好啦。」

「嗯。」

她看著他走出前門，然後把門在他身後牢牢鎖上。老天。她走回廚房，倒了一杯柳橙汁，拿著果汁和三明治來到餐桌旁。她剛要咬一口三明治的時候，前門傳來敲門聲。不會吧？她放下三明治。她猜大概是麥克，他八成忘了東西。話雖如此，她還是該去看看。

她起身走過走廊，來到客廳，窺視窗外，不禁挑眉。不會吧？她走向前門。

別開門讓妳不認識的人進來。

她解開門鎖，拉開門。

「妳來這裡做什麼？」

第五十五章

我小時候最喜歡的書是《怕黑的貓頭鷹》。

我被媽媽處罰的時候，常常會重複書中的詞句給自己聽。我會自言自語：「黑暗很刺激，黑暗很有趣，黑暗很美麗，黑暗很善良。」

當然，我長大後，看穿了這些謊言。

只有貓頭鷹才會覺得黑暗既刺激又有趣。只有獵人和掠食者才會這麼想。

如果你是獵物，無助又孤單，那麼黑暗就等於死刑。

我迷迷糊糊地眨開眼睛。我周圍是厚厚一層無法穿透的黑色。我側躺著，一邊肩膀在身子底下抽筋，臉頰被壓在毛絨絨的粗糙地毯上。我能感覺地毯纖維搔得我鼻子發癢，有些卡在我的喉嚨裡。我咳嗽。我的頭部有一側被灼熱劇痛籠罩，耳朵和脖子周圍覆蓋著一層黏糊糊的東西。我想伸手觸摸疼痛處，但我動彈不得。我的雙腕被反綁在身後。我感覺不到我的雙腳，但相當確定它們也被同樣困住。駟馬縛。無助地置身於黑暗。

我試著壓抑恐慌情緒，稍微移動。我的腦袋碰到金屬物體，再次爆發痛楚。那個物體就在我上方幾吋處。我往另一個方向滾動，鼻子撞到更粗糙的織物。我試著伸直雙腿，卻發現做不到。

我被困住了，遭到禁錮，在一口棺材裡，被活埋。恐慌情緒持續膨脹，即將沸騰。不行。壓住這種情緒，阻止它。不可能。這裡空氣稀薄，但還是有空氣從某處進來。還有一種氣味……潤滑油的味道。

我豎起耳朵，聽見外頭有聲音，是鳥叫，夜間啼叫聲。我在地面上，被關在某個小空間裡。這項發現雖然不如被活埋那麼恐怖，但也差不多。我在汽車的後車廂裡。莎芙蓉的車。我的大腦喚起模糊的記憶。我站在那裡，瞪著她的屍體。我聽到身後的聲響。我剛要轉身就遭到毆打。某個東西撞到我的頭顱，我的腦袋一陣劇痛。但我在失去意識前看到他。他那雙銀綠色眼睛。

是瑞格理殺了他的養母。而且他一直跟她的屍體共處，假裝她還活著。我收到的那些手機訊息，顯然來自瑞格理自己。我覺得反胃，不只因為我想到莎芙蓉的腐爛遺體，也因為我想到這個男孩——這個精神變態——觸碰我的女兒。芙洛。天啊。芙洛。我得警告芙洛。

然後我聽到另一個聲響。鵝卵石車道上傳來吱嘎作響的腳步聲，持續接近，然後是喀啦一聲。突如其來的陽光刺得我瞇起眼睛。一個高大的身影聳立在一旁。我的瞳孔做出調整。

有那麼幾秒，我不認得這個陌生人。我雖然感到恐懼和疼痛，但還是意識到他的頭髮變短了，短得緊貼頭皮，這讓他顯得老氣。他身上也不再是寬鬆連帽衫，而是一件炭色T恤，露出粗壯的胳臂。

「嗨，布魯克斯牧師。」

「瑞格理。」

我的舌頭麻痺，所以發音聽起來像「烏格拉」。

他綻放笑容。我注意到其他的變化。他不再出現抽搐和怪異痙攣。他站起身，顯得高大而且全然平靜。

「你的抽搐？」

「噢，那個啊。看著。」

他突然全身抽搐，四肢劇烈痙攣。然後他站直身子，哈哈大笑。

「我的演技還不賴吧？可憐的扭扭蟲瑞格理。」他在後車廂的邊緣坐下。「妳有沒有看過《刺激驚爆點》？傑作。」他俯身靠向我，呢喃道：「魔鬼最厲害的詭計，就是說服全世界相信他並不存在。」

他跳起身。「人們不喜歡盯著跛子看，以免覺得尷尬。他們對跛子只有憐憫。」他使個眼色。「而這就能讓我做壞事不被追究。」

我無助地瞪著他。「你打算做什麼？」

「這個嘛，我們等天色更暗一點，然後我們要出門兜風。我剛剛只是得再去拿個東西。」

他走出我的視線，沒關上後車廂。我扭來扭去，拚命掙扎，但只是白費力氣。我考慮過尖叫，但這裡除了瑞格理之外不可能有人聽得見我，我也不想激怒他。我聽到口哨聲。瑞格理已經回來了。他微微跛行——看來他真的有傷到腳踝——扛著一個用髒床單包裹的長型物體。

我的胃袋翻攪，心中充滿驚恐。

「不。」

他冷笑。「抱歉，牧師，裡頭會有點擠。」

他把莎芙蓉的腐屍塞進我身邊，然後關上後車廂。

第五十六章

她的金髮向後綁，身上是牛仔褲和寬鬆連帽衫，雙手深深地插在口袋裡。她臉色蒼白，滿是懊悔。

芙洛瞪著蘿西。「妳知道妳跑來這裡，就可能被視為恐嚇證人。」

「我不是來恐嚇妳，我說真的，我只是需要跟妳談談。」

「為什麼？」

「我……我想說對不起。」

「嗯，妳說了。掰。」

「等一下！」

芙洛雖然很想關門，但還是把門稍微打開一條縫。「還想怎樣？」

「聽著，我不是有意把事情鬧得這麼大。真的，那不是我的主意。」

「我很難相信湯姆有任何主意。」

「我不是在說湯姆。」

「那妳在說什麼？」

「我能不能進去？」

「妳就不能在外頭說？」

「拜託妳？我拿了這個要還給妳。」

蘿西拿著一件傑克・史克林頓運動衫，這是芙洛來到這裡的第一天借給波比的衣服，那感覺像是上輩子的事。
芙洛考慮該怎麼做。如果是一對一，她打得贏這個賤人。「好吧。」她搶走運動衫，把門開得更大。「但妳有屁就快放。我媽再五分鐘就到家——她如果發現妳在這裡，就真的會殺了妳。」
兩人走進廚房，僵硬地站著。
「所以？」芙洛開口。
「聽著，我知道妳討厭我。」
「我還真難想像為什麼。朝我和瑞格理開槍，還把他丟進井裡。」
「我沒把他丟進井裡。」
「噢，是啦，所以全是湯姆做的？」
「不是。」
「妳在說什麼？」
「沒有人把瑞格理丟進井裡。」
「妳究竟在胡說什麼？」
「妳有看到我們把他丟進井裡嗎？」
「沒有，可是——」
「妳不覺得很奇怪，他為什麼沒受傷？」
「也許他只是運氣好。」
「是誰提議在那兒見面？是瑞格理吧？」
芙洛瞪著她，覺得口乾舌燥。「嗯。」

「那一切都是安排好的。拿袋子套住妳的腦袋。那場襲擊。我們用繩索綁住他，把他放進井裡。那全是演戲。」

「不可能。」

「是真的。」

「為什麼？你們為什麼要這麼做？湯姆為什麼願意配合？」

「因為妳打斷了他的鼻子。」

「可是妳討厭瑞格理。」

「唉，妳真他媽蠢斃了。」

她靠得更近。芙洛本能地後退。

「瑞格理和我，我們在一起，我們是靈魂伴侶。」她面露微笑。「如果這麼說能安慰妳，他確實還算喜歡妳，但我無法忍受。所以，我要他向我證明他愛的是我，辦法是把妳整得團團轉。」

「我不相信妳。」

「是他叫我來這裡。」

「我也跟妳說了——我媽隨時會到家。」

「不，她不會。」

蘿西把一隻手從口袋裡掏出來，手裡是一把鋸齒刀，驅魔道具裡的那支。芙洛曾向媽媽發誓說瑞格理沒偷走這把刀。恐懼重擊芙洛的內心。

「咱們這下一定能玩得很愉快，女吸血鬼。」

第五十七章

他看著禮拜堂。他趴在一塊高聳墓碑後面的草地上，不敢更接近，至少目前還不行。他得等天黑。況且，她女兒昨天從窗裡看到他。

他不能再犯錯，但這麼做很難。他一直在忍受疼痛。他疲憊不堪，腦袋覺得昏沉，思路緩慢。他覺得全身就像放慢了速度，運作失靈。

稍早前，他聽見警用直升機的嗡嗡聲。他們在搜索。他們想必發現了那些屍體。他們目前為止還沒發現他。但他沒辦法一直躲下去。像這樣穿著骯髒的衣服，臭氣熏天，腳踝潰爛，他很難不引起注意。

但他已經努力了這麼久。

他需要見到她，跟她談談。就這樣而已。

他上一次搞砸了，徹底搞砸。他這些年來一直在找她——他唯一的線索就是她寄給他的一封信，連同上頭的褪色郵戳。然後，他在偶然間發現了她，在一場施粥救濟。他和其他流浪漢一起拖著腳排隊，卻突然看到她就在那裡。她面帶微笑，顯得開心，脖子上的牧師白領閃閃發亮。他簡直不敢相信，但他在哪都能認出姊姊。

他當時不敢找她說話，而是耐心等候，看著她，判斷該怎樣接近她。他向來是這種人——觀察者。他不會立刻做出行動，除非被怒火控制。就跟媽媽一樣。她對他做得太過分，他終於發飆。他在事後才意識到，自己失控時手裡拿著一把麵包刀。

他殺害姊夫時也是一樣。那晚在教堂裡，他並不是有意傷害姊夫。好吧，也許不算完全無意，畢竟他有看到姊夫怎樣對待他的姊姊。姊夫對她咆哮，毆打她。他想懲罰姊夫，但他做得過頭了。

她去監獄探望他的時候，跟他說她原諒了他。但她要他保證，不會把彼此是姊弟的事告訴任何人。他同意了。他知道自己讓她失望了。她說過她會回來，卻食言了。但他在這件事上也原諒了她。

在這一刻，她不在家裡，只有她女兒在家。然後有個女孩上門。他不太確定，但覺得那應該就是昨晚那個女孩。

那個男孩第一次出現在廢棄房屋時，他躲在地窖裡。他聽見上方有說話聲，然後一聲尖叫。他急忙衝了出去，趕走了襲擊者們，救了那個女孩。他意識到她是誰之後，又立刻躲了起來。她不能看到他，至少目前還不行。

奇怪的是，姊姊的女兒讓昨晚那個襲擊者進了屋。他不確定是不是該採取什麼行動，但目前靜觀其變。他覺得這是在保護自己的外甥女、他的家人。他露出微笑，然後打呵欠。姊姊很快就會回家。他們就能一家團圓。終於。

第五十八章

我不確定我在黑暗中躺了多久，我和莎芙蓉的腐爛遺骸如愛人般毫無距離。一開始，我失控了。我尖叫。我拚命踹踢後車廂。我感覺我的理智線一根根斷裂。

然後我大腦的一小部分恢復控制。妳經歷過這種處境。妳當時活了下來。妳現在也能活下來。妳必須活下來。為了芙洛。

我必須保持冷靜，把注意力放在高溫、臭味、對身旁這具屍體的非理性恐懼之外的東西上。我不能想像這具屍體發出喘息，發出濕潤的呼吸聲，用骷髏般的手拉開骯髒的床單。

別再胡思亂想。夠了。

莎芙蓉死了，而我得活下去，為了我的女兒。她跟麥克還在家裡？他們有沒有試著聯絡我？他們是不是開始擔心我，也許想找我，想報警？還是他們想再等一會兒？

時間。我已經在這裡待了多久？我是在下午四點左右抵達瑞格理的住處。我的時間感有點扭曲。在黑暗中，在恐懼中，在痛苦中，時間會走得更慢。但我抵達他家後，一定過了幾小時了。現在應該是晚上八、九點。外頭的光線應該變暗了。瑞格理說過他想等到天黑後。

然後我們要出門兜風。

他會開車嗎？我只能猜他會。這在鄉下並不罕見。很多父母擁有私人土地，孩子們在十七歲之前就開始學開車。可是我們要去哪？他有什麼打算？

我繃緊身子。我又聽見有人走過碎石路，車門打開。有個東西被丟進後座。門甩上，然後有人爬進前座，汽車的懸吊系統吱嘎作響，稍微下沉。引擎發動。我們開始移動。我在後車廂裡搖來晃去，感覺扁平的輪胎壓過路上每一個坑洞。我撞到莎芙蓉柔軟腐爛的屍體，她濕漉漉的體液滲進我的衣服。這趟路終於結束了。汽車突然停下。我躺著，喘著粗氣，側耳聆聽。瑞格理下了車。他從後座拿出某個東西。然後後車廂突然打開。新鮮空氣。我貪婪地把空氣吸進肺裡。

瑞格理把手伸進來，抬起莎芙蓉的屍體。我試著讓視線恢復清晰。現在還不算黑暗，而是黃昏時分。他把她的屍體放進……獨輪手推車裡，然後拿一條毛毯蓋住她。這裡是哪裡？我能看到天空和點點星光。我右手邊有一道圍籬和柵門。我認得這裡。禮拜堂。我們在禮拜堂。

我該尖叫，該大聲求救。我感覺舌頭恢復功能。可能有人路過，能聽見我的聲音。瑞格理彷彿看穿我的想法，從口袋裡掏出一個東西。他俯身靠來，抓住我的頭髮，把一塊髒抹布塞進我的嘴裡。

「我很快回來。」

後車廂又砰的一聲關上了。我隔著抹布尖叫，發洩沮喪的情緒。雖然莎芙蓉的屍體被搬走了，但臭味依然殘留。我試著翻身，舒緩臂部和腿部的抽筋。他為什麼把屍體和我帶來這裡？他究竟想做什麼？而且芙洛和麥克呢？恐懼的情緒拚命抓撓我的五臟六腑。

幾分鐘後，後車廂蓋再次打開。

「輪到妳了。」

他的力氣大得驚人。我發現自己被舉起來，扔進手推車。我的雙腿和雙臂被束縛，嘴裡被塞了布，實在無力反抗。我試著查看周圍。我們在禮拜堂外的停車場，車尾對準禮拜堂。現在天色幾乎暗下，在這條鄉間小路上很難看到任何東西，也許唯一例外的就是一個陰暗的人影，沿著小路用手推車搬運一個黑色的輪廓。這裡沒有燈光，只有淡淡的月光。絕望感沉重地壓在我的胸口上。

瑞格理把手推車推向禮拜堂。我被震得渾身骨頭震顫。我瞥向小屋。燈開著，可是裡頭有人嗎？

「其實，這一切進行得真的很順利，」瑞格理以閒聊的口氣說道：「我原本一直在想怎樣處理老媽的屍體，而這個墓穴的發現真的幫了我大忙。還有什麼地方比墓穴更適合棄屍，不是嗎？」

禮拜堂的門開著。看來他已經拿走了我的鑰匙。他把手推車推過門檻，把我推進去。

「甜蜜的家。」

門扉在我們身後關上，發出沉悶的撞擊聲，連同鑰匙嘎啦聲。

我瞪著周圍。禮拜堂裡到處點著蠟燭，塞在瓶子裡，豎在長椅、祭壇和地板上。我能聞到融化的蠟，還有一種更刺鼻的化學氣味。

但令我失禁的不是這個原因。

祭壇前面放著一張塑膠椅。在椅子上方，一條絞索掛在上頭的欄杆上。

瑞格理拿掉我嘴裡的布。

「現在可能是祈禱的好時機。」

第五十九章

我瞪著懸垂的絞索，恍然大悟。

「是你。你殺了弗萊徹牧師。」

「這個嘛，嚴格來說，他是自殺，正如妳現在也要做的。」

他從口袋裡掏出一把鋒利的小刀，彎下身子，割斷我腳踝上的塑膠繩。「起來。」

「不。」

他把手推車往前傾，我臉朝下摔在地板上，在最後一刻勉強轉身，側身倒地，差點撞到一根點燃的蠟燭。我能感覺手腕附近的火焰高溫。

「怎麼會？你是怎麼說服他配合？」

瑞格理咧嘴一笑，把手指伸進嘴裡吹口哨。一個人影從小型辦公室裡走出來。蘿西・哈珀。*這是怎麼回事？*她來到瑞格理身旁。他抓住她，用一條胳臂勾住她的喉嚨，把刀子壓在她柔軟的皮肉上。

「站到椅子上，把絞索套在脖子上，否則我殺了她。」

「拜託。別傷害我。」蘿西眼眶泛淚。

「照做，」瑞格理咬牙道：「否則我會讓她生不如死。」

我驚恐地瞪著他們倆。接著，瑞格理突然轉動蘿西的身子，兩人激情擁吻。我感覺四肢虛弱。他們倆都爆出笑聲。

「看看她的表情。」蘿西說。

瑞格理回頭看著我。「真的太簡單了。那個愚蠢的老山羊那天立刻爬了上去，把絞索套在脖子上。妳真該看看他發現自己被玩弄時的眼神。」

我撐身坐起，把手腕懸在身後的蠟燭火焰上。

「為什麼？」

「因為我住在寄養家庭，被領養之前，有個牧師虐待了我。這是妳想聽的說詞嗎？妳想要理由？妳想聽見坦白的認罪，就像在電影裡那樣。這樣會讓妳比較好受？」

「也許。」

「行，我就配合妳。弗萊徹是個娘炮兼騙子。我的生活原本只有我和我媽，但他突然常常來我們家，跟她討論關於書籍和歷史之類的狗屁，假裝對她感興趣。」

「你吃醋？」

「不是。他那麼做只是在利用她。他其實對她沒有那種感情，但她看不穿這點。那個蠢婊子。後來，有一天，我媽出門了，我在院子裡做伏地挺身。弗萊徹來到後院，看到我。」

「他意識到你的肌張力不全症是裝的？」

「沒錯。他說我必須向我媽坦承這件事，否則他要跟她說。」

「她從沒懷疑過你？」

「我媽每天只忙著寫作，我就算脖子上長出第二顆腦袋她也不會注意到。況且，她為自己領養了『殘廢』的孩子為榮。這就是為什麼我一開始假裝有這種病——就為了跟其他沒人要的小屁孩顯得不一樣。但弗萊徹會毀了一切。」

「而他非死不可，就因為這個？」

「我有試過警告他，要他打消念頭——」

我突然明白一件事。「釘在他門上的焚身少女人偶。禮拜堂裡的失火？」

「那個愚蠢的王八蛋就是看不懂暗示。」

「那莎芙蓉呢？你為什麼殺了她？」

「那個滿嘴謊話的娘炮還是跟她說了。他死後，她知道有事情不對勁。她一直問一大堆問題。」他聳個肩。「她把我搞得煩死了——」

我感覺到手腕皮膚在高溫下變得緊繃，但也感覺到細束線帶的塑膠變軟。

「我不上去。我不會如你所願。」

「妳會如我所願。」

他朝蘿西點個頭，她走進辦公室。不久後，她再次出現，身邊是個蒼白瘦削的身影。

我意識到他說的沒錯。我今晚會在這裡自殺。

第六十章

他一定是睡著了（也可能昏倒了）一段時間。他睜開眼睛時，天已經黑了。他渾身痙攣，而且覺得冷，冷得發抖。他的腳踝感覺就像腿末端的一團熔岩。

他隱約地想到，昏厥、顫抖和發燒，都是體內嚴重感染的跡象。

但現在不是處理這個問題的時候。他坐起身，判定方位。

墓地。沒錯，他就是在墓地。他在暗中看著她。她回到家了嗎？他打量小屋。屋裡一團黑。但他能看到禮拜堂裡閃爍的燈光。不，不是燈光。是火光。好像是蠟燭。

禮拜堂裡為什麼有蠟燭？不對勁。他就是覺得不對勁。

他在昏睡感和疼痛中掙扎，撐身站起，開始跛行，慢慢走過墓地。

第六十一章

「媽！」

我瞪著我的女兒。「別擔心，親愛的。妳還好嗎？」

她的雙手被反綁。蘿西拿著一把刀抵在她背後，驅魔道具裡的那把鋸齒刀。

「妳是對的，媽，妳從頭到尾都是對的。」

我露出苦笑。「我很不想跟妳說『妳看吧』——」

「真感人。」瑞格理開口。

蘿西把芙洛推向他，他用一條胳臂摟住她的脖子，把另一隻手伸向蘿西。

「親愛的，我覺得我需要一把更大的刀。」

她微笑，拿走他手裡的小刀，把鋸齒刀遞給他。他把刀尖對準芙洛的眼睛。這一次，我知道他不是在演戲。

「現在，站到椅子上。」

「媽，」芙洛嗚咽。「他怎樣都會殺了我。」

「我也能一刀斃命或慢慢來。我可以在妳面前把她一塊塊割開。」

「然後呢？你以為你能說服人們相信，是我殺了我的女兒，在禮拜堂裡放火，然後上吊？」

「妳覺得妳很難適應這裡，牧師。妳對妳在前一間教堂發生的事還感到內疚。真的，妳上吊是必然的。」他聳個肩。「妳知不知道我為什麼喜歡火？火能毀掉一切。警察開始拼湊出真相的時候，我們早已遠走高飛。」

「薩塞克斯的鴛鴦大盜。」我看著蘿西。「妳真以為做得出這種事的人會珍惜妳？」

她咬牙道：「閉嘴，站到椅子上面去。」

火焰燒痛我的手腕，我痛得想尖叫，但感覺塑膠繩分解。我扯斷繩子，但繼續把雙手放在身後。然後我站起身，慢慢倒退走向椅子。

瑞格理微笑。「看吧，我就說妳會照做。」

我轉身。我沒爬到椅子上，而是抓起椅子，丟向瑞格理。

朝歹徒丟東西，他們會試著撥開。瑞格理本能地抬起一條胳臂。椅子撞到他的手腕，刀從他手中飛了出去。芙洛把握這個機會，用力踩他的腳，掙脫他的手。椅子撞到幾根蠟燭。蠟燭倒地，火焰向周圍擴散。我想起刺鼻的化學味是什麼。助燃劑。

「快逃！」我朝女兒尖叫。

她轉過身，跑向門口。蘿西追上她，抓住她的一條胳臂，但還來不及舉起小刀的時候，被她施以頭槌。蘿西尖叫，彎下腰，緊接著慘遭芙洛膝撞，應聲倒下。不愧是我女兒。芙洛匆忙轉動鑰匙，然後逃出門外，進入外頭的黑夜。

我的安心是短暫的。瑞格理依然擋住了我的逃脫路線。他朝我逼近。我後退，又撞倒一根蠟燭。他衝向我。我試著繞過他，但他動作比我快。他一拳打在我臉上。我一個站不穩，往後跌倒，頭重重撞在石板上，眼冒金星。瑞格理撲上來，用雙手掐住我的喉嚨。

「妳這天殺的婊子。」

我拚命掙扎，試著甩開他。更多蠟燭傾倒。他的手勁很大，我呼吸困難。我抓住他的雙手，試著掰開他的手指。我能感覺到周圍的烈火高溫。我只有一個優勢——我的體重。我帶著瑞格理翻向右邊，滾向火焰。他痛得尖叫，身上的T恤著火。

我的喉嚨被鬆開了。我喘口氣，坐起來。瑞格理在地板上滾來滾去，試圖撲滅身上的火舌。我開始爬行，在長椅下看到金屬的閃光。鋸齒刀。我朝它伸手。一隻手抓住我的頭髮，把我往後拉。

他的灼熱鼻息拂過我的耳邊。「我要把妳破壞得體無完膚。」

我的手指摸到磨損的骨製握柄……而且握住。

「太遲了。」

我轉過身，拚命揮刀。出於好運而非精準，我感覺刀刃插進堅硬的肉裡，聽見他痛得呻吟。他瞪大眼睛，低下頭，摀著肚子，倒在地上。

我撐身站起，氣喘吁吁。火勢正在迅速擴散，席捲了長椅，吞噬了老舊乾燥的木材。蘿西不見蹤影。我得離開這裡，為了找到我的女兒。

「求求妳，」瑞格理的呻吟聲從我身後傳來。「救我。」

我回頭看著他。他蜷縮在地板上，抱著腹部。一團深色汙漬在炭色T恤上蔓延開來，其中一部分融進他被燒傷的皮肉。他看起來瘦弱、年輕又害怕。

「妳不能把我留在這兒。妳是牧師。」

他說得沒錯。我不甘願地往回走，在他身旁蹲下。我把一隻手放在他的額頭上。我是牧師。上帝的僕人。

但我也是人母。

「對不起。」

我舉起刀，再次刺進他的腹部，猛力刺下。刀鋒完全陷入他體內，只剩握柄在外。我看著他重歸黑暗。

※　※　※

我站起來。我的肌肉不願支撐我。我踉蹌走動，伸手想撐在一張長椅上，但它們都著了火。半空中瀰漫濃煙。在高溫空氣刺激下，我的喉嚨腫脹緊繃。門口看起來遠在天邊。我感到疲憊不堪。

我往前邁一步，但雙腿被體重壓彎，我發現自己跪在地上，凝視著大火。我的雙眼泛淚灼痛。我隔著淚水看到某個東西。

兩個人影。女孩。總是女孩們。她們倆並肩站立，變得完整。火焰籠罩她們的頭部，像翅膀一樣從她們背後伸展出來。她們伸出胳臂。我向她們伸手，幾乎感覺不到火焰燒焦我的指尖。

她們有試著警告芙洛，我心想。正如她們曾試著警告弗萊徹牧師。

她們會出現在那些遇上麻煩的人面前。

「謝謝妳們。」我呢喃。

我的眼皮開始閉上。然後我看到另一個身影，大步走過兩名少女中間。此人體型龐大，色澤陰暗，散發某種酸臭味。他聳立在我面前，就像一心復仇的惡魔。

我抬頭凝視他的臉龐。我認識他。

我往後倒下的時候，他伸出雙臂抱住我，把我從烈焰中抬起。

第六十二章

一道回憶。他跟媽媽和姊姊站在禮拜堂外。姊姊牽著他的手。夜晚的空氣涼爽而刺鼻，夾雜著煙味。

墓地那座大紀念碑的底部生了一團火，一大群人圍著它，有說有笑。火焰衝向夜空，把人們的臉映成橘色，把微笑扭曲成瘋狂獰笑。

長桌上的大甕裡是熱騰騰的蘋果酒，香甜刺鼻。村民們把蘋果酒舀進粗糙的黏土杯裡，盡情暢飲。禮拜堂上方的時鐘敲響了時間，牧師走了出來，身穿深色長袍，臉色嚴肅陰沉。他環視會眾。

「感謝各位前來參加我們一年一度的焚身少女紀念活動。今晚，我們緬懷為信仰而喪生於此的祖先。我們感謝他們的犧牲，並為他們的靈魂祈禱。而且，正如薩塞克斯殉教者將自己的身軀獻給烈火、享有永生，我們也獻出供品以作紀念。請和我一起朗誦殉教者之詩。」

群眾齊聲吟誦：「吾等乃殉教者。終於烈火，靈魂獲釋，晉升天堂。」

「接下來，請把你們的焚身少女丟進火中。」

在他的注視下，每個村民都拿著一個小型的樹枝娃娃，扔到柴堆上。媽媽稍微推他一下，他從口袋裡掏出自己的粗劣作品，但不想放開她，不想燒掉她。最後，媽媽從他手裡奪走了娃娃，抛進火中。

細小的樹枝身軀扭動，焦黑，最後發白，化為灰燼，被貪婪的火舌活活吞蝕。

他感覺熱氣穿過自己的身體。他閉上眼睛，一滴淚水流過臉頰。

第六十三章

（兩星期後）

芙洛一屁股坐在我旁邊的長椅上，把一盤油膩的薯條推到我的膝上。油炸和醋的香氣撲鼻而來。

「薯條。」

「真美味。」我雖然嘴上這麼說，但其實一點也不覺得餓。

我用木叉戳著一塊濕透的馬鈴薯，凝視著大海。今天算是色澤灰暗的一天。天空是淡灰色，大海是不適合生物生存的灰褐色，看起來比較像泥濘而不是海水，彷彿你能走在上頭，一路走向海平線。

我們住在義本鎮郊區一家簡陋的民宿。這家民宿並不華麗也不算特別舒適，但教會只願意出這麼多錢，這裡也讓我們遠離了入侵查博克弗特村的媒體。我雖然沒能讓女兒遠離瑞格理，但至少能讓她遠離餘波。

麥克一直在向我們通報最新情況，就算他也不知道我們住在哪裡。我還沒完全原諒他讓芙洛落單、任由瘋子擺布，就算我理解他被瑞格理用我的手機發送的訊息矇騙，正如我們很多人被他用他母親的手機發送的訊息欺騙。

我覺得在這年頭想冒充別人真的很容易，因為我們不願與人交往，甚至不願與人交談。我們倚賴簡訊和電子郵件，卻從不質疑另一端究竟是誰，沒想過密碼可能被破解。瑞格理想必是在我昏迷的時候，用我的拇指解鎖我的手機。但話說回來，我認為瑞格理在面對面的時候也騙過了每個人。

魔鬼最厲害的詭計，就是說服全世界相信他並不存在。

蘿西雖然認罪，但宣稱一切都是瑞格理的主意。她害怕他。她受到他的操弄和控制。她自己也是受害者。她很精通「瞪大眼睛裝無辜」的戲碼。我希望她能嘗到後果。但她演技精湛，而且賽門・哈珀口袋夠深，能幫她請最好的律師。有時候，法庭不一定會伸張正義。

蘿西的堂弟湯姆只承認對芙洛惡作劇，對其他罪名一概否認。我傾向於相信他。惡霸和殺手之間有很大的區別。

警察盤問了我，但沒有任何事證能反駁我的「自我防衛」主張。就像瑞格理自己說的：「火能毀掉一切」。

還有些事情尚未獲得解答，例如鄰村的老夫婦命案。不是所有結局都乾淨俐落，人類的動機也一樣。雖然瑞格理被認為是個問題兒童，但評估過他的專家們都沒注意到任何精神病特徵。

「他們天生有問題。這是沒辦法解決的。」

我瞥向芙洛。我希望我能幫她解決問題。她很少談到發生的事。從表面看來，她似乎很正常，只是有點沉默，但我看得出她眼裡的傷痛，我只希望這不是永久的。她還年輕，還有時間療傷。雖然我們永遠無法真正地抹去創傷，但我們的大腦擅長修復它，用新的體驗覆蓋它，就像舊傷口上長出新的皮膚。但是傷疤會永遠留存，只是沒以前那麼痛，不再顯而易見。

她瞥向我。「妳不打算吃薯條？」

我皺眉。「其實，我不是很餓。」

她微微一笑。「我也是。」

我們坐了一會兒，凝視大海。

「為什麼這裡的海水看起來總是像臭掉的茶？」

「我也不知道。不過看到海還是滿舒服的，不是嗎？」

「還好啦。」

「而且海風對身體好。」

「聞起來像糞水和海鷗屎。」

「妳聽起來精神好多了。」

「算是吧。」她低頭。「我還是會想到瑞格理。」

「這個嘛，畢竟只過了兩星期。」

「即使他做出那些事，我還是為他的死感到難過，這會不會很怪？」

「不會。我認為，也許就是因為他死了，所以我們更難接受他做了什麼。妳一直沒有機會處理這個創傷。」

「嗯，也許吧。我想到他的時候，還是看到我以為我認識的那個瑞格理，我喜歡的那個他逗我笑，還會朗誦比爾・希克斯的臺詞。」

「這很正常，但這個回憶遲早會褪色。」

我希望如此。

「爸爸有褪色嗎？」

我愣住。「有。不過說真的，他在去世的很久以前就已經褪色了。」

「什麼意思？」

「我跟他的婚姻並不美滿，芙洛。他一直很不快樂，有時候會把氣出在我身上。他死的時候，我其實並不難過。我雖然感到震驚又憤怒，但他早已不是我愛上的那個人。抱歉，我以前就該對妳更坦白。」

「沒關係，」芙洛終於開口：「人生真的很複雜，不是嗎？」

我伸手摟住她的肩膀。「是啊，但我認為我們的人生比一般人都複雜，我也不希望妳以為妳再也不能相信任何人。」

「我知道。但我應該會暫時拒絕約會。」

「這個嘛，身為妳媽，這對我來說是天大的好消息。」

她又微微一笑。「媽，我們什麼時候能回家？」

「這個嘛，禮拜堂應該不會立刻重建，甚至可能永遠不會重建，所以——」

「不，我的意思是家，諾丁漢。」

「噢。這個嘛——」我深吸一口氣，準備提出我一直在想的事情。「在我們真正做出決定之前，我需要先和杜爾金主教談談，但是……如果我們不回諾丁漢？如果我們去別的地方？去更遠的地方？」

「例如？」

「澳洲。」

她還來不及答覆，我口袋裡的手機發出震動。我掏出手機，瞥向芙洛。「是麥克。」

她點頭表示我該接聽。

「喂？」麥克的聲音傳來。

「嗨。」

「妳們倆還好嗎？」

「我們很好。」

「那就好。」

「那裡狀況如何？」

「稍微平靜一點。媒體人數減少了一些。現在大部分的警方工作是在實驗室進行，這將需要幾星期的時間。」

他停頓片刻。

「《CSI犯罪現場》有效率多了。」

他咯咯笑。「誰能料到電視劇不算完全真實？」

「那你過得如何？」我問。

蘿西的真面目被揭穿後，人們再次對他女兒之死感到好奇。波比開始公布她姊對她施加的一些殘忍行為，例如在我第一次見到她的那天，她姊強迫她進入屠宰場。我不禁好奇，賽門和艾瑪是不是終於看清楚大女兒的真面目、明白她幹得出什麼樣的事。

「我還好，」他說：「不管真相是什麼，我女兒也回不來了，不是嗎？這點永遠無法改變。」

「的確。」

一陣更長的沉默。然後他說：「總之，有另一個很有意思的消息。井裡的骷髏？警方相當確定其中一個是梅樂。年齡差不多，而且他們發現了一個M字母的項鏈。據說梅樂和喬伊都戴著有自己名字字母的項鏈。」

「另一具遺體是？」

「不是喬伊，而是一個生過孩子、年紀較大的女性。他們認為可能是梅樂的母親，在之後的某個時間點遭到謀殺，被丟在井裡。」

「原來如此。」我平淡道：「看來井很適合藏屍體。」

「是啊。警方正在密切尋找梅樂的弟弟。」

「了解。」

「還有一件事。」

「什麼？」

「梅樂當時懷有身孕。」

第六十四章

俗話說「慘的是不知道真相」，但有時候，知道真相也一樣慘。所謂的「知道」，是終於在乾草堆裡找到那根難以捉摸的針，卻發現就是它防止整個乾草堆坍塌、將你活活掩埋。

我打了幾通電話。第一通打給杜爾金主教：

「我只是需要你老實回答我一個問題。」

「真的有這個必要嗎？」

「關於查博克弗特村的職位，我的名字是什麼時候被提起的？」

「就在弗萊徹牧師辭職不久後。」

「所以，是在他死前？」

「是的。」

「是誰提議我？」

「這個嘛，正如妳所知，我跟威爾登教區的戈登主教談過。」

「是的，這我知道。我想知道是誰把我的名字給了他。」

「這很重要嗎？」

「是的，很重要。」

我的口氣想必說服了他。他思索片刻，然後給了我答案。

第二通電話，是打給凱莉的母親琳達。我請她幫忙。她也樂意配合。

我告訴芙洛這件事的時候，她狐疑地看著我。「所以，妳要我去凱莉那裡住兩個晚上。那妳呢？」

「我只是在這裡有幾件事要處理，很無聊的瑣事。」

她繼續瞪著我，然後突然撲上來，緊緊擁抱我，緊得讓我呼吸困難。「我愛妳。」

「我也愛妳。」

「別做蠢事。」

「我？妳以為我是誰啊？」

她後退，盯著我。「我媽。」

※※※

我朝搭火車離去的芙洛揮手道別，然後我回到我的車上，返回查博克弗特。我駕車穿過村莊，在我兩週前造訪過的那棟破舊維多利亞式房屋外頭停車。這兩星期發生了很多變化，而且我考慮了很多事情。

我來到門前，但還沒敲門，門就打開了。

「布魯克斯牧師。」

「亞倫。」

「我有收到妳的電話。」

他打開門，我走進去。

「妳和令嬡還好嗎？」

「還行。我一直沒機會感謝你那天幫忙報警。」

那天晚上，芙洛衝出禮拜堂後，成功攔下一輛車，而駕駛人湊巧是亞倫。其實，他每晚都會開車出門，巡視禮拜堂的狀況。他雖然固執又古怪，但在那天晚上，他真的就是上帝派來的使者，一點也不誇張。

「別客氣。那妳還好嗎，牧師？妳一定很難讓妳的信仰標準接受妳做出的舉動。」

「有時候，我們別無選擇。」我緊繃道。

「我一直在為妳禱告。」

「謝了。」我露出爽朗的笑容。「接下來，就像我在電話上說的，我想和令尊談談。」

「而我也說了，妳見過他的模樣，他沒辦法說話。」

「可是他能聆聽。」

我哀求地看著他。他終於點頭。

「五分鐘。」

※　※　※

馬希勉強醒著，呼吸得很辛苦。公家機構的氣味比上一次更強烈，而且還有另一種味道，聞起來不像某種特定氣味，但跟臨終病人相處過的人都認得出這種味道，這是死亡的氣息。

我坐在他床邊的椅子上，心想人的生老病死怎麼會如此殘酷。如果我們早就知道這可能是我們的命運，還會選擇繼續活下去嗎？然後我提醒自己：至少馬希有個選擇，至少他的人生並沒有在尚未展開前就遭到剝奪。

「你好，馬希牧師。」

他對我眨眼。

「你還記得我吧？」

他的頭微微擺動，也許是點頭，也許是非自主的抽搐，很難說。

「好。那我長話短說。我們發現了禮拜堂地底的墓穴。我們發現了班傑明・格雷迪的遺體。」

他的呼吸稍微停頓。我俯身靠向他。

「我知道你跟他被藏屍於墓穴這件事有關。我認為你這麼做是為了讓教會，還有你的家庭，免於醜聞。我也認為，你這麼做也是為了保護某人，一個年輕、害怕的女孩。是不是？」

他的頭又稍微擺動。

「但有個問題。你我都知道，格雷迪不是在教堂裡被殺。他的屍體是從別的地方被移去禮拜堂。而且我記得瓊恩・哈特曼說過：你不會開車。所以，那天晚上一定有人幫你。」

他無助地瞪著我。

「我相當確定我已經知道那個人是誰。所以，我要說出一個名字，你讓我知道我說得對不對。」我微笑。「坦承真相的時候到了。」

第六十五章

「潔克，真的很高興見到妳。老天，妳最近真的諸事不順。」

我允許羅希頓給我一個體味有點重的溫暖擁抱。

他後退。「我得說，發生了那些事，我原本以為妳不會回來了。」

「的確，我原本也這麼想，但有些事我想釐清。」

我們走進室內。

「克萊菈在嗎？」我問。

「不，她出門了。」他翻白眼。「跑步，走路。難怪她維持得那麼瘦。當然，我也盡力維持我的理想身材。」他咯咯笑，拍拍肚皮。

我微笑，覺得難過。

「那麼，什麼風把妳吹來？」他問。

「我想跟你談談——班傑明・格雷迪。」

他凝視我許久，然後說：

「今天天氣很好。我們去院子裡聊吧？」

※　※　※

我們坐在垂柳樹蔭下的一張鍛鐵小桌旁。

周圍野花綻放著繽紛色彩。蜜蜂在花朵之間慵懶地嗡嗚飛行，鳥兒在樹上嘰嘰喳喳。

「這裡真美。」

「是啊，我和克萊菈在這兒住得很開心。我總是說，我離開這個地方的唯一方式，就是躺在棺材裡，搞不好死了也不離開這兒。我其實一直很想被埋在這棵樹底下。」

「這個地點不錯。」

「是啊。」他嘆道：「也許這就是我的弱點。我太喜歡這裡。我的人生、我的太太、我的工作。我的自滿就是我最大的罪過。」

「身為牧師的詛咒——我們得懺悔自己的罪孽。」

「而且我們又不是天主教。」

我微微一笑。

「你為什麼推薦由我來擔任這裡的職務？」我問。

「其實，我沒這麼做。」

「弗萊徹辭職後，不是你向戈登主教推薦我的名字？」

「是克萊菈要我這麼做。她在報紙上看到妳的消息。她說她一看到妳的相片，就知道妳是最佳人選。她在這方面很堅持。」

我感覺腦海裡有個東西喀啦就位，最後一塊拼圖填補了空白。

「你知不知道，克萊菈和班傑明・格雷迪是一起長大的朋友？」

「是的，我知道。」他看著我，微微苦笑。「還有，在妳問之前，沒錯，我一直知道克萊菈愛著他。」

我驚訝地瞪著他。「她跟你說了。」

「她不用說，我也知道。每當提到他的名字時，我都能從她臉上看出這一點——而且不是常常有人提到他。她留著他的相片，藏在一本書裡。我有次在偶然間發現。她不知道這件事。」

「你不介意？」

「初戀是很強大的，尤其當它永遠沒機會變老、變得令人失望，或變得沉悶。我很愛克萊菈。我知道她沒那麼愛我，但她對我的愛也夠多了。」

「你對此不介意？」

「我很滿足——而滿足就是我們大多數人所能期望的，妳不覺得？」

也許吧，我心想。但也許有些人需要的不只是滿足。

「我需要跟克萊菈談談，」我說：「你說她出門了？」

「是的，不過我不知道她去哪慢跑。」

我可能知道。

第六十六章

她站著，就跟在芙洛那幅相片中一樣，靜止不動，沉默不語，凝視那棟房子。警方封鎖線在井周圍飄揚。

「克萊菈！」

她轉身。「潔克。妳怎麼來了？」

「我也想問妳同樣的問題。」

「噢，我只是出來走走。」

「妳常來這裡？」

她對我微笑，令人稱羨的顴骨浮現皺紋。這個女人在晚年變得更美，完全不像以前的她，那個永遠配不上英俊牧師的笨拙女教師。有時候，我們的慾望會奔向更黑暗的快感。

「妳為什麼這麼想？」

「這個嘛，我花了一點時間推理。妳為什麼跑來這棟屋子？我明白妳為什麼想接近禮拜堂，因為他的屍體就埋在裡頭。可是這裡——他喪命的地點？」

她收起笑意。

「然後我明白了，」我說下去。「妳想探訪的不是這棟屋子，而是這裡這口井。」

她搖頭。「抱歉，潔克，我完全聽不懂妳在說什麼。」

「妳聽得懂。妳知道井裡的屍體。妳這三十年來都知道。」

「而我怎麼知道梅樂的屍體在井裡？」

「因為那具屍體不是梅樂，而是喬伊。是妳殺了她。」

她提早到了。

她們原本約好在八點整見面。現在還不到七點五十分。

喬伊在院子邊緣的崩塌石牆旁邊等候，剛好避開房子的視線範圍。她查看手錶，以意志力要梅樂從後門出現。

求求妳快點，她心想。求求妳。我們能離開這裡。開始新的人生。

她觸摸腹部。

然後她聽見身後傳來聲響。

她轉身，瞪大眼睛。

「是妳？妳怎麼會在這裡？」

第六十七章

「那是意外。」

「真的嗎？」

「我們起了口角。她跌倒，掉進井裡。」

「妳們吵了什麼？」

「妳覺得呢？」

「格雷迪。妳愛他。但他對一個二十幾歲的樸素教師不感興趣，是不是？他喜歡年紀更小的，他能征服、支配、傷害的美麗小女孩。」

「是喬伊引誘了他。」

「她當時才十五歲。」

她噘起嘴脣。「她知道自己在做什麼。我看到他們在上查經班的時候做了什麼。」

「妳看到他對她做了什麼。」

「我跟馬希說了。我以為這麼做就能終結這件事。但後來，我在那晚看到她，她拿著一個小背包偷偷跑來這裡。我以為她是要去禮拜堂見他，所以我跟蹤她。」

「她要見的不是格雷迪，而是梅樂。她們計畫一起逃家。」

「我不是有意那麼做。」

「那妳為什麼沒找人來幫忙？妳當時明明可以走向屋子，去敲門。」

「因為我害怕。」

「她懷了孕。妳知道這件事嗎？」

她低下頭。「不，不知道。」

「她當時十五歲，懷有身孕，而妳留她在井裡等死。」

「那是意外。」

「是嗎。還是妳覺得，只要喬伊消失，格雷迪就終於會注意妳？可是他還是沒多看妳一眼，不是嗎？他只是盯上另一個年輕的受害者。」

她冷笑。「梅樂才不是受害者。那個女孩向來是個禍害。班傑明當時只是試著救她。他是神的僕人。」

「如果妳真的如此相信，又為什麼幫馬希藏匿他的屍體？」

她遲疑片刻。「馬希那晚打了電話給我，驚慌失措，走投無路。他跟我說，班傑明一直在未經教會許可的情況下執行驅魔儀式，而這一次失控了，發生了很糟糕的事——」

她低下頭，嗓音顫抖。我原本會為她感到難過，但我知道她對遭到格雷迪虐待的女孩們毫無同情心。

「班傑明死了，梅樂逃家了。她的母親當時哀求馬希不要報警。」

「所以，馬希答應了，而妳只是幫忙配合？」

她的眼睛閃爍光芒。「當時如果可以，我會殺了梅樂•萊恩。可是馬希告訴我，如果任何人發現真相，就可能毀了教會。班傑明會遭到抨擊、羞辱。這我無法忍受。我沒能挽救他的性命，所以選擇挽救他的名聲。」

「而且隱瞞他做過的事。」

「他是在做上帝的工作。」

「妳真的如此相信？」

我從口袋裡掏出錄音機，裡頭放著卡帶。我終於修好了帶子。在某方面，我真希望我沒修好它，裡頭的內容讓人很難聽下去。

克萊菈皺眉。「那是什麼？」

「關於妳寶貝的格雷迪的真相。那晚發生的一切、他做過的一切，都在錄音帶裡。我現在就能拿著這東西去找警察。」

克萊菈瞪著它，然後冷笑。

「妳是可以這麼做……但妳我都知道妳不能。」

「是嗎？為什麼？」

「因為如果井裡的屍體是喬伊，那麼這一定意味著梅樂還活著，就在外頭，在某個地方。」她的灰眸盯著我。「而且我會告訴他們妳究竟是誰。」

她躺在床上，四肢被拉開，渾身沾滿自己的穢物。媽媽逮到她試圖逃家。如今，這就是她的懲罰。她被囚禁，孤零零地在這個房間裡。

只有**他**會來看她。

母親告訴他，她被惡魔附身，是魔鬼讓她做出這些行為。她需要他的幫助。

他低頭瞪著她。她的雙手和腳踝被固定住。她赤身裸體，皮膚下的肋骨激起尖銳的漣漪。他們上一次相遇所造成的瘀傷，與她白皙的肉體形成鮮明對比，指紋留下紫色和黑色的痕跡。她身上有猙獰的紅色傷痕，因為他用火焰加熱了自己的銀色印戒，把它壓在她身體的柔軟部位上。

格雷迪面露微笑。「梅樂，我們今晚必須更努力趕走妳身上的惡魔。」

他轉身，打開他的皮箱。箱子裡是紅色的絲綢內襯，強韌的繫帶固定住每個物品：沉重的十字架、聖水、聖經、平紋布。這些是他的工具，他的情趣用品。在箱子的另一邊：一把手術刀、一把鋒利的鋸齒刀，還有一個小型的黑盒子。

他先拿起盒子，檢查裡頭的東西，然後按下側邊的一個按鈕。他把錄音機放在她旁邊的床頭櫃上。

他喜歡重溫彼此的相遇。

「求求你，」她哀求：「求求你不要再傷害我。」

「噢，我只會做必要的事。」

他拿起一塊布，走上前，一把抓住她油膩的髮根，把布深深地塞進她的嘴裡。她呼吸困難，扭動身子，試圖掙脫束縛。他把手放在她身上。接下來的時間漫長得宛如永恆。她扭轉身子，吐口唾沫。布從她嘴裡飛出來，濃稠的唾沫濺在他的臉頰上。

格雷迪擦擦臉。「我能感覺到妳體內的惡魔。他必須被趕走。」

他轉向自己的皮箱，想拿起鋸齒刀。

刀子不在裡頭。

她的弟弟站在他前面，雙手拿著沉重的刀子。

「孩子——」

雅各把刀刺進助理牧師的胸膛。格雷迪一個踉蹌，轉身朝向床鋪。

梅樂坐起身。她手腳上的束具其實早已鬆開。她弟弟稍早前解開了它們。在她的注視下，助理牧師的眼神表示知道自己被騙了，然後他雙腿一軟，屈膝倒地。

她爬下床，走過地板。格雷迪緊緊抓著刀柄，喘著粗氣。她從箱子裡取出手術刀，蹲在他身邊。

「求求你，」他呢喃：「我是上帝的僕人。」

梅樂面帶微笑，把鋒利的刀尖壓在他左眼底下的柔軟皮肉上。

「你是個噁心的死變態。」

她把刀子刺進他的眼球。格雷迪尖叫。

然後她再次舉起手術刀……

第六十八章

「妳弄錯了。」

「不。」克萊菈搖頭。「妳是變了，變了很多，可是我這輩子一直想著梅樂・萊恩究竟發生了什麼事，然後妳突然出現了。妳的肖像出現在報紙上：「手上沾滿鮮血的牧師」。妳不覺得這個標題下得還真貼切？」

我沒上鉤。「是妳說服布萊恩，要他拜託戈登主教給我這裡的工作。」

「我當時不確定妳會願意來。聽到妳接受這項調派的時候，我很驚訝。然後我覺得生氣，因為妳竟然大搖大擺地回來這裡，心中毫無愧疚。」

「是妳留下那套驅魔道具、聖經和焚身少女人偶。是妳寄那些信——」

她點頭。「那個皮箱和聖經是弗萊徹留下的東西。他想必是在墓穴裡發現它們，馬希原本把它們跟班傑明的屍體藏在一起。」

「為什麼，克萊菈？都已經過了這麼久。」

「我也想問妳同樣的問題。妳為什麼回來？」

我遲疑不決，然後答覆：「因為喬伊。我原本心想，也許我終於有機會知道她有什麼遭遇。」

「而我原本心想，也許我終於有機會讓妳為妳對班傑明做的事付出代價」

「班傑明・格雷迪是戀童癖兼施虐狂，死了活該。喬伊不一樣。」

克萊菈又露出招牌的冷笑。「妳我都有辦法把自己的行為合理化。但追根究柢，咱們都是殺人凶手。」

我突然意識到，我可以抓住她，讓她失去平衡。把她推進黑淵，這並不需要多少力氣。讓她在底下等死，就像當年的喬伊。

然後我跟她四目交會，我知道她在動同樣的念頭。

「這些年來，妳怎麼有辦法面對自己？」

「我猜就跟妳面對自己的方式一樣吧。」

我們瞪著彼此。我上前一步……把錄音帶丟進井裡。

「梅樂死了。而妳可以下地獄去，克萊菈。」

然後我轉身離去。

我再也不會回來。

第六十九章

「我會很捨不得妳離開。」

我隔著廚房餐桌對瓊恩微笑。「我也會想念妳。」

「咱們這兒已經好多年沒這麼刺激了。」

「我猜警方調查會再持續一段時間，他們還有很多事情要查。」

尤其是誰殺了格雷迪。

「我很懷疑他們能查出真相。」

「我很遺憾——我知道妳希望能得到答案。」

她拿起雪利酒。「別這麼說。等妳活到我這個歲數，就會明白人生中無法解答的問題比能解答的多得多。我們所能期望的，就是獲得一個我們能接受的答案。至少我現在知道了關於馬修的真相。」

「哈珀家適應得如何？」

「艾瑪帶波比回娘家一陣子。賽門還很難相信蘿西有罪，這一切令他崩潰。」

我幾乎替他感到難過。幾乎。

「我們都試著為家人盡心盡力。」我說。

「而妳認為這次搬家對妳和芙洛來說是最好的決定？」

「我是如此希望。」

「妳覺得妳還會回來嗎？」

「也許吧。」

「這個嘛，下次別隔這麼久才回來。」

我瞪著她。她微笑，拍拍我的手。「我並不需要所有答案。」

第七十章

我是什麼樣的女人？

我很想回答說，我在內心深處是個好女人，一個努力試著過好自己的生活、幫助他人、傳播善意的女人。

但我也是個曾經撒謊、偷竊、殺人的女人。我們都有作惡的能力，而且我們大多都能找到理由來將自己的惡行合理化。我不相信「人性本惡」。我不相信先天壓過後天。然而，我確實相信，我們當中有些人天生就有行惡的更大潛力。也許某些遺傳因素在與環境結合後，就會產生怪物。例如格雷迪。例如瑞格理。

例如我？

我是否為我奪走的生命、我說過的謊話感到愧疚？這會不會讓我晚上睡不著覺？有時候會。但不是常常。這是否讓我符合精神變態的定義？還是我只是個求生者？

我在廁所鏡子上瞪著自己。潔克回瞪我。想獲得新身分其實並不難。在墓碑上很容易找到一個昔日的姓名。乞討、行竊，直到負擔得起幾可亂真的偽造文件。但光是逃離一個地方還不夠，你也需要逃離自己。你需要拋下一切，包括你愛的人。例如我的弟弟。

我其實原本從沒打算進教會工作，但我跟麥克說的一些話是實話。我確實遇見一個牧師。布雷克。他是個好人。他幫助我瞭解我幫助人們，我能彌補過去的錯。他也讓我意識到，最好的藏身之處就是在大庭廣眾之下。人們只看見牧師脖子上的項圈。就算看見項圈以外的部位，也會被自己的假設給矇蔽雙眼。

我解下項圈，收進口袋。然後我把手伸進襯衫裡，拿出我一直戴著的廉價銀鏈。我戴了超過三十年。掛在鏈子上的，是一個略帶鏽跡的字母J。

因為最好的朋友就是會交換東西，像是混音帶、衣服和首飾。

我握住項鏈片刻，然後用手指抓住它，把它扯下來。我把它丟進洗手臺的排水口裡，然後打開水龍頭，直到它被沖走。

我身後的隔間裡傳來馬桶沖水聲。我把頭髮塞到耳朵後面，我的頭髮剪短了，也染了髮根。我後退一步，面露微笑。然後我推開門，重返機場熙來攘往的人群。

麥克和芙洛坐在一家繁忙咖啡館的餐桌旁。麥克堅持開車送我們來這裡。自從那晚的禮拜堂事件後，他經常陪伴我們。我會想念他，但也很慶幸能跟他說再見。有時候，當他看著我，我總覺得他幾乎要說些什麼。他要說的不會是好事，對我來說不好，對他來說也不好。

「嘿，」我接近時，麥克開口：「行了？」

「嗯，行了。」

「我再去買杯咖啡，」芙洛說：「妳要不要也來一杯？」

「好，謝謝。」

她離開餐桌，加入櫃檯前的排隊人群。

「那麼，」麥克說：「對澳洲感到緊張嗎？」

「嗯——主要在想我要怎樣付清信用卡帳單。」

「妳值得擁有這次旅行。」

「謝了。不過為期只有一個月，只是去看看幾個地方。」

也許。

「我一直想問，」我說：「警察有沒有找到把我從禮拜堂裡救出來的那個人？」
「沒有。我的意思是，一直沒人出面承認。」
「這樣啊。」
「而如果那個人有受傷——就一定會去醫院，不是嗎？」
「的確。」我笑一下。「也許那是我想像出來的。」
「那是個痛苦的夜晚。」
「是啊。」
但那件事並不是我想像出來的。我知道那個人是他。雅各。我的弟弟。他又找到我了。他救了我。而且他還在外頭，在某個地方。
「來囉，兩杯美式咖啡。」芙洛咚一聲把兩杯咖啡放在桌上。「我叫店員加了雙份濃縮咖啡，所以應該能讓我們撐到前往綠野仙蹤奧茲國的半路上。」
「我該走了。」麥克說。
「噢。好。」
我們倆都站起來，有點尷尬。
「謝謝你載我們一程。」我說：「還有，呃，你知道的。」
「我知道。別忘了無尾熊玩偶。」
「放心吧。」
「那就好。」
芙洛翻白眼。「真讓人看不下去。」
麥克俯身向前，給我一個簡短又笨拙的擁抱。「多保重，注意安全。」

他站直身子，面露微笑，轉過身，緩步離去。

「他真是個魯蛇，」芙洛邊說邊打開咖啡的蓋子。「超適合妳。」

「我不這麼認為。」

「為什麼？」

「不是我的菜。」

「妳在等休・傑克曼？」

「我認為是他在等我。」

她微笑。「我愛妳，媽。」

我伸手過去，捏捏她的手。

「我也愛妳。」

她突然皺眉。「妳拿掉了項圈。」

「噢，是啊，覺得這樣搭飛機應該會比較舒服。」

「噢，了解。」

我們啜飲咖啡。芙洛滑手機。我們起身要離開時，我讓芙洛走在前面，然後我從口袋裡掏出項圈。我猶豫片刻，接著把它塞進空咖啡杯裡，蓋上蓋子，放在桌上。

我是什麼樣的女人？

也許我該找出答案了。

尾聲

這名患者是在幾星期前被送來這裡。他被發現躺在一條溝渠裡，奄奄一息，離海斯廷斯鎮不遠。他身上沒有證件，而且狀況很糟。他顯然在那裡躺了一陣子。

他的右側身有大面積燒傷，蜂窩性組織炎從受傷的腳踝蔓延到腿上。他被施以人工昏迷。他已經從敗血症中恢復過來，但是受傷的腿沒能保住，已從膝部以下截肢。復健進展緩慢。他無力行走，也可能是不願行走。

「可是我們正在取得一些進展。」名叫米切爾的護理師這麼說。她帶著新來的醫生（一頭閃亮的頭髮，態度熱情洋溢）走過走廊，膠底鞋吱嘎作響。「他最近一直在從事藝術治療，這似乎有幫助。」

「很好。」

你親眼目睹的時候大概就不會這麼說了，她心想。

她推開治療室的門。醫師眨眨眼。房間一側的桌子上，展示著患者的作品。在編織籃子、紙漿模型和彩繪盤子當中，幾乎每一寸表面都被小小的樹枝娃娃覆蓋。

醫師走上前，看著這些東西。「有意思。」

要這樣形容也行。

「他只做這些東西，」護理師米切爾說：「做得如痴如醉。」

醫師拿起一個娃娃，瞪著它，然後急忙放下。「他有沒有說它們代表什麼？」

「他來這裡後，只說了四個字。」

她瞥向樹枝娃娃，差點打個冷顫。
「焚身少女。」

作者鳴謝

我並不是個虔誠的人——我對教堂的唯一經歷，就是坐在幾場讓屁股麻痺的洗禮和豐收慶祝活動上——所以寫一本以牧師為主角的書，確實是個有趣的提議。

因此，我非常感謝馬克・湯森對鄉村小教堂和牧師日常生活的觀察——雖然我顯然做出了一些，咳咳，有創意的更改！

我感覺好像花了一輩子的時間才完成這本書，我的第四部著作。這份工作真的越做越難！所以，我想大聲感謝總是支持我的經紀人麥迪、總是對我充滿耐心的編輯麥斯與安妮，以及出版社的每一位，他們甚至在封城期間也努力工作，為這部作品進行琢磨與宣傳，讓它終於得以問世。

不言而喻的是（但我還是得說出來，否則他可能會不高興），我的丈夫尼爾向來為我提供愛和技術支援。當然，我要感謝我的小女兒貝蒂，感謝她讓我的每一天都充滿喜悅——也充滿樂高積木。

我也要感謝我們現居的村子裡的每一個人，感謝他們給我們的熱情歡迎和支持。我在這裡結交了一些可愛的朋友，而他們關於該地區歷史的故事，給這個作品帶來了靈感。

和往常一樣，感謝你，美好的讀者，謝謝你拿起這本書。如果沒有你，我就不可能完成這部作品。那麼——明年同一時間再來一本？

逆思流

焚身少女

（原名：THE BURNING GIRLS）

作者／C・J・杜朵　　譯者／甘鎮隴
執行長／陳君平　　榮譽發行人／黃鎮隆
協理／洪琇菁　　國際版權／黃令歡、梁名儀
執行編輯／呂尚燁　　美術主編／方品舒
企劃宣傳／洪國瑋
發行／英屬蓋曼群島商家庭傳媒股份有限公司城邦分公司　尖端出版
台北市中山區民生東路二段一四一號十樓
電話：（〇二）二五〇〇－七六〇〇（代表號）
傳真：（〇二）二五〇〇－一九七九
中彰投以北經銷（含宜花東）／楨彥有限公司
電話：（〇二）八九一九－三三六九
傳真：（〇二）八九一四－五五二四
雲嘉經銷／威信圖書有限公司　嘉義公司
電話：（〇五）二三三－三八五二
傳真：（〇五）二三三－三八六三
客服專線：〇八〇〇－〇二八－〇二八
南部經銷／威信圖書有限公司　高雄公司
電話：（〇七）三七三－〇〇七九
傳真：（〇七）三七三－〇〇八七
香港總經銷／城邦（香港）出版集團有限公司
香港灣仔駱克道193號東超商業中心1樓
電話：（八五二）二五〇八－六二三一
傳真：（八五二）二五七八－九三三七
E-mail：hkcite@biznetvigator.com
馬新經銷／城邦（馬新）出版集團　Cite(M)Sdn.Bhd.
E-mail：Cite@cite.com.my
法律顧問／王子文律師　元禾法律事務所
台北市羅斯福路三段三十七號十五樓
二〇二二年九月一版一刷

郵購注意事項：
1. 填妥劃撥單資料：帳號：50003021戶名：英屬蓋曼群島商家庭傳媒(股)公司城邦分公司。2. 通信欄內註明訂購書名與冊數。3. 劃撥金額低於500元，請加附掛號郵資50元。如劃撥日起 10～14日，仍未收到書時，請洽劃撥組。劃撥專線TEL：(03) 312-4212 ・ FAX：(03) 322-4621。E-mail：marketing@spp.com.tw

國家圖書館出版品預行編目資料

焚身少女 ／ C.J.杜朵作 ； 甘鎮隴譯.
--初版.　--臺北市：尖端出版, 2022.09
面 ； 公分.--(逆思流)
譯自: The buring girl

ISBN 978-626-338-216-9(平裝)

873.57　　111010241